Otti Pfeiffer

Der Nachlaß

AF192340

Otti Pfeiffer

Der Nachlaß

Roman

FAN Verlag

CIP-Kurztitelaufnahme der Deutschen Bibliothek

Pfeiffer, Otti:
Der Nachlass: Roman / Otti Pfeiffer. –
ISBN: 3-8311-0433-6

Umschlaggestaltung: Patrick Schmidt
Herstellung: Libri Books on Demand

Manchmal nehme ich diesen Sommer wahr, diesen schlimmen Sommer, manchmal, wenn er meine Haut an den nackten Armen mit einem warmen Luftzug berührt.

Sommer duftet, mein Gedächtnis für Düfte läßt mich erschrecken: es ist Sommer, denke ich. Oft ist es Regengeruch, der aus den Poren der Erde aufsteigt.

Immer ist der Himmel silbergrau wie eine junge Witwe.

Die Johannisbeeren sind reif. Ich pflücke eine Schüssel voll Beeren, wasche sie, sie glänzen.

Keine Zeit für die Hängematte zwischen den Birken.

Keine Blicke für Falter in den Rosen, nur flüchtig hingeschaut.

Es ist Sommer. Ein Gänsehautsommer.

Wachsen, sich ausdehnen, ernten, so ist Sommer. Aber ich schrumpfe zusammen, ernte nicht, nein, ich verliere.

Die Straße hat sich nicht verändert. Ich finde einen Parkplatz vor dem Haus, blicke über die Fenster: Küche, Bad, Wohnzimmer.

Vertraut. Die Fenster verraten nichts. Keine Gardine bewegt sich. Das ist es. Das ist es, was anders ist als sonst und immer.

Ich muß die Schlüssel benutzen, um in ihre Wohnung zu kommen. Die Tür wird nicht von innen weit aufgerissen.

Mein Schätzchen!

Ich. Ich bin ›mein Schätzchen!‹

Im Briefkasten steckt Reklame für sie. Verbraucherinformation, Sonderangebote, günstige Gelegenheiten.

Nichts mehr für dich.

Ich öffne die Korridortüre und bin in ihrer Wohnung. Ich bin allein. Da ist ein Geruch in der Wohnung, als sei sie noch hier. Lavendel, ein bißchen Lavendelduft strömt von ihrer Seife aus.

Sie könnte sofort wieder hier wohnen. Die Fenster müßten geputzt werden, die Teppiche staubgesaugt. Kein Aufwand. Bloß den Kühlschrank anschließen, ein paar Sachen zum Essen einkaufen. Nichts hat sich bis jetzt verändert. Bloß sie ist nicht da. – Ich gehe ein paar Schritte in die Küche. Die Uhr tickt. Auf dem Kalender die Notiz: Friseur, Dienstag. Da ist sie noch gewesen.

Hinter dem bestickten Überhandtuch hängen Trockentücher, die sie fürs Geschirr gebraucht hat. Im Dreckeimer liegt der letzte Abfall, den sie weggeworfen hat.

Die Dinge überleben uns.

Es ist still. Den Blumen muß ich Wasser geben.

Alles wartet. Auf der Tischdecke ein Fleck von irgendwas. Vielleicht ein bißchen Kaffee verschüttet.

Die schöne, saubere Decke! Ärgerlich!

Mach dir nichts draus! Hauptsache gemütlich!

Iß ein Plätzchen! Ich hab' bloß ein paar Plätzchen im Haus! sagt sie. Die Plätzchen verwahrt sie in einer ehemaligen Kaffeedose aus bemaltem Blech.

Da steht die Dose, auf dem Kühlschrank, auf einem Deckchen. Spritzgebäck und Rumkugeln. Sie ist die einzige, die sich gemerkt hat, daß ich gerne Rumkugeln esse. Dies sind Rumkugeln, die sie für mich gekauft hat.

Ich drücke den Deckel auf die Dose. Eine Frischhaltedose. Hält meine Rumkugeln frisch.

Ich bin nicht wegen der Frischhaltedose hier. Ich bin nicht wegen der Gemütlichkeit gekommen.

Warum ist es hier gemütlich? Warum ist dies mein Nest? Mein warmes Nest, in dem ich geborgen bin?

Wo fange ich an?

Ich habe die Wohnung gekündigt. Ich habe achtzehn Tage Zeit, den Haushalt aufzulösen, zu demontieren. Ich lege Hand an ihr Heim, an mein Heim. Ich werde deine Ordnung zerstören. Nichts wird mehr wiederzufinden sein, nichts bleibt an seinem Platz.

8

Im Wohnzimmer ist die Uhr stehengeblieben. Wie sich das so gehört, eigentlich. Ich öffne Schranktüren, überall öffne ich die Schranktüren, lasse sie offenstehen, starre auf Sommerkleider, Winterkleider, Blusen, Röcke, säuberlich getrennt, schrankraumausnutzend, Schuhe, Taschen, die Wäsche, so viel Wäsche, neue Bettücher in Plastikfolie, ebenso die Spitzendecke, die Stapel von Leibwäsche, feine Unterröcke in Kartons, dutzendweise die Hemden und Schlüpfer, ein paar von diesen schrecklichen Panzern, mit denen sie ihre Figur auf Taille brachte, Schürzen, sie hat immer eine Schürze in der Küche getragen . . .

Komm, zieh eine Schürze an! Du kannst doch nicht in dem guten Kleid spülen!

Ich mag keine Schürzen. Aber ich habe natürlich eine Schürze angezogen, wenn sie in meiner Küche stand und beim Spülen helfen wollte . . .

Das gute Geschirr kommt nicht in die Spülmaschine . . .

Ihr zu Ehren hatten wir das gute Geschirr benutzt.

Wenn du das gute Geschirr so oft deckst, geht noch etwas kaputt . . .

Heimlich kaufe ich die Tasse nach, die ich zerbrochen habe. Ein Glück, daß man sie nachkaufen kann. Nun, jetzt habe ich Geschirr genug. Kaffeegeschirr für zwölf Personen, Eßgeschirr für zwölf Personen, dann ein Kaffeeservice mit kobaltblauem Rand und Vasen, so viele Gläser. Zusammengebracht all diese Schätze in vielen Jahren, gehütet, gepflegt, geschont.

Die Sachen starren mich an. Die Gläseruntersetzer aus Messing hab' ich ihr vor Jahren zu Weihnachten geschenkt.

Schön, die sind wirklich schön . . .

Ich laufe in die Küche, hole mir ein Glas Wasser, schlucke langsam. Du fehlst.

Deine Ordnung löst sich auf. Schon jetzt haben die Sachen keinen Zusammenhang mehr, stehn herum, liegen da ohne Nutzen, ohne Sinn, vereinzelt. Alle Dinge hatten einen Bezug zu dir. Du hast alles zueinandergeordnet, zusammengehalten wie ein Magnet Eisenfeilspäne festhält, zu Linien, erkennbaren Mustern ordnet. Jetzt kann ich die Linien deiner Ordnung durchbrechen, die Muster zerstören. Du fehlst.

Ich sperre die Mäuler großer Koffer auf. Ich fange an, ich muß irgendwo anfangen, ich fange mit den Wäschefächern an. Akkurat und ordentlich. Die Wäschekanten exakt übereinandergeschichtet, ich schiebe meine Hand unter die Stapel, die weiße Damastwäsche verrutscht, ich passe nicht auf. Wie ärgerlich war dir meine Nachlässigkeit, ich knie vor dem Koffer und schichte die Wäsche neu. Ich werde die Bettbezüge nicht benutzen, längst habe ich Frottierwäsche angeschafft, damit ich nicht zu bügeln brauche. Ich bügele nicht gern. Aber du, du hast dich wohlgefühlt in dem frischen Duft sauberer Wäsche, in der feuchten Wärme, die beim Bügeln in der Küche wogte, dir die Wangen rötete.

Du führtest das Bügeleisen so elegant wie ein Maler seinen Stift, und ich fragte begehrlich: Darf ich auch mal?

Komm, du darfst die Taschentücher bügeln! sagtest du.

Ich wache in der Nacht auf. Unzertrennlich hängt mein Leben mit deinem zusammen. Auch jetzt noch. Meine Gedanken sind blockiert von dem einen Satz: Du bist gestorben. Könnte ich dein Leben durchschauen, so fände ich auch den roten Faden in meinem Leben. Ich durchschaue es nicht. Ich blicke in den Spiegel, begegne meinen Zügen, die deine Züge sind. Du bist gestorben. Und ich?

Ich möchte die Wirklichkeit durchdringen. Auf Phantasie ist kein Verlaß. Ich träume Schatten auf die weißen Stellen meiner Erinnerung. Ohne Zusammenhang: kleine flüchtige scharfe Bilder.

Du kommst zu Besuch, ich hole dich vom Bus ab. Das braune Kostüm steht dir gut. Du lachst mir entgegen und winkst mit der Tasche. Mit einem raschen, festen Griff hakst du dich an meinem Arm unter. Ich habe dir etwas mitgebracht . . .

Und dieses: Ich habe eine kleine eigene Wohnung. Lade eine Kollegin zu Gast. Bienenstich gibt es, der Kaffee duftet. Es schellt, und du stehst im Türrahmen, strahlst.

Ich bin gekommen, um deine Gardinen zu waschen! erklärst du.

Das geht nicht, Mutter, Frau Gerdach ist zu Besuch. Wir trinken gerade gemütlich Kaffee . . .

Ich hab' mir gedacht, daß deine Gardinen runter müssen. Du hast ja doch keine Zeit dafür. Also. Ich störe euch nicht! Und schon hat sie die Begrüßung erledigt, einen Schluck Kaffee getrunken, Wasser läuft in die Badewanne, sie rückt einen Stuhl vors Fenster.

Ich kann sie nicht auf den Stuhl steigen lassen, während ich mich mit dem Gast unterhalte. Kann sie nicht die Feststeller lösen, die Rollen von der Schiene laufen lassen, während ich lache und die Tasse leertrinke. Nicht einmal den Bienenstich kann ich zu Ende essen. Frau Gerdach hat schon kapiert. Sie erhebt sich: Ich komm' ein anderes Mal wieder!

Tut mir leid!

Sie steht schon auf dem Stuhl.

Ich mach' das, komm runter! sage ich wütend.

Meine Güte, sind die dreckig! sagst du. Da siehst du, wie nötig sie es haben! Die Gardine bauscht sich in ihrem Arm, Staub wirbelt. Sie lächelt siegessicher. Immer ist ihr der Sieg sicher. Ich bin so leicht unterzukriegen.

Du bist tot. Ich nehme keine Rücksicht mehr auf dich. Jetzt muß sich erweisen, wer ich bin. Zeitlebens bin ich Kind gewesen. An deiner Hand.

11

Du bist meine Tochter. Du bist mein Kind, mein Eigentum.

So redetest du von mir — niemals ohne besitzanzeigendes Fürwort. Ich habe mich dagegen gewehrt. Ich habe große Anstrengungen unternommen, dir zu entwachsen. Aber insgeheim hab' ich deinen Anspruch doch für gültig gehalten, er war mit meiner Haut gewachsen. Im Lauf der Jahre fand ich mich in vielen, merkwürdigen Rollen wieder, immer und wie von allein lebte ich eine: dein Kind zu sein. Wäre es nur eine Rolle, so legte ich sie ab mit dem Stichtag deines Todes, diesem Datum im Kalender. Aber ich habe es zu tun mit den eingeschliffenen Mustern in den Windungen meines Gehirns, mit geheimnisvollen Befehlen in meinem Blut, mit eingewachsenem Wissen in den Zellen meines Körpers.

Nicht mehr dein Eigentum — gehöre ich nun mir? Nicht mehr bezogen auf dich, lauf' ich ins Leere? Nicht mehr abhängig, wohin falle ich?

Es hat keinen Zweck mehr, ein liebes Kind zu sein, wenn du mich nicht lobst. Ich rufe nicht mehr dein glückliches, stolzes Lächeln hervor, ein Lächeln wie eine Ordensverleihung. Und brauche doch immerfort ein Lächeln als Bestätigung. Was bin ich wert, wenn du mich nicht mehr werthältst? Auf deiner Werteskala bestimmst, wieviel ich wert bin? Wer bin ich, wenn dein Blick mich nicht mehr in Schach hält?

Ich weiß die Antwort nicht, weiß nicht, was ich finden werde, nun, da ich allein bin.

Wo fange ich an?

Ordnung. Sie liebte die Ordnung, das Überschaubare, Eingezäunte, Zählbare. Hier die Tischtücher, Bettbezüge, Bettücher, Kopfkissenbezüge. Kästchen für alles und jedes. Eines für Gummiringe, eines für Druckknöpfe, eines für Sicherheitsnadeln. Alles hat seinen Platz. Das Chaos ausgesperrt. Draußen. Dies ist mein Reich, mein ordentliches Reich. Die Dinge im Griff haben. Alte Sehnsucht. Und die Angst vor dem Unübersichtlichen, dem Dickicht, dem wuchernden Geheimnis hat sie ausgespart, ein für alle Male erledigt. Auf kleinstem Raum in ihrem Reich hat die Angst keinen Platz. Sie war die Herrin über ein Stückchen Welt.

Herrschen, auch über mich, damit ich mich nicht verlor. Es gab soviel Unbekanntes. In allem Unbekannten lauerten Gefahren. Gefahren ausschalten auch für mich. Also herrschen.

Sie wußte, was gut war: Ordnung. Ordnung gleich Glück. In der geordneten übersichtlichen Welt gibt es keine Fallen, dafür sorgte sie schon. Wenngleich da Angst unter der Oberfläche war.

Sie hat ihr Reich mir überlassen. Ich zerstöre es. Wie schnell, wie schnell hab' ich es in ein Schlachtfeld verwandelt. So stehe ich da, mit hängenden Armen, bekomme den taxierenden Blick: Verwertbares? Ballast? Unnützes Zeug?

Nicht mehr deine Hände vorstellen auf jedem Handtuch, jeder Tischdecke. Ich muß mich trennen von Hüten, Perücken, Schuhen, Spitzendeckchen, Schnittmustern.

Ich blicke mich um nach einem Platz, wo ich stapeln kann, was ausgeschieden werden soll, damit ich nicht mein Heim in einen Speicher verwandle. Ich kann das nicht alles verwahren. Ich nehme die Trümmerlandschaft wahr, die ich angerichtet habe. Zufällig sehe ich mich in meinen schwarzen Trauerkleidern im dreiteiligen Kommodenspiegel, dreimal zurückgeworfen mein Bild. Ist hier jemand, der mich verachtet, die Leichenfledderin, die Erbin, die habgierige Person, die in deinen Sachen wühlt, eine Verwerterin?

Deine Stimme in meinem Nacken: Was machst du mit meinen Sachen? Du willst die Tischdecke wegwerfen, bloß weil sie gestopft ist? Ich habe sie mit Sorgfalt gestopft. Man sieht es doch kaum. Gut. Es ist ja gut. Ich verwahre sie. Sie ist von dir gestopft und wertvoller als eine neue. Gut. Ich halte sie in Ehren.

Ich sollte die Spiegel verhängen. Ich darf nicht in den Spiegel schauen. Ich bin ihr ähnlich.

Ihr ähnlich zu sein war meine Schönheit. Fremde schickten vergleichende Blicke vom Gesicht meiner Mutter zu meinem eigenen. Unfehlbar die Feststellung: Ihre Tochter ist Ihnen aus dem Gesicht geschnitten.

Sie war glücklich darüber.

Das Kind hat Ihre Augen geerbt!

Das kann man wohl sehen, daß das Ihre Tochter ist!

Meine Mutter war schön.

Ich wollte auch gern schön sein, es war wichtig. Doch sollte meine Schönheit mir gehören und unverwechselbar meine sein. Wäre ich auf andere als auf ihre Weise schön gewesen, vielleicht hätte sie es nicht wahrgenommen. Da ich ihr ähnlich war, war alles in Ordnung.

Ich sitze mit meiner kleinen Tochter im Wartezimmer der Mütterberatung. Aufgereiht an der Wand entlang warten Mütter, sie haben ihre Kinder neben sich oder auf dem Schoß. Alle diese Kindergesichter sind Stempeldrucke vom Gesicht ihrer Mütter. Ohne Ausnahme. Selbst durch kleine Verschiedenheiten und die trennenden Jahre schaut die eine, die große Ähnlichkeit.

Es erfüllt mich mit plötzlichem Schrecken. Ähnlichkeit offenbart den Zwang zur Wiederholung. Jeder muß ein Muster wiederholen, ein unprüfbares, nie geprüftes Muster wiederholen. Und meine Tochter, mein kleines Mädchen, das neben mir sitzt, es offenbart für andere, wer sie ist – meine Tochter. Ich gebe das Muster weiter, das unheimliche, für sie noch unerkannte Muster. Was tue ich ihr an? Wie halte ich mich zugleich nah und fern? Wie gebe ich zugleich Freiheit und Geborgenheit?

Ich bin die Tochter einer Mutter und die Mutter einer Tochter. Kleine Tochter, horch hin! Erkennst du das Kind in dieser Geschichte? Ich bin es.

Wir machen heute einen Besuch bei Tante Sofie. Daß du dich anständig aufführst! Du kennst sie noch nicht, sie ist eine feine Dame! Mutter fährt dem Kind übers Haar, läßt den Kontrollblick über das Kind gleiten. Die Mutter lächelt. Das Kind lächelt auch. Wie schön die Mutter ist!

Du bist auch eine feine Dame! sagt das Kind zärtlich.

Gib keinen Mucks von dir, wenn du nicht gefragt wirst! sagt die Mutter.

Das Kind geht an der Hand der Mutter. Die Hand ist fest, hält fest, gibt nicht nach, eine sichere Hand, ihr Druck ist Befehl und Lob, so oder so, heftig oder warm. Was die Mutter will, strömt durch die Hand in das Kind. Das Kind ist ein Körperteil der Mutter, von ihrem Willen regiert.

Die fremde, feine Tante führt sie in ein fremdes, feines Wohnzimmer. Eingerahmt von hohen steifen Stühlen steht der ovale Tisch mit einer seidenen Spitzendecke. Die Fransen hängen fast auf dem Fußboden. Auf dem Tisch prangt eine Obstschale mit verlockenden Früchten, Äpfel, Trauben, Birnen, eine Banane.

Ihre Hände lösen sich. Mutter läßt das Kind los. Es macht einen Knicks, sagt: Guten Tag, Tante Sofie!

Mutters Augen blicken zufrieden. Jetzt ist das Kind nur noch durch Mutters Augen mit ihr verbunden. Das Kind kennt Mutters Augen, ihre Befehle sind stumm, aber eindeutig.

Alle sitzen auf den steifen Stühlen um den Tisch herum. Die Erwachsenen sprechen in plätscherndem Tonfall. Tante Sofie gießt aus einer geschliffenen Karaffe Sherry in zwei ebenso geschliffene Gläser.

Möchtest du auch etwas? fragt Tante Sofie das Kind. Es blickt zuerst die Mutter an. Mutters Blick verneint.

Die Banane! sagt das Kind schnell, bevor Mutters Blick die Worte erstickt.

Ach, Kind, sagt Tante Sofie, die kann man nicht essen, sie ist künstlich aus Wachs gemacht!

Wie schade!

Kannst du nicht »Bitte« sagen? fragt die Mutter. Soll Tante Sofie denken, daß du dich nicht benehmen kannst?

Laß doch! sagt Tante Sofie. Sie ist doch ganz artig. Ich habe für dich etwas Feines. Du magst doch Schokolade?

Ja, bitte! sagt das Kind. Der Schatten fliegt aus Mutters Gesicht weg.

Langsam ißt das Kind die Schokolade. Die Worte der Erwachsenen ergeben keinen Sinn. Es sind nur noch zwei Stückchen Schokolade da. Das Kind packt sie sorgfältig in das Silberpapier, es knistert. Die Mutter blickt zu dem Kind, das geknistert hat.

Was du nicht aufißt, läßt du liegen! sagt die Mutter.

Das Kind schließt die Faust um das Schokoladenpäckchen. Das ist für dich, sagt das Kind. Die Mutter wird ein bißchen rot. Danke, sagt sie und lächelt.

Komm her, mein Schätzchen! So eine liebe Kleine! lobt Tante Sofie.

Das Kind rutscht vom Stuhl, geht zur Mutter, lehnt sich an. Mutters Arm legt sich um seine Schulter.

Sie ist mein ein und alles! sagt die Mutter.

Mit steifen Gliedern kehre ich an die Arbeit zurück. Keine Zeit für Lähmung. Es ist zu trennen: Kleidersammlung und Müll. Die Koffer füllen sich, die Berge häufen sich. Meine Mutter hat viele Sachen verwahrt für künftige, eventuelle Verwendungszwecke. Sparsam, wie sie war, warf sie nichts fort, woraus noch etwas zu machen war. Ich finde einen Stapel säuberlich gebügelter Tücher, die aus alten Oberhemden meines Vaters genäht worden sind, sie hat sie als Geschirrtücher benutzt.

Von meinem ersten selbstverdienten Geld, verlangte

meine Mutter, sollte ich ein Drittel für die Aussteuer abzweigen. Ich zweigte ab. Ich hatte nicht das geringste Interesse an Wäschevorräten, aber meine Mutter schien genau zu wissen, was für meine Zukunft als Frau wichtig war: Wäsche.

In einem Spezialgeschäft wurden Bettbezüge angefertigt, die gegenüber gekauften Bezügen ein Knopfloch mehr aufzuweisen hatten. Das schien ein Vorzug zu sein. Aber ich habe ihn nicht zu schätzen gewußt, auch nicht, als ich schätzte, Wäsche zu besitzen. Ich durfte das Muster des Damaststoffes auswählen, alles andere besorgte sie. Ich ließ sie gewähren, weil ich weder an der Aussteuer noch am Geld Interesse hatte.

Auf Rosen gebettet. Was für ein Wort! Wenigstens du sollst auf Rosen gebettet sein! Das war ihr Wunsch für mein Leben, so wie es ihr Wunsch für ihr eigenes Leben gewesen war. Schrecklich: Wir waren nicht auf Rosen gebettet.

Als sie jung war, schien die Erfüllung des Wunsches so einfach, so selbstverständlich zu sein. Waren die Erwartungen falsch? Es hatte doch so gut angefangen. In der Kindheit verwöhnt, geliebt, in der Jugend so schön, so heiter, so vergnügt und sorglos. Sie brauchte die Erfolge nicht zu suchen, sie hätte mehrere gute Partien machen können. Den reichen Feinkosthändler hätte sie wählen können, zum Beispiel. Nur schade, daß der Feinkosthändler von seiner feinen Kost so dick geworden war, ein bißchen lächerlich. Und da sie das Feinkostparadies ausschlug, mußte sie ein noch besseres Rosenbett bekommen.

Sie wußte nicht, woran sie es hätte erkennen können. So nahm sie meinen Vater zum Mann für immer und lernte in der bitteren Aufeinanderfolge der Tage, daß sie nicht auf Rosen gebettet war. Sie hatte aus Liebe gewählt, nicht mit dem Verstand. Sie war sich zu sicher: wohin auch immer ihre Wahl fiele, dort müßten die Rosenbetten sein. So sicher fühlte sie sich als Glückskind, schön, erfolgreich, siegesbewußt.

Mit ihrem Mann hatte sie zugleich ein paar Jahre Arbeitslosigkeit, dann ein enges Angestelltenleben, eine Abzahlungsexistenz, ein Sparbett gewählt.

Wer hätte das gedacht? Aus dem Elternhaus gelaufen, in seine Arme gelaufen, glaubte sie von einem Rosenbett ins andere zu kommen. Ihr Mann mußte es herbeizaubern.

Er war nicht wie ihr Vater, ihr Mann.

Lange Zeit leugnete sie, daß es möglich sein konnte, daß ihre Liebe im sparsamen Alltag verschwinden würde. Nicht ihre Liebe.

Ich schließe die beiden Koffer, sie sind übervoll. Ich trage sie in den Korridor. Ich muß eine Pause machen, mir einen Kaffee kochen. Ihre Vorräte sind vollständig, Kaffee, Tee, Kakao und was alles in den Küchenschränken steckt. Sternchennudeln, Zimt und Zucker, Zitronenaroma, Haferflocken. Ich setze Wasser auf und fülle Kaffee in die Filtertüte.

Ich stehe herum. Was ich hier tue, ist anstößig. Ich kann nicht damit fertigwerden. Der Wasserkessel flötet. Ich bewege mich zweckentsprechend, gieße Wasser auf den Kaffee. Es duftet.

Das kleine Mädchen in mir muß erwürgt werden. Es ist verwaist, hat keinen Vater und keine Mutter mehr. Wenn es tot ist, mache ich allein weiter.

Eine Schachtel mit Fotografien rutscht mir aus der Hand. Es ist eine altmodische Pralinenschachtel mit weißen und roten Rosen auf dem Deckel. Lose alte Schwarzweißfotos fallen mir auf den Schoß. Einsammeln. Wegstecken. Nicht lange betrachten!

Aber da hänge ich schon fest, kann mich nicht losreißen von einem postkartengroßen Karton: Vor braunem Hintergrund ein Mädchen mit großen dunklen Augen, die erwartungsvoll blicken, unschuldig, vertrauensselig. Der Mund ist geschlossen, läßt ein Lächeln ahnen, das nur in den Mundwinkeln wie ein heiteres Versprechen angedeutet ist.

Der Fotograf muß gesagt haben, sie solle sich seitlich setzen und nur den Kopf zur Kamera wenden. So neigt sie also den Kopf ein wenig nach hinten, daß der Tropfenohrring über den Spitzenkragen fällt. Das Haar ist kurz, leicht gewellt, und das Gesicht weich. Meine Mutter.

Damals war sie nicht Mutter und nicht Ehefrau, ein Mädchen, sechzehn Jahre vielleicht oder siebzehn. So alt wie meine Tochter jetzt und von der gleichen, rührenden Schönheit, die mir unbegreiflich vorkommt und mich schüchtern macht. Alle Linien sind makellos und klar, weich und verletzlich.

Hanna Schulte, später Frau Kattbeke, meine Mutter, sie ist gestorben. Über ihren halbblinden Blick haben sich faltige Lider gelegt, da war kein Lächeln mehr zu ahnen in den Mundwinkeln, nur die abweisende Würde des Todes.

Ich schiebe das Bild unter den Packen anderer Fotos. Alle begegnen mir, die in der Geschichte meiner Familie mitspielen. Alle. Da ist Lisa Schulte, später Frau Ellrath, meine Tante Lisa, jetzt halbgelähmt in einem Altenheim, die Großeltern, Johannes Schulte und Mariechen Schulte, die so zierlich und zart aussieht neben dem selbstsicheren, gestandenen Mannsbild Johannes.

Und dieses Bild. Hanna und Lisa Schulte mögen sieben und vier Jahre alt sein. Lisa sitzt auf einer weißen Gartenbank, Hanna steht neben ihr. Die Schwestern tragen weiße Schleifen im Haar, beide haben weiße Kleider mit Spitzenkragen an, die Kinderärmchen gucken aus halben Ärmeln, die Gürtel sitzen tief unter der Taille, und über dem Saum verläuft eine gestickte Borte. Die Füße stecken in schwarzen Strümpfen und schwarzen Schnürstiefeln. Wie verschieden die beiden schon damals sind. Hanna blickt energisch, beobachtend. Sie hat den Mund leicht geöffnet, als wollte sie noch rasch der kleinen, dummen Lisa zuflüstern: Du mußt in den schwarzen Kasten gucken! Und das tut Lisa auch mit runden, staunenden Augen, keineswegs ängstlich, eher verträumt.

Ich lege die Fotos wieder in den Kasten zurück. Ich will sie nicht betrachten, ich will mich nicht in die geliebten Gesichter vertiefen, jetzt nicht.

Was für ein schönes Paar sind meine Eltern gewesen! Hanna Schulte heißt jetzt Kattbeke, aus dem pelzbesetzten Mantelärmel schaut die Hand mit dem goldenen Ehering. Ferdinand Kattbeke ist einen Kopf größer als seine junge Frau. Sein schmales, ernstes Gesicht drückt jene zurückhaltende Heiterkeit aus, die auch auf anderen Bildern zu sehen ist. Oder was ist das für ein Ausdruck? In seinem Gesicht gibt es kein Falsch, keinen Ehrgeiz, eher Bescheidenheit, eine gewisse Noblesse. So blicken sie mir entgegen über die vielen Jahre hinweg wie Glückskinder, die nicht zu kämpfen brauchen. Wann fing die Geschichte an? Hat Hanna Schulte sich sofort in Ferdinand Kattbeke verliebt, als sie ihn zum ersten Mal sah? Wie sind sie zusammengekommen?

Warum weiß ich nichts von der alten Liebesgeschichte zwischen Hanna und Ferdinand Kattbeke? Obgleich meine Mutter doch so viel erzählt hat von den alten Zeiten, von den Festen und Bällen, den schönen Kleidern, die sie und Lisa getragen hatten. Sie hat von der Vergangenheit mit leuchtenden Augen erzählt, als habe es immerfort und überall nur eitel Sonnenschein gegeben. Das waren schöne Zeiten, hat sie geschwärmt, damals haben wir keine Sorgen gehabt . . .

Keine Sorgen. Nie Sorgen . . . Und mir fallen die Geschichten ein, die sie erzählt hat, ich sehe das gemütliche, beigegestrichene Haus in Wesel vor mir, in der stillen Langen Beguinenstraße. Neben der Haustür das tiefgezogene Schaufenster mit halber Gardine. Waschbecken, Klotöpfe und blitzende Armaturen zeigen, welche Art von Geschäft hier betrieben wird. Und das blankgeputzte Messingschild gibt Auskunft: Johannes Schulte, Klempnerei, Installationsgeschäft, Elektrische Licht- und Kraftanlagen, Wesel.

Im Februar 1945 wurde das Haus und die ganze Stadt zerstört, nichts mehr ist von dem alten Wesel da, aber im Kopf meiner Mutter lebte die Szenerie unzerstörbar fort, genauso wie in meinem Kopf.

Ich bin ein kleines Mädchen und sitze auf der niedrigen Fensterbank von Großvaters Schaufenster. Wir Kinder spielen: Taler, Taler, du mußt wandern, welch ein Glück, wenn der angewärmte Stein in die eigenen Hände rutscht − und genauso, mit ebendenselben Glücksgefühlen hat meine Mutter auf dieser Fensterbank gehockt und gespielt: Taler, Taler, du mußt wandern . . . oder nein, sie war es, die den Stein wandern ließ und alle Freundinnen prüfte, ob sie eine bevorzugen sollte. Und vielleicht ließ sie den Stein absichtlich nicht in die Hände der kleinen Schwester Lisa gleiten. Warum spielte sie überhaupt mit, die Kleine? Weil

Mama sagte: Nimm Lisa mit nach draußen! Und laß sie mitspielen!

Die Straße war der Schauplatz vieler Spiele. Abenteuer und Erlebnisse. Die Straße mit dem Kopfsteinpflaster, dem schmalen Bürgersteig, der Kuhle zum Knickerspielen und einigen glatten Hauswänden für die Ballprobe.

Ich erinnere mich an die Erinnerungen meiner Mutter, die blitzten wie Kristalle in der Sonne. Ich kann das Fuhrwerk des Pferdefranz rumpeln hören, sehen, wie die Kinder ihr Spiel unterbrechen, weil der Pferdefranz vor Schultes Haus anhält und sagt: Hol deinen Vater, Hanna, ich bring' die Badewannen!

Hanna läuft ins Haus, die Türglocke schlägt an. Ihr Rufen schallt durch den Flur über den Hof. Da kommt er schon, der große Vater, dick und geradezu mächtig ist er. Hanna drängt sich unter seinen Arm, seine Wichtigkeit und Stärke färbt ein wenig auf Hanna ab, für alle Kinder sichtbar, als er mit ihr auf die Straße tritt. Die Badewannen werden abgeladen, die Lehrjungen helfen, der Meister bestimmt. Er bezahlt die Fuhre. Das Pferd hebt den Schwanz und läßt Pferdeäpfel fallen.

Pfui! ruft Hanna. Immer vor unserer Tür!

Mach sofort die Straße sauber, Hanna! befiehlt Johannes Schulte. Sonst kommt der Putz und schimpft!

Der Schutzmann ist hinter den Pferdeäpfeln her wie die Spatzen, aber er hat keine Freude daran. In seinem Revier müssen die Straßen blitzblank sein.

Immer ich! mault Hanna. Aber gegen Vaters Anordnung gibt es keinen Einspruch. So holt sie Kehrblech und Besen und fegt die Pferdeäpfel auf.

Johannes Schulte machte gerade ein großes Geschäft mit Badezimmereinrichtungen, Gasbadeöfen und Badewannen. Er hatte neben seinem Schlafzimmer in der ersten Etage ein Badezimmer eingerichtet, und oft kamen Kunden, denen er vorführte, wie alles funktionierte. Wer etwas auf sich hielt, wollte ein solches Badezimmer haben. Johannes Schulte bekam so viele Aufträge, daß er einen zweiten und dritten Gesellen einstellen mußte. Immer, wenn meine Mutter solche Geschichten erzählte, endeten sie mit dem bewundernden Schlußsatz: Oh, mein Vater war ein tüchtiger und ein reicher Mann.

Tüchtig und reich. Und fleißig und geachtet. Keiner konnte ihm das Wasser reichen. So mußten Männer sein. Er war der Maßstab, an dem alle Männer gemessen wurden. Auch mein Vater. Er war zu klein für diese Meßlatte. Nie, nie konnte er ihren Ansprüchen genügen. Bei ihm zu Haus war alles ganz anders. Er erzählte nicht gern von seiner Kindheit. Aber manchmal doch. Und das wenige ist in meinem Kopf ein Bild, das mich immer schmerzt.

Früher habe ich dich wohl öfter gefragt, Mutter, ob du Vater geliebt hast. Deine Antwort war: Ja, ich habe ihn geliebt, sehr . . .

Ein »Aber« lag dir auf der Zunge. Ich wußte schon, daß sich deine Liebe verflüchtigt hatte, war einfach zerrieben worden, schlug gar in Haß um. Weil Ferdinand Kattbeke kein Sieger war. Er war kein Sieger, selbst auf dem alten Foto, auf dem er vielleicht fünfundzwanzig oder siebenundzwanzig Jahre alt ist, lächelt er schon auf seine zurückhaltende, bescheidene Weise, o ja, jung sieht er aus, seine Pose ist keck, und sein Hut läßt ihn unternehmungslustig wirken, seine Hand mit der Zigarette hält er lässig. Und dann das Foto, das ein Jahr vor seinem Tod bei uns auf dem Balkon geknipst worden ist. Er hat sich kaum verändert, sein geduldiges Lächeln ist sich gleich geblieben, nur – aus seinen Augen ist die Hoffnung geschwunden, das Kecke, das Fröhliche, eingetauscht gegen Resignation.

Vater, wenn ich an dich denke, an was erinnere ich mich? An die besondere Art, wie du einen Apfel schältest, behutsam, geduldig. Du schobst das scharfe Messer dicht unter der Schale vorwärts, eine dünne, immer länger werdende Schalenschlange ringelte sich auf dem Tisch, sie blieb heil, bis der Apfel sauber geschält war. Du lächeltest, weil ich dich bewunderte.

Du spieltest Schach, vertieft in das Spiel, bei dem du eine Chance hattest, Sieger zu sein. Du kanntest die Strategien, spieltest jedoch um so vorsichtiger, je stärker dein Gegner war. Du gewannst viele Spiele, zinnerne Becher, silberne Plaketten. Oft habe ich dir beim Schachspiel zugesehen, du nahmst die Schachfigur mit geschlossen nebeneinandergelegten Fingern. Deine Hand schwebte zögernd über dem Brett. Du überprüftest noch einmal den Zug, ehe du ihn beendetest. Zu Hause galten deine Siege nichts.

Es war Sommer, als du begannst zu sterben. Auf deine stille Art, vorsichtig. Du wolltest nicht stören. Nicht stören beim Familienfest, Kinderkommunion in unserem Haus. Gäste, festlich gedeckte Tafel, guter Wein, alles nichts mehr für dich. Du hast dich zurückgezogen, und wir ließen dich allein, feierten, während du deinem schweren Atem nachhorchtest. Du verkrochst dich in deinen Körper, sagtest nicht viel über deine Schwäche. Lachend, im weißen Kleid, streichelte dich dein Enkelkind, sekundenlang.

Feiert schön. Ich leg' mich ein bißchen hin. Laßt euch nicht stören . . .

Wenn ich mich an dich erinnere, Vater, was kann ich erzählen? Du hast viele Niederlagen erlitten. Arbeitslosigkeit, die vielen in schönster Schönschrift aufgesetzten Lebensläufe, die du wieder neu begannst, wenn dir ein kleiner Fehler unterlaufen war. Damals war ich noch ein Kind und dachte: So schön kann er schreiben, niemals werde ich so schön schreiben können. Warum will ihm keiner Arbeit geben?

Aber die schlimmsten Niederlagen bereitete dir deine

Frau. Nie warst du erfolgreich genug, nie tüchtig genug. Du setztest dich nicht durch, wenn es um Gehaltserhöhungen ging. Gehaltserhöhung! Du hast dich geschlagen gegeben, wenn du wußtest, daß du geschlagen warst. Und doch, du hast immer noch aus den Resten aller Kämpfe ein bißchen Frieden gemacht. Das war deine Stärke, das rettete deine Güte, deine Freundlichkeit. Du bliebst empfänglich für alles Schöne und für jedes Zeichen der Liebe, das dir entgegengebracht wurde.

Schon wieder geht ein schöner Tag zu Ende.

Das hab' ich im Ohr.

Du konntest bescheiden genießen, was es Gutes gab. Weil du bescheiden warst, gab es eine Fülle guter Dinge, Augenblicke, Erlebnisse.

Schon wieder geht ein schöner Tag zu Ende.

Und als du gestorben warst, wie hast du gefehlt, mir und vor allem deiner Frau, die dich erst wieder liebte, als es zu spät war.

Die alten Fotos: sie könnten mir einreden, immerfort sei Feiertag gewesen, alle Familienangehörigen seien immer fröhlich gewesen. Die Kamera hat stets Lächeln hervorgelockt. Oder der Fotoapparat wurde nur zu fröhlichen Anlässen benutzt. So haben wir alle, Vater, Mutter, Tante Lisa, Onkel Albert, Johannes Schulte, ich, Sektgläser in den Händen, lachend prosten wir einander zu. Wer macht schon Schnappschüsse von Zank, Streit, Tränen und Kummer?

Ich räume jetzt alles weg, stopfe die Bilder fröhlicher Familienfeiern und Ferien zurück in den Pralinenkarton. Sie haben nicht mehr alle Platz darin, es scheint, als seien sie angeschwollen im Fluß der Erinnerungen. Es werden mehr und mehr. Und dann ist da auf dem Fußboden noch eine von diesen braungetönten Fotokarten, auf dem die Familie Kattbeke steif und kühl abgelichtet ist. Josefa

Kattbeke und Theodor Kattbeke mit ihren neun fast erwachsenen Kindern. Ferdinand, mein Vater, ist der zweitjüngste. Er blickt ernst. Dies ist das einzige Bild, das von Theodor Kattbeke existiert. Sieht er nicht hochmütig aus und streng? Ich vertiefe mich in das Gesicht dieses Großvaters väterlicherseits, den ich nie kennengelernt habe, was verrät es? Auf welche Zeichen muß ich achten? Was hat er mit mir zu tun?

Er hat mit mir zu tun. Für Johannes Schulte war der Name Kattbeke ein rotes Tuch, höre ich meine Mutter sagen. Als wir noch gar nicht an dich dachten, Schätzchen, sind deine beiden Großväter aneinandergeraten. Und ich verliebte mich in einen Kattbeke! Der kommt mir nicht ins Haus! sagte mein Vater.

Meine Mutter schwieg eine Weile.

Schon vor allem Anfang stand unsere Geschichte unter einem bösen Stern. Als hätte sie nicht sein sollen. Theodor Kattbeke hatte meinen Vater beleidigt. Er war sehr stolz, mein Vater. Stolz auf seine Arbeit, sein Können. Er ließ sich nicht dreinreden. Er war nicht gewöhnt, daß jemand Kritik übte. Und Theodor Kattbeke hatte ihn vor mehreren Leuten kritisiert.

Meine Mutter erzählte die Geschichte mit einer Bitterkeit, die ich nicht einzuordnen wußte, weil ich nicht genau wußte, welche Folgen sie hatte. Sie erzählte von einem großen Auftrag für Johannes Schulte, der in einem Neubau alle Installationen ausführen mußte. Architekt und Bauleiter war Theodor Kattbeke. An einem Abend kurz vor Feierabend erschienen Theodor Kattbeke und einige Herren, die sich den Bau anschauen wollten. Johannes Schulte, schon im Weggehen begriffen, begrüßte die Herren. Theodor Kattbeke sagte zu Johannes Schulte, er habe seine Arbeit zu beanstanden, sie sei nicht korrekt ausgeführt worden. Nach seinen Plänen seien die Leitungsrohre zu den Waschbecken zu weit nach rechts verlegt worden. Überraschung und Zorn mag dem Klempnermeister Schulte die Röte ins Gesicht getrieben haben. Dennoch antwortete er sachlich. Die Abstände zwischen Waschbekken und Klos seien so klein vorgesehen, daß kein Mensch mehr auf den Klos hätte sitzen können. Er verstünde etwas von seiner Arbeit und habe nach seinem Sachverstand gearbeitet.

Theodor Kattbeke nannte diese Erklärung vulgär — vielleicht weil Johannes Schulte statt Toilette das Wort Klo gebraucht hatte. Schulte wolle nur seine Unfähigkeit bemänteln. Jawohl.

Das meinem Vater! sagte Mutter. So etwas! Er muß vor Wut gekocht haben. Er hat so etwas gesagt wie: Das lasse ich mir nicht bieten. Und: Ich werde Ihnen die Rechnung schicken, schauen Sie sich nach einem anderen Meister um!

Nie hat er die Schmach vergessen, die dieser Kattbeke ihm vor versammelten Leuten angetan hatte. Nie. Und wir — dein Vater und ich hatten lange darunter zu leiden. Als wir heiraten wollten, hat Großvater getobt, an uns ließ er den Zorn aus, den er damals nicht zeigen konnte. Es war schlimm, sehr schlimm . . . Wie folgenschwer diese Begegnung wirklich gewesen war, hat sie nicht erzählt.

Ich starre noch immer auf das schön arrangierte Familienfoto und lese im Blick Theodor Kattbekes die Kälte der Selbstgerechtigkeit. Er starb knapp sechzigjährig und hinterließ seiner Frau fünf Töchter und vier Söhne, zwei Häuser und ein kleines Vermögen. Nach elf Geburten hatte Josefa Kattbeke es abgelehnt, weiterhin das Schlafzimmer mit ihrem Mann zu teilen, es war die einzige Art der Geburtenbeschränkung, die ihre streng religiöse Lebenseinstellung zuließ. Das Familienklima sank auf die Wärmegrade bloßer Pflichterfüllung. Auf dem Foto sitzen also die Eheleute Kattbeke weit auseinander, er ganz außen am rechten Rand, sie links von der Bildmitte, eingerahmt von ihrem ältesten Sohn und der jüngsten Tochter. Kaum einer lächelt auf diesem Bild, Rudi Kattbeke, der jüngste von allen, hat den Arm um die Schulter der Mutter gelegt, und er grinst. Ferdinand steht direkt neben seinem Vater, und die Ähnlichkeit ihrer Gesichtszüge ist auffallend, aber mein Vater schaut mit offenem, etwas verträumtem Blick aus dem Bild.

Wie aber lebten diese Menschen zusammen, die friedlich vereint dem Fotografen ihre Sonntagsgesichter zur Ablichtung darboten? Was weiß ich davon? Und hat es überhaupt über die Jahre hinweg etwas mit mir zu tun?

Ich kannte das Elternhaus meines Vaters in der Flutgrafenstraße. Es war drei Stockwerke hoch, zeigte eine bürgerstolze Fassade mit hohen, blanken Fenstern und halbrunden Erkern. Theodor Kattbeke hatte es selbst entworfen und gebaut. Die Familie bewohnte die Beletage. Im Treppenhaus – so beschrieb es mein Vater – hingen in schwarzen Rahmen Bibelverse und Psalmen, mit den Treppenstufen ansteigend Vers um Vers. Hinter der verglasten Korridortür spielte sich leises Familienleben ab, gedämpft von strenger Frömmigkeit. Nach draußen drang gelegentlich die gereizte Stimme der Hausfrau und mit trauriger Regelmäßigkeit das Schreien geprügelter Knaben. Mein Vater erzählte widerwillig davon. Noch immer mochten ihn die Prüfungsstunden des Vaters kränken, täglich gegen sechs Uhr fanden sie statt vor dem schweigsamen Abendbrot.

Wir stopften uns Zeitungen in die Unterhose, weil wir kaum je ohne Prügel davonkamen, sagte Vater.

Er hat mit dem Stock auf den Hosenboden geschlagen. Wir mußten uns über den Stuhl beugen.

Wir zeigten unsere Schularbeiten und Hefte und Zeichnungen vor, wurden abgehört. Er fand immer etwas, was nicht stimmte, nicht ordentlich genug war, oder wir stotterten, vergaßen vor lauter Angst historische Jahreszahlen oder Vokabeln. Er wollte uns auf den Pfad der Tugend, der Ordnung, des Fleißes und Respekts prügeln.

Ich habe ihn gehaßt.

Einmal hat er mich am Kragen ganz dicht zu sich herangezogen. Ich sah mich gespiegelt in seiner Pupille. Ich war kleinwinzig. Und ich stand auf dem Kopf.

Das habe ich nie vergessen.

Weg mit dem stolzen Familienfoto. Ich will es nicht mehr sehen. Mit der Familie habe ich nichts zu tun. Was hat sie meinem Vater angetan? Ihn für immer klein gemacht.

Ich war kleinwinzig. Und ich stand kopf.

Die Familie brach sowieso auseinander, als der Vater gestorben war. Die zart wirkende Josefa Kattbeke überließ ihre Söhne sich selbst und zog mit ihren Töchtern zusammen in ein kleineres Haus. Sie hatte kein Interesse mehr an ihnen.

Ich stopfe die alte Fotografie in den Pralinenkasten zurück. Der Deckel hebt sich. Ich brauche ein Gummiband, um die Schachtel zusammenzuhalten. Mit steifen Beinen stehe ich auf, um ein Gummiband aus der Küche zu holen.

Wie still es hier ist! Vor dem Küchenfenster wechseln Sonnenlicht und Wolkenschatten eines launischen Spätsommertags. Und mich fröstelt bis ins Herz. Warum hab' ich nicht nach allem, was früher war, gefragt? Gefragt, als noch Zeit war zu fragen.

Es ist noch ein Rest Kaffee da, ich gieße mir eine Tasse voll. Mit der Tasse stehe ich vor dem Fenster, starre durch die Gardine auf die Straße hinaus. Hier hat meine Mutter auch oft gestanden, hat Nachbarn vorüber gehen sehen, hat nach meinem Auto ausgeschaut.

Sie ist auch mal ein Kind gewesen, meine Mutter, ein keckes, lustiges Ding. Und verwöhnt wurde sie, wie die oft erzählte Geschichte von dem verhängnisvollen Wurstzipfel zeigt. Sie muß sich kurz nach dem Ersten Weltkrieg zugetragen haben. Es waren schwere Zeiten, Zeiten, in denen die Lebensmittel so knapp waren, daß es Lebensmittelkarten gab.

Aber, wie oft versichert, war Johannes Schulte auch in Notzeiten imstande, seine Familie mehr als reichlich mit allem zu versorgen. Jedenfalls kaufte er jedes Jahr zwei dicke Schweine bei Bauern, für die er gearbeitet hatte. Eines der Schweine wurde beim Amt angemeldet, das andere schwarz geschlachtet. Für Schultes gab es dann auf der Lebensmittelkarte kein Fleisch mehr. Keiner durfte wissen, daß Johannes Schulte ein »schwarzes Schwein« schlachten ließ. Wenn sein Freund, der Metzgermeister Tenholter, ins Haus kam um zu schlachten, mußten Hanna und Lisa den ganzen Tag vor dem Haus spielen, Besucher melden, also Schmiere stehen. Vater nahm seine Töchter streng ins Gebet, kein Sterbenswörtchen des Familiengeheimnisses zu verraten.

Es war wieder soweit. Metzgermeister Tenholter arbeitete bei Schultes, es wurde geschlachtet, gewurstet, gekocht und gepökelt. Mariechen bereitete ihren berühmten Kartoffelsalat. Es war Abend und die Arbeit getan. Die Mädchen durften ins Haus kommen. Der Tisch war gedeckt. Mariechen zog eine Kette feinster Mettwürste aus der siedenden Wurstbrühe, legte sie in eine Schüssel und sagte: Hanna, hol Vater zum Essen! Laß die Finger von der Wurst! Aber Hanna hörte nicht, schnitt sich rasch ein mundgerechtes Endchen von der heißen Wurst, steckte es in den Mund und lief über den Hof zur Werkstatt. Vater, du kannst ess . . . Mitten im Wort rutschte ihr ein Stückchen Wurst in die Luftröhre und blieb da stecken.

Zuerst nahm man die Sache nicht so ernst. Hanna hustete. Mutter klopfte auf den Rücken. Vater riß ihr die Arme hoch. Hanna lief dunkelrot an, hustete, hustete, konnte nicht mehr aufhören.

Trink einen Schluck!

Iß ein Stückchen trockenes Brot!

Hanna hustete und hustete, bis schließlich ein Schwall hellroten Bluts aus ihrem Mund schoß. Ihre Hände waren blutig, dann die Schürze, und das Blut tropfte auf den Fußboden.

Als der Arzt kam, lag Hanna im Wohnzimmer auf dem Sofa, Lisa brachte nasse Handtücher. Mutter tupfte das Blut von Hannas Lippen. Hanna schloß die Augen. Völlig erschöpft und bleich sah sie aus, als ob sie sterben müßte. Mutter weinte.

Dr. Mallinkrodt untersuchte Hanna, sah die immer neu aufquellenden Blutstropfen und sagte: Es ist ein Lungenriß. Ich weiß nicht, wie groß er ist, aber das ist nicht das Entscheidende. Hanna muß drei Monate lang vollkommen ruhig im Bett liegen, darf nicht aufstehen, sich nicht aufrichten, nicht viel sprechen. Und die Temperatur im Zimmer muß gleichbleibend bei einundzwanzig Grad gehalten werden. Die Blutung wird gleich aufhören. Wenn Hanna gesund werden soll, muß sie sich streng an meine Anordnungen halten.

Dafür sorg' ich schon! Ein Lungenriß! Was für ein Unglück! Hanna, mein Schätzchen, wie fühlst du dich?

Hanna liefen die Tränen seitlich über die Backen ins Kissen. Sie sagte gar nichts.

Lisa drängte sich zu ihr hin, streichelte sie weinend. Du sollst nicht bluten. Du sollst nicht bluten!

Hanna bekam ein Bett im besten Zimmer in der ersten Etage, in dem Zimmer, in dem bloß Weihnachten, Geburtstage und hoher Besuch gefeiert wurden. Johannes hatte für sein Badezimmer Gasheizung in die erste Etage gelegt und auch das beste Zimmer mit einer Gasheizung versehen. Hier ließ sich die gleichmäßige Wärme halten. Mutter brauchte immer nur eine Treppe hinaufzulaufen, wenn Hanna etwas brauchte. Hier lag sie fernab vom unruhigen Verkehr des Geschäftshaushaltes und wurde nicht gestört und aufgeregt.

Die Schwestern liebten beide das beste Zimmer ganz besonders. Es war so hell und freundlich, an den Fenstern hingen Spitzengardinen. Der Teppich hatte ein großes rotes Muster in der Mitte, wie ein ovales Medaillon, und am Rand Fransen. Auf einem runden, einbeinigen Tischchen stand eine Puppe mit weitem Rüschenrock. Auf dem Eßtisch lagen in einer Kristallschale Früchte aus Wachs. Hanna hatte viel Zeit, all die Herrlichkeiten des Zimmers zu betrachten, und meistens fühlte sie sich wohl. Auf der Wand gegenüber ihrem Krankenbett stand das Klavier. Es war für Lisa angeschafft worden, einmal in der Woche kam der Klavierlehrer, ein älterer Mann mit einem Kneifer auf der Nase, und Hanna hörte zu, wie Lisa klimperte, wie sie für ihre Fehler sanft getadelt und für ihren leichten Anschlag gelobt wurde. Auf dem Klavier lag Hannas Geige. Aber sie war froh, daß sie jetzt nicht mehr zu üben brauchte. Die Geige war ihr langweilig geworden. Seit einiger Zeit wünschte sie sich Gesangstunden, seit nämlich die Lehrerin in der Schule gesagt hatte, sie hätte eine glockenreine Stimme. Aber vorläufig konnte sie nicht ans Singen denken.

Hanna wurde mit allem verwöhnt. Sie wünschte sich Postkarten mit schönen Bildern. Und die bekam sie auch mitsamt einem Album. Mutter sagte mindestens dreimal in der Woche: Lisa, lauf, kauf für Hanna eine neue Serie Postkarten!

Lisa kaufte Serien mit Liebespaaren, mit schönen Mädchen, mit Kätzchen, mit Kirchen. Hanna betrachtete sie stundenlang und sortierte sie neu in ihr Album.

Lisa, bring Hanna ein Glas Milch rauf!

Lauf schnell, Lisa, Hanna hat gerufen. Sie soll nicht zweimal rufen!

Du solltest deiner Schwester etwas vorlesen, sie liegt so allein!

Mach' ich doch jeden Tag! maulte Lisa.

In diesen langen Wochen, während Hanna langsam genas, gewann Lisa die Überzeugung, daß die Mutter Hanna wohl mehr liebte als sie. Und wenn sie für Hanna die Treppe rauf und runter, rauf und runter laufen mußte, wünschte sie sich, auch einmal so richtig krank zu sein, damit Mutter sie mehr liebhatte als Hanna.

Hanna und Lisa! Wenn Lisa fürchtete, die Mutter liebe Hanna mehr als sie, so argwöhnte Hanna, daß der Vater Lisa mehr liebte als sie. Aber das war ja alles nur eifersüchtiger Unsinn. Oder? Da ist doch die Geschichte mit Lisas »gutem Kopf«! Mit Genuß breitete Tante Lisa ihr liebstes Stück Kindheitserinnerung vor uns aus, wenn die alten Zeiten zur Sprache kamen. Lisa, Vaters kluges Mädchen . . .

Sonntagmorgens nach der Messe geht Johannes Schulte zum Friseur.

Na, Lisa, gehst du mit zu Onkel Hugo?

Au ja! Mantel an, Hütchen auf. Die kleine Hand in die große, fleischige, vertrauenerweckende Hand gelegt.

Der Vater macht große Schritte, Lisa muß drei Schritte machen, wenn Vater zwei macht. Er merkt es, hält an und beginnt zu trippeln wie ein Fräulein im engen Rock. Lisa lacht aus vollem Hals. Vater auch.

Guten Morgen, Herr Schulte!

Guten Morgen, Herr Müller!

Gehn Sie spazieren mit dem Fräulein Tochter?

Lisa reckt sich, um auch wie ein Fräulein auszusehen. Sie lächelt und nickt.

Meine Tochter begleitet mich zum Friseur!

Vater lüftet den Hut und geht weiter.

Guten Morgen, guten Morgen!

Was ist das für ein schöner Tag! So viele Leute kennen den Vater, machen im Vorübergehen leichte Verbeugungen, und Vater muß immer wieder den Hut hochheben.

Schönen guten Morgen, Herr Bruck! ruft Vater.

Ach, Herr Schulte! Ebenfalls einen schönen, guten Morgen! Wie gehn die Geschäfte?

Es geht aufwärts, Herr Bruck!

Wer war das, Vater?

Das war der Herr Bürgermeister!

Kennen dich alle Leute in der Stadt?

Aber sicher. Bin ich nicht ein großer Mann? Vater lacht und wirft sich in die Brust. Lisa ist stolz auf den Vater, wirklich, er ist ein großer Mann.

Beim Friseur wird Johannes Schulte wie ein Gast empfangen, auf den man schon gewartet hat. Onkel Hugo ist kein richtiger Onkel, sondern ein Freund des Vaters. Lisa darf von klein auf »Onkel Hugo« zu ihm sagen. Jetzt wedelt Onkel Hugo mit seinem Handtuch über einen Hokker und sagt: Bitteschön, junge Dame, nehmen Sie hier Platz! Lisa macht einen Knicks und bedankt sich. Für Vater wird der große Sessel mit der Kopfstütze zurechtgerückt.

Schneiden und Rasieren, Johannes?

Wie immer, Hugo!

Schöner Tag, heute! sagt Onkel Hugo und fängt mit seiner Arbeit an. Sag mal, Lisa, kannst du wieder ein neues Gedicht aufsagen?

Lisa strahlt. Ja, kann ich!

Die Türglocke bimmelt, und ein neuer Kunde betritt den Laden. Als endlich die Begrüßung vorbei ist und der neue Kunde gemütlich neben Lisa sitzt, kommt Onkel Hugo auf das Gedicht zurück, das Lisa gelernt hat.

Also, Lisa, wie ist das mit dem Gedicht? Wenn du es aufsagst und es mir gefällt, bekommst du eine Tafel Schokolade. Du darfst sogar die Farbe des Einwickelpapiers aussuchen.

Lisa geniert sich nicht. Sie rutscht vom Hocker, macht einen Knicks und beginnt mit heller Stimme zu rezitieren:

Herr von Ribbeck auf Ribbeck im Havelland. Sie spricht das Gedicht mit guter Betonung, ohne Stocken und Zögern bis zum Ende. Vater hat aufmerksam zugehört. Onkel Hugo unterbricht seine Arbeit, und der neue Kunde guckt sie unverwandt an.

Bravo! sagt Onkel Hugo. Bravo!

So ein kleines Mädchen und so ein langes Gedicht. Und was für ein schönes Gedicht! Hat mir sehr gut gefallen, sagt der fremde Mann.

Die Kleine hat einen guten Kopf! erklärt Onkel Hugo. Hier, such dir eine Tafel Schokolade aus!

Lisa wählt eine fünfzig Gramm Stollwerkschokolade in knisterndem lila Papier. Jetzt endlich wird Vater eingeschäumt und rasiert. Aber zwischendurch zwinkert er Lisa zu; Lisa kann merken, daß er mit ihr zufrieden ist, mit dem Mädchen, das einen guten Kopf hat. Frisch rasiert, mit gestutzten Haaren glänzt und duftet Vater so gut, daß Lisa in seine Arme läuft und sich fest an ihn drückt.

Guten Morgen, allerseits! sagt Vater.

Kommt bald wieder! ruft Hugo hinter Vater und Tochter her. Und bring wieder ein neues Gedicht mit, Lisa!

Daß das Kind einen guten Kopf hat, sagt auch der Großvater, Karl Maier. Das Kind gehört auf eine höhere Schule, Johannes, das kannst du dir doch leisten!

Ja, das kann Johannes sich leisten, und so wird Lisa im städtischen Lyzeum angemeldet.

Wenn Lisa zur höheren Schule geht, kann Hanna nicht in der Volksschule bleiben! erklärt Mariechen. Das wäre nicht gerecht!

Hannas Leistungen in der Schule sind nicht so berühmt. Sie ist im Lauf der Schuljahre so oft krank gewesen mit ihren ewigen Halsentzündungen, Gelenkrheuma und eben erst mit dem Lungenriß, daß das Lyzeum bestimmt zu hohe Anforderungen stellt. Also entscheiden sich die Eltern für die von Nonnen geführte Marienschule. Überhaupt, da lernen Mädchen, was sie in ihrem Frauenleben gebrauchen können und nicht so wissenschaftliches Zeug wie im Lyzeum.

Hanna guckt ihre Schwester schief an. So, sie hat einen guten Kopf! So, sie besucht das Lyzeum! So, trägt eine Schuluniform, eine flache Kappe mit blauem Band! Ha, was die kann, kann ich auch!

Lisa lernt Französisch! Que ce que c'est – was ist denn das? L'encrier das Tintenfaß, le boef der Ochs, la vache die Kuh, fermer la porte, die Tür mach zu.

Lisa kann französisch singen, und Hanna stichelt mühselig Hohlsaum. Handarbeiten sind nicht ihr Fall, damit kann sie noch nicht einmal angeben, schon gar nicht die Schwester übertrumpfen. Dennoch bleibt es ein Gesetz für Hanna, daß Lisa die Kleine ist und daß Hanna bestimmen kann und alles besser weiß.

Mit fünfzehn Jahren kommt Hanna aus der Marienschule und wird Haustochter. Mutter kann sie gut gebrauchen. Hanna kann im Laden beim Verkauf helfen, Hanna kann Telefonate annehmen, Rechnungen schreiben, Hanna ist für alles da, vor allem als Mutters Begleitung, wenn sie aus dem Haus gehen will. Sie stützt sich gern auf Hannas Arm, das erleichtert ihr das Laufen, sie hat nämlich ein verkürztes Bein. Und wenn gar Schnee liegt, ist Hannas Begleitung unbedingt erforderlich.

All ihre Aufgaben erledigt Hanna fröhlich und unbeschwert, sie ist so sorglos, lebt ein Leben ungetrübter Freude, wenn sie nicht gerade irgendeinen Unsinn gemacht hat oder der Mutter Widerworte gibt. Und die Kunden sagen: Was für ein reizendes Mädchen ist Ihr Fräulein Tochter, Frau Schulte!

Na also! Hanna ist eine reizende Tochter! Und Lisa ist eine eingebildete Gans! Wie nennt sich ihr Mädchenclub? Sexta fidelitas! So ein Stuß! Lisa und ihre Freundinnen schließen Hanna aus. Wenn sie zu Besuch kommen, tuscheln sie in einer Geheimsprache oder werfen mit Fremdwörtern herum! Genitiv und Akkusativ! So was versteht doch kein Mensch! Alles nur Angeberei.

Aber Lisa ist eine sehr gute Schülerin. Plötzlich, mit vierzehn, als sie nicht mehr schulpflichtig ist, will sie vom Lyzeum abgehen. Warum? Weil vier von ihren Freundinnen aus dem Sexta-fidelitas-Club auch abgehen wollen.

Lisa kommt von der Schule nach Hause und sagt: Mutter, du sollst mal zu Herrn Studienrat Meinberg kommen, er will mit dir reden, weil ich mich abmelden will!

In die Schule kommen? Ja, was soll ich denn sagen? fragt Mutter.

Ich will nicht mehr hingehen. Gerda, Lucie, Grete und Dora gehen auch ab. Was soll ich dann noch da?

Du hast bestimmt was ausgefressen! meint Hanna.

Ach, du hast ja keine Ahnung! Sie wollen mich nicht gehen lassen!

Ziege!

Ich geb' mich gar nicht mit dir ab! sagt Lisa kalt.

Ja, dann muß ich wohl in die Schule gehen, oder? fragt Mutter.

Eigentlich hat es keinen Zweck, ich hab' doch keine Lust mehr!

Herr Studienrat Meinberg erklärt Mariechen Schulte, daß es wirklich schade wäre, wenn Lisa zwei Jahre vor dem Einjährigen die Schule verlassen würde. Sie sei eine hervorragende Schülerin. Sie könne es sogar bis zum Abitur schaffen! Aber was soll sie denn damit? fragt Mariechen Schulte. Sie wird bestimmt heiraten und Kinder kriegen. Und wenn sie nun partout nicht will?

Johannes und Mariechen sind sich einig, Lisa soll das selbst entscheiden. Sie hat für ein Mädchen genug Bildung. Also geht Lisa vom Lyzeum ab und meldet sich mit Gerda zusammen an einer privaten Handelsschule an. Zwei Jahre lernt sie Geschäftsbriefe schreiben. Schreibmaschine und Kurzschrift Stolze-Schrey, Buchführung, Büroordnung.

Hanna laufen derweil alle Jungens nach, sie besucht die Tanzschule und nimmt Gesangsunterricht. Bei ihrem Gesangslehrer lernt sie Schubertlieder, aber solche melancholischen Sachen wie »Drüben hinterm Dorfe steht ein Leiermann, tamm tamm tamm«, die sind ihr nicht schwungvoll genug. Zu Hause singt sie »Puppchen, du bist mein Augenstern« und voller Gefühl »Zwei rote Rosen, ein zarter Kuß!« und mit seelenvollem Augenaufschlag, dessen Wirkung ihr bewußt ist: »Liebling, mein Herz läßt dich grüßen . . .«

Die ganze Familie applaudiert ihr. Lisa möchte auch tanzen wie Hanna. Und gönnerhaft zeigt Hanna, wie Charleston geht, so und so. Ja, Hanna ist schwungvoll, graziös und schön. Das denkt Lisa auch, Hanna ist die schönste.

Im Küchenschrank finde ich rechts neben der Kaffeekanne ein Bündel Papiere, Umschläge, Tüten. Was ist das? Die Tüten sind gefüllt mit Kassenbons des Konsums, säuberlich hat meine Mutter die Summen der Bons untereinandergeschrieben und addiert, so daß jeweils eine Summe von etwa 100,– DM herauskam. Der Konsum zahlt drei Prozent Rückvergütung von allen Einkäufen, das hat sie immer ausgenutzt. Am Ende des Jahres kriegte sie eine schöne Summe ausgezahlt. Richtig, davon hat sie Weihnachtseinkäufe gemacht. Diese Abschnitte und ihre sorgfältige Schrift, die ordentlichen Zahlenkolonnen rufen augenblicklich das Brennen hervor, das meine Augen blind macht und meine Kehle trocken. Natürlich werde ich zum Konsum gehen, irgendwann, und dein angespartes Guthaben fordern. Das ist in deinem Sinn, Sparsamkeit war immer eine Tugend, in der du mich üben wolltest, weil Geld so wichtig war für dich.

Geld! Geld war überhaupt das wichtigste. Es war nicht nur ein Mittel, sich das Leben zu erleichtern, schöne Dinge zu besitzen, Erlebnisse und Reisen zu kaufen, sich Wertvolles zu leisten. Es war auch ein Machtmittel. Geld bedeutete Macht.

Du hast gespart. Wenn ich bedenke, wie du gespart hast: keinen neuen Pelzmantel gekauft, keine Flugreise unternommen, die Vater so gern noch erlebt hätte, keine echten Teppiche gegönnt, und auch der Fernsehapparat war noch lange gut genug . . .

Wieviel hast du gespart! Die Summe hat mir die Sprache verschlagen. Eine stolze Summe, diese Summe deiner Verzichte – sie muß dir eine heimliche Befriedigung bedeutet haben: Ich bin reich. Ich habe Tausende angehäuft, wie mein Vater. Das hast du gedacht. Wie mein Vater! Denn du hast gern die Geschichte erzählt, wie eines Tages in den frühen Jahren der Ehe deines Vaters die Schwiegermutter

41

bei Mariechen aufgetaucht war und gefragt hatte: Na, wie gehen denn die Geschäfte bei Johannes?

Dann sprachst du langsam, geheimnisvoll, als berichtetest du von einem Märchen: Meine Mutter, sagtest du, meine Mutter holte eine Geldkassette aus dem Schreibtischfach, öffnete sie, und sie war gefüllt mit Gold und Silberstücken, denen Vater mehr traute als Papiergeld. Sie ließ die Schwiegermutter mit beiden Händen im Gold wühlen. Und die staunte: Mein Gott, seid ihr reich! Und du, du mußt dir das Gefühl vorgestellt haben, das man vielleicht erfährt, wenn man seine Hände in Münzen vergraben kann. Gewiß dasselbe Gefühl, das du beim Blick auf dein Sparbuch und deine Wertpapiere empfandest. Du hast gewußt, wie sehr ich staunen würde, wenn ich das alles erbte, wovon ich nichts gewußt hatte.

Du schätztest die Menschen ein nach der Menge Geld, die sie verdienten. Na, was verdient denn dein Freund? fragte sie mich früher.

Er studiert noch, gar nichts, im Augenblick.

Dann ist er nicht der richtige!

Und ich habe Peter doch geheiratet, du mochtest ihn nicht, weil auch er dem Maßstab nicht genügte, den Johannes Schulte in deinem Kopf ein für alle Mal gesetzt hatte.

Warum? Warum? Weil du aus dem Überfluß deines Elternhauses sorglos in eine Ehe gegangen warst, in der dann die Sorgen begannen? Dabei waren die Zeiten schlecht . . . aber das war kein Argument, dein Vater war ja auch in schlechten Zeiten reich gewesen.

Meine Mutter ist krank, sie wird sterben, aber sie denkt an ihr Geld: Hör zu! verlangt sie. Sie lächelt nicht. Du sollst Geld von der Sparkasse abheben. Ich will dir Schecks unterschreiben. Hole mein Scheckheft. Es liegt im Küchenschrank.

Du brauchst doch kein Geld.

Ich will, daß alles geregelt ist. Ich kann nicht mehr weiter. Und du mußt das Geld abheben können.

Ja, ich hole das Scheckheft, wenn es dich beruhigt.

Es beruhigt mich.

Ich hebe ihren Oberkörper hoch, packe die dünnen Beine und schiebe sie aus dem Bett, sie hängen über den Bettrand, ich stecke die Füße in ihre schäbigen roten Pantoffeln. Ich lenke das Nachtschränkchen mit dem langen Tablett über ihren Schoß als Schreibtisch. Ich suche ihre Brille. Zum ersten Mal in diesen langen Krankenhauswochen setzt sie ihre Brille auf. Sie schreibt kaum leserlich, kaum entzifferbar ihren Namen auf zwei Schecks. Gut. Sie ist erschöpft. Aber zufrieden.

Erledige das.

Ja. Ich räume den Tisch wieder fort, lege sie vorsichtig zurück in ihre Kissen, verstaue die Brille.

Es ärgert mich, sagt sie deutlich, wenn ich daran denke, daß du mein schönes Geld verschleudern wirst . . .

Das ist so ein Satz, der lange wehtut. Er gehört zum Nachlaß. Dein schönes Geld wird unheimlich für immer. Dein schönes Geld ist für mich nicht brauchbar. Es ist kein ordinäres Zahlungsmittel, mit dem ich mir vielleicht einen Wunsch erfüllen könnte. Es ist dein schönes, gehortetes, gespartes, vermehrtes, geliebtes, dein teures Geld. Ich kann es nicht anrühren. Ich will nichts davon haben. Ich lege es fest und lege es an, ich sammle die Zinsen und lege sie abermals auf die hohe Kante. Ich zähle dieses verdammte schöne Geld zusammen und rühre es nicht an.

Dein schönes Geld.

Ich werde es nicht verschleudern. Aber ich werde auch nichts davon haben. Wenn du gedacht hast, du sparst es für mich, so hast du dich darin geirrt. Ich will dein schönes Geld nicht haben. Nein, du hast nicht für mich gespart, es hat dich unter anderen erhöht. Wer Geld hat, gilt etwas.

Geh mir weg mit deinem schönen Geld.

Aus den Kleiderschränken quellen ihre Kleider, Röcke, Blusen, Kostüme, Mäntel, Pelze, Pullover. Sie hat Unterschiede gemacht zwischen Alltagskleidung, Sachen für die Küche und den guten Kleidern, den Sonntagsnachmittags-ausgehsachen.

Es sind so hübsche Stücke dabei. Das Grüne mit dem weißen Kragen stand ihr so gut. Kann ich denn ihre Sachen tragen? In dem Grünen dahergehen, als sei ich sie? Bleib sachlich! Triff Entscheidungen: Sachen mit Gürteln passen mir, die geb' ich nicht weg.

Ich halte das gelbe Hochsommerkleid vor meinen Körper und starre in den Spiegel. Langsam steigt Schrecken in mir hoch.

Ich trage schwarzes Zeug von oben bis unten. Das Gelbe berührt mich grotesk. Nicht nur meine Kleidung ist schwarz, mein Gesicht, meine Miene, meine Augen, alles.

Gelbes Sonntagskleid wie eine Blume auf schwarzem Grund, heitere Tage, die vergangen sind. Nie mehr, nie mehr — und sie legte die Perlen um, die genau in den Ausschnitt paßten. Dieses Kleid trug sie an dem letzten vergnügten, sorglosen Tag, den wir gemeinsam verbracht haben.

Ich sehe sie gehen. Sie ging wie jemand, der auf Abenteuer wartet, wie jemand, der Abenteuer für möglich hält, wie jemand, der gerade Zeit hat für Abenteuer. Zu dem sonnengelben Kleid trug sie weiße Sandalen, eine weiße

Handtasche, auch ihr Haar, das sie längst nicht mehr färbte, leuchtete weiß. Ich habe gedacht: Sie hat schöne Beine. Schlanke Beine, ihre Beine fielen einem jedesmal auf, wenn man sie gehen sah.

In der Fußgängerzone standen vor einer Eisdiele Tische und Stühle in der Sonne. Alle Geschäfte hatten geöffnet, doch alles trug ein Sonntagsgesicht zur Schau. Sie blieb vor einem Gemüseladen stehen, studierte die Preise. Sie war groß im Preisvergleichen, sie hatte alle aktuellen Preise im Kopf. Sie hatte das wünschenswerte Verbraucherbewußtsein, von dem in der Presse die Rede ist. Ich muß darüber lachen. Es kommt mir lächerlich vor, daß sie so viele Preise im Kopf hatte. Jedenfalls konnte ihr keiner etwas vormachen. Schließlich kauften wir süße Kirschen für meine Freundin, die wir gemeinsam besuchen wollten.

Eine Idylle. Meine Freundin hatte den Kaffeetisch im Garten gedeckt. Warmes Licht ergoß sich über Rosen. Irgendwo duftete Jasmin. Alle Türen des Hauses standen offen. Wir konnten in zwei Kinderzimmer schauen, in denen die liebenswürdige Unordnung von Spielsachen herrschte. Ich weiß, daß meine Mutter sich der Farbigkeit und Heiterkeit des Augenblicks bewußt wurde.

Es ist schön hier! sagte sie. Sie beobachtete meine Freundin, es gefiel ihr, wie sie den Kaffee eingoß, den Kuchen austeilte. Es gefiel ihr, daß die Kinder uns nach der Begrüßung allein ließen. Unser Gespräch hatte keine Schärfen, es gab keine Meinungsverschiedenheiten. Behaglich breiteten wir die guten Seiten unserer Verhältnisse aus. Wir schienen uns an keinerlei Sorgen zu erinnern. Alles war überschaubar und lief in eine überschaubare und beschauliche Zukunft. Nichts von Krankheit und Tod, nichts von Ohnmacht und Trauer. Stünde doch die Zeit still an so einem Nachmittag, im Licht des Sommers, im Duft der Rosen, in einem gedankenlosen Augenblick der Wunschlosigkeit.

Meine Mutter hatte eine Weile vergessen, daß es in ihrem Leben gerade jetzt, und zwar unübersehbar dicht, einen Strudel gab, vor dem ihr schwindelig wurde, wenn sie nur daran dachte. Seit Wochen dachte sie unaufhörlich daran. Als wir zurückfuhren, noch immer gelöst und friedfertig, begann sie von ihrer Schwester zu sprechen.

Ich habe Lisa gar nichts davon erzählt, daß ich heute mit dir fahren würde. Weißt du, sie hätte es nicht verstanden.

Sie sprach so vor sich hin, wie man im Auto mit dem anderen spricht, der sich aufs Fahren konzentriert. Sie blickte auf die Straße, die in die beginnende Dunkelheit lief, immer geradeaus. Ich schaltete die Scheinwerfer ein, und wir folgten einer langen Perlenschnur roter Rücklichter.

Lisa fand es schon nicht richtig, daß ich mit Anne zur Fronleichnamsprozession nach Köln gefahren bin, sagte sie. Sie will, daß ich zu ihr komme. Dabei fahre ich zweimal in der Woche zu ihr. Es ist umständlich und anstrengend.

Meinst du, daß Tante Lisa denkt, du solltest dich schonen, damit du regelmäßig an ihr Krankenbett kommen kannst?

Genau das denkt sie. Ich weiß nicht, was aus uns werden soll!

Ich hörte genau, daß sie »uns« sagte und nicht »ihr«. Sie band Lisas Schicksal an das eigene.

Plötzlich begriff ich. Plötzlich hatte ich die Einsicht, daß zwischen den Schwestern eine ähnliche, aus tausend Fäden gesponnene Abhängigkeit herrschte wie zwischen Mutter und Tochter, ihr und mir.

Ich liege nächtelang wach und denke darüber nach, wie es weitergehen soll . . .

Lisa, die kleine Schwester, hatte einen Schlaganfall erlitten und Lähmungen auf der linken Seite, vor allem im Bein, zurückbehalten.

Sie sollte sich mehr anstrengen, um wieder auf die Beine zu kommen. Sie läßt sich gehen, bloß weil der Professor gesagt hat, sie könne nicht mehr in ihre Wohnung zurückkehren und müßte in ein Altersheim. Das hat ihr den Mut genommen. Aber sie war ja immer verwöhnt. Und jetzt strengt sie sich nicht genug an, um gesund zu werden!

Sie hat Angst! sagte ich.

Meine Mutter ließ nicht gelten, daß ihre Schwester Angst hatte. Die sollte sie, bitteschön, überwinden. Es war ihr unerträglich, Lisa krank zu sehen und nicht nur vorübergehend krank, sondern abhängig. Tatsächlich hatte sich Lisas Leben von Grund auf geändert, sie konnte nicht mehr allein sein, sich etwas einkaufen, kochen, ihre Wohnung sauberhalten, selbständig sein. Das alles war wie abgeschnitten. Vorbei. Aus.

Geh mit mir zusammen in ein Altenheim, hat sie gesagt. Aber das mache ich nicht.

Meine Mutter fühlte sich verwirrt, deshalb war sie ungeduldig, sie kritisierte Lisa aus Angst. Lisas Verzweiflung, Abhängigkeit und Verlorensein spiegelte ihre eigene unsichere Zukunft. Wie ging es weiter, wenn man alt und krank wurde? Sie sah Lisa, die sie immer beneidet hatte, im Elend. Lisas Existenzangst fühlte sie wie ihre eigene. Es war ihre eigene.

Sie fühlte sich für Lisas Zukunft verantwortlich. Aber sie sah keine Lösung. Vielleicht dachte sie zum ersten Mal, daß der Tod unausweichlich ist. Auch für Lisa. Auch für sie.

Am nächsten Tag war meine Mutter erkältet. Es war ein Mittwoch. Freitags fuhr sie mit einem Taxi zu ihrer Ärztin, abends besuchte ich sie.

Am Samstag machte ich mir zum ersten Mal Sorgen, dachte, sie könne vielleicht ernsthaft erkrankt sein. Am Sonntag brachte ich sie Hals über Kopf ins Krankenhaus.

Am Abend rufe ich Tante Lisa an. Sie hat ein Telefon neben ihrem Bett. Gewiß hat sie schon auf Mutters Besuch gewartet. Ich sage ihr: Ich habe heute meine Mutter ins Krankenhaus gebracht.

Ich höre Lisa am anderen Ende der Leitung weinen. Sie hat keine Kraft, sich zu fassen. Aber das kann sie mir doch nicht antun. Ich brauche sie doch. Sie ist die einzige, die mir Mut macht. Es wird doch nichts passieren?

Ich verspreche Tante Lisa, daß meine Mutter nicht sterben wird. Man wird ihr helfen im Krankenhaus. Ganz bestimmt. Ich denke nicht daran, daß meine Mutter sterben kann.

Was hat sie denn? Sie war doch nur erkältet!

Sie sagen, es ist eine Herzschwäche.

Tante Lisa will nicht begreifen, daß es nun nicht mehr ihr allein schlecht geht, nein, auch Hanna ist krank. Sie fühlt sich von einem unbarmherzigen Schicksal verfolgt. Und ich versuche sie mit den Worten einer Unwissenden zu trösten.

Im Wohnzimmer meiner Mutter geht das Telefon. Jemand, der nicht weiß, daß sie gestorben ist, ruft hier an. Ich stelze über Schuhkartons und Kleiderberge und horche auf das Klingeln. Ich brauchte gar nicht dranzugehen. Es ist kein Anruf für mich. Aber so ein Telefon ruft gebieterisch. Ich melde mich, brauche einige Schaltsekunden, ehe ich verstehe, daß doch ich mit dem Anruf gemeint bin.

Ich würde gerne Mutters Couchgarnitur kaufen. Die ist doch gerade erst neu bezogen worden. Hat sie mir erzählt. Verkaufen Sie sie?

Ich sitze in einem der Sessel der Couchgarnitur. Ich sage: Nein, die verkaufe ich nicht. Ich habe noch nicht darüber nachgedacht.

Was verkaufen Sie denn?

Ich weiß es. Den Gasherd. Wir haben kein Gas in unserer Gegend. Also verkaufe ich den Gasherd.

Was soll der denn kosten?

Ich weiß es nicht, sage ich.

Wenn Sie ihn für 50 Mark verkaufen, dann weiß ich jemand, der ihn gerne haben möchte. Sie nehmen es mir doch nicht übel, daß ich anfrage? Der Haushalt wird aufgelöst, und da dachte ich, ich könnte Sie fragen, was Sie verkaufen wollen.

Ja, es ist schon in Ordnung.

Die Anruferin ist mir fremd. Ich kann mir aus Mutters Bekanntschaft keine Frau vorstellen, die so spricht. Sie spricht immer noch. Ja, ja, sage ich und lege den Hörer auf.

In der Nacht träume ich, daß ich bei meiner toten Mutter Wache halte. Ich sitze an ihrem Bett, und plötzlich blinzelt sie und wacht auf. Sie ist ganz lebendig.

Was wirst du von mir denken? frage ich verwirrt. Ich habe deine ganze Wohnung leergeräumt, die Sachen zu uns geschafft.

Es ist mir schrecklich, daß ich ihr das sagen muß. Ich beginne zu weinen. Alles leergeräumt, alles weggeschafft, alles, was du besessen hast, ausgeräumt. Aber wenn du jetzt wieder da bist, dann bringe ich alles wieder an seinen Platz. Ich bringe alles in Ordnung.

Sie hat sich nicht geäußert. Eine beruhigende Lösung bot der Traum nicht an.

Ich habe deinen Salzstreuer in Gebrauch genommen. Ich würze mit dem Salz, das auf mich gekommen ist durch deinen Tod.

Hanna hatte die älteren Rechte. Hanna war der Liebling, die Prinzessin – bis Lisa auf die Welt kam. Lisa, die kleine, die die Liebe der Mutter beanspruchte und auch bekam. Das konnte Hanna sehen, daß Mutter die Lisa liebhatte. Hatte sie auch Hanna noch lieb? Kann man zwei Kinder zugleich gleich liebhaben? Alle Liebe sollte Hanna gehören, ihr ging etwas ab, wenn die Mutter nur ein kleines bißchen die kleine Lisa liebte. Lisa war überflüssig, sie war ein Störenfried im Paradies.

Komm hierhin, Lisa!

Nein, nein, nein, Lisa, du darfst den Puppenwagen nicht schieben, das mache ich!

Hanna war größer, stärker und tüchtiger als Lisa. Sie konnte ihrer Schwester befehlen, konnte sie bestrafen, konnte sie auch beschützen, wenn die Kleine Hilfe brauchte.

Hanna spielte Erwachsene und Lisa war Kind. Hanna bestimmte alles. Lisa lernte, sich zu wehren. Nicht immer weiß sie sich zu wehren. Und eine Geschichte gibt es, die Lisa später oft erzählt hat und die sie bis an ihr Lebensende nicht vergessen wird, nie wird sie vergessen, in welche Verzweiflung Hanna sie gestürzt hat und wie sie sich gefühlt hat damals, gerade so, wie wenn man mit dem Kopf unter Wasser gedrückt wird und glaubt, keine Luft mehr zu kriegen.

Eines Tages hatte Hanna gesagt: Weißt du eigentlich, Lisa, daß du gar nicht unser Kind bist? Du bist bloß ein angenommenes Boddensblag.

Lisa war acht Jahre alt, klug genug, um langsam die schrecklichen Worte zu verstehen.

Das ist nicht wahr!

Das ist wohl wahr. Die Boddens haben so viele Kinder, da haben sie eins abgegeben, dich!

Das ist nicht wahr! rief Lisa verwirrt und erschrocken.

Aber sag es bloß nicht der Mutter, dann schickt sie dich wieder zurück! sagte Hanna kühl.

Das ist nicht wahr! Sag, daß es nicht wahr ist! schrie Lisa.

Aber Hanna lachte nur, als Lisa mit Fäusten auf sie losging.

Tagelang dachte Lisa über das Unglück nach, nicht zu Vater und Mutter zu gehören. Sie wußte nicht, wie sie es herauskriegen konnte, ob Hanna die Wahrheit gesagt hatte. Fragen konnte sie doch nicht, denn wenn es stimmte, schickten die Eltern sie fort.

Hanna ließ sie in Ruhe, als ob sie die ganze Geschichte vergessen hätte, und auch Lisa beruhigte sich allmählich. Aber dann, eines Abends im Bett, fing sie wieder davon an:

Du bist ja gar nicht unser Kind! Du bist ein angenommenes Boddensblag!

Jetzt reagierte Lisa blitzschnell, dicht neben ihr lag Hannas Arm, nur halb vom Nachthemdärmel bedeckt, sie biß in das weiße Fleisch so fest sie konnte, Hanna brüllte, sie brüllte so anhaltend, daß Mariechen Schulte ins Kinderzimmer hochstieg, um die Zankhähne zu trennen.

Hanna hielt der Mutter den Arm hin: Lisas Gebiß stand in Schönschrift auf Hannas weißer Haut, rot und flammend. Lisa kriegte ein paar Klapse auf den Po, weil keiner einen anderen so beißen darf, das war gerecht, fand Hanna. Aber dann fragte Mariechen Schulte, warum Lisa so schrecklich zugebissen hatte, und da kam heraus, in welche Angst und Schrecken Hanna ihre kleine Schwester Lisa versetzt hatte, und sie kriegte auch ihre Klapse auf den Po, weil keiner einen anderen so quälen darf, das war gerecht, dachte Lisa. Obendrein nahm Mariechen Schulte die kleine Lisa noch einmal ganz zärtlich in den Arm und streichelte sie und versicherte: Du bist unser kleines Mädchen, du bist Papas und Mamas kleines Mädchen, genau wie Hanna!

Hanna dachte, es wäre ganz überflüssig, die Kleine zu

trösten, die brauchte ja erst gar nicht auf ihren Spaß hereinzufallen.

Die Schwestern führten einen langen Streit ums Recht-haben. Alle Sachen gehörten Hanna. Was irgend im Haus oder gar auf der ganzen Welt für Sachen lagen, sie gehör-ten Hanna, und Lisa durfte sie nur anfassen, wenn Hanna es erlaubte.

Lisa gewöhnte sich an, das, was ihr gehörte, streng vor jedem Zugriff zu hüten. Sie ging achtsam mit ihrem Spiel-zeug um. Und sie ließ Hanna nichts anrühren. Erst durch Lisas auffälliges Verhältnis zum Eigentum lernte Hanna, daß es Dinge gab, die wertvoll waren. Da ihr ja eigentlich alles gehörte, waren eben die Dinge wertvoll, die Lisa hortete, sie waren ihr vorenthalten, also waren sie wertvoll. Ja, was Lisa besaß, war wertvoller als das, was Hanna besaß. Lisa machte es wertvoller.

So kam Neid zwischen die Schwestern. Sie waren schon junge Damen, als ihr Vater von der Reise jeder eine Perlenschnur mitbrachte. Beide waren entzückt. Lisa zählte die Perlen. Hanna zählte ihre Perlen. Wie konnte das sein? Hannas Perlenkette war um eine Perle reicher. Lisa geriet vor Eifersucht in Zorn. Sie bestand darauf, daß Hanna ihre Kette tauschte, oder wenn nicht, dann mußte die Kette aufgeschnitten und die eine Perle abgenommen werden. Zu der Zeit setzte Lisa ihren Willen durch.

Lisa entwickelte sich im Gegensatz zu Hanna. Wie Hanna es machte, wollte Lisa es nicht machen. So war sie kühl, besonnen und bewußt, während Hanna herzlich, großzügig, übermütig war. Lisa war streng, sorgsam, ja penibel, aber eifersüchtig. Ein Leben lang beneidete meine Mutter ihre Schwester. Als die Mädchen erwachsen und verheiratet und Mütter waren, wollte meine Mutter immer das besitzen, was auch Lisa bekam, die Perlen, die Pelze, die goldene Uhr, den Teppich. Und sie bekam es auch, wenn auch unter Opfern, wenn auch nach sorgfältigem Preisvergleich, damit man Gleichwertiges günstig erstand.

Was Lisa besaß, war wertvoller als das, was Hanna besaß. Tatsächlich sogar der Ehemann. Mein Vater hielt den Vergleich mit Lisas Ehemann nicht aus, denn der war nur kurze Zeit erwerbslos, während in den Jahren der Arbeitslosigkeit mein Vater nur endlos Bewerbungsbriefe schrieb in Schönschrift, in so schöner Schönschrift. Aber eines wurde wichtig: Ich. Die Tochter mußte die beste von allen Töchtern sein, die begabteste, die fleißigste, die herzlichste, tüchtigste, glücklichste, erfolgreichste. Im endlosen Konkurrenzspiel zwischen den Schwestern sollte ich Mutters Trumpfkarte sein. Aber Lisa hatte auch eine Tochter, Vera, und Vera machte die Triumphe schwer.

Hanna konzentrierte all ihre Kraft, all ihre Liebe und Aktivitäten auf dieses kleine Mädchen, das ich gewesen bin und das so wunderbar und so brav zu sein hatte, völlig das Geschöpf seiner Mutter.

War ich auch so brav und so wunderbar wie die Tochter der Schwester? Nein, es genügte nicht, genauso brav und wunderbar zu sein. Immer ein bißchen voraus! Immer ein bißchen besser mußte ich sein. Sobald ich in die Schule kam, gab es Erfolgsgeschichten über mich: Heute hat das Kind vier Fleißkärtchen von der Lehrerin bekommen! Was für ein tüchtiges Kind!

Und so beliebt! Immer hatte es Freundinnen, immer fragten Kinder, ob es mit ihnen spielen wolle.

Das Kind, das ich gewesen bin, ließ sich dressieren, das ließ sich ins Schema pressen, da hatte meine Mutter Erfolg. Nicht mit ihrem Mann, nicht in ihrer gesellschaftlichen Stellung, nicht in der Ehe – die Ehe der Schwester schien ihr glücklicher als die eigene, denn Lisa wurde mehr verwöhnt. Aber das kleine Mädchen machte alles wett. Ich war alles, was sie verlangte. Ich war alles, was ich ihr sein sollte.

Ich weiß nicht, warum ich ihrem Bild entsprach. Warum war ich nicht anders? Wie andere Kinder, die laut, wild, schmutzig und rebellisch waren? Oder wie die kleine Cousine, die eigenwillig, ernst, schüchtern und blank wie ein rotwangiger Apfel war? Ich nahm alles an mein Herz: Ente, Ball, fremde Kinder, Katzen, Hunde. Ich drückte es an meine Brust. Liebte alles. Ich war weich. Weich und freundlich. Was davon war unter dem Daumendruck meiner Mutter entstanden? Was davon war mein spontanes Ich? Ich war so, wie sie wollte, daß ich sei. So sollte ich sein: weich, freundlich, gefügig, liebevoll zu allem.

Das gefiel zum Beispiel meinem Großvater so besonders an mir. Mit mir ließ sich alles machen. Mit Vera nicht. Vera hielt sich zurück. Stolz erzählte meine Mutter, ich gewänne die Herzen aller Menschen. Aber war nicht sie es, die die Herzen der Menschen gewinnen wollte?

Vera ruhte mehr in sich, brauchte keinen Glanz. War nicht abhängig. Weil sie nicht freundlich sein mußte, war sie es nicht, brauchte es einfach nicht zu lernen, immerfort freundlich zu sein. Ich habe es für mein ganzes Leben gelernt.

Ein Kind braucht gar nicht immer freundlich zu sein. Warum auch? Aber ich. War ich nur freundlich, so war meine Mutter, ja die ganze Welt freundlich zu mir. Und umgekehrt: war ich nicht freundlich, so entzog meine Mutter mir ihre Liebe. War es ihre Liebe, die ich ständig hinter den Wolken von Langeweile und Unbefriedigtsein hervorlocken mußte?

Ich übertrug auf alles und alle die Erfahrung: mit Freundlichkeit erobere ich die Welt, die Liebe, das Wohlwollen. Es ging so weit, daß ich meine Sachen wegschenkte an fremde Kinder, damit sie freundlich zu mir waren.

Eine große Ernte an Freundlichkeit habe ich im Lauf meines Lebens eingefahren. Aber war sie nicht zu teuer? Und war das alles? Täusche ich mich nicht auch heute noch darüber, wie die Welt wirklich ist, weil mein Lächeln sie heller färbt? Und wenn ich nicht lerne, daß die Wirklichkeit brutal ist, so werde ich nie etwas von ihr begreifen. Ich werde sie niemals richtig sehen, weil ich sie sehen muß wie eine, die auf Liebe angewiesen ist. Ich würde zugrunde gehen ohne Freundlichkeit. Und so sagte ich »Ja«, wenn jemand etwas von mir wollte, und stimmte zu und verweigerte nicht und setzte keine Grenzen und gab weg, was ich hatte, all mein Leben lang.

Sie liebte mich so sehr.

Du liebst das Kind mit einer Affenliebe! höre ich Tante Lisa sagen.

Niemals konnte ich ihre Liebe mit gleicher Liebe vergelten. Ich war es schuldig – und bin es immer schuldig geblieben. Dennoch wollte ich dem Anspruch genügen. Ich lernte alle Gesten der Liebe und gab sie.

Aber weiß ich denn, weiß ich wirklich, ob ich sie geliebt habe? So, wie die Gesten der Liebe es ausdrückten? Ich mußte sie lieben. Wäre ich freier gewesen, wie hätte ich sie dann geliebt?

Zwei Kekse für jedes Kind am Samstag. Ich nahm eine alte Konservendose mit in die Schule, um die Kekse unversehrt nach Hause bringen zu können. Sie dufteten. Sie fühlten sich trocken, glatt und doch mürbe an. Ich wußte, wie sie schmeckten.

Ich brauchte dreißig Kekse. Als ich angefangen hatte zu sparen, glaubte ich, ich würde es nicht schaffen. Aber jetzt, jetzt waren es schon achtzehn Kekse, und noch sieben Wochen bis Mutters Geburtstag. Dreißig Kekse ergaben eine Kekstorte. Das sollte mein Geburtstagsgeschenk sein.

Zu Hause lagerte ich die Kekse in einer alten Blechschachtel, wenn ich sie öffnete, schlug mir der süße Duft entgegen, ich wurde vom Geruch satt und selig.

Und da ist noch eine Erinnerung, scharf, genau, schmerzhaft − ein Muster für sich wiederholende Szenen: Alles sauber, alles ordentlich. Die Tischdecke glatt, ohne Flecken. Das Geschirr gespült. Sonntag. Früher Nachmittag. Es ist still. Vor dem Fenster Regen. Das Grau des Regentags dringt ins Zimmer, Wolkenstimmung.

Ich leg' mich ein bißchen auf die Couch! sagt die Mutter. Vater ist gleich nach dem Essen aus dem Haus gegangen. Er spielt in einem Schachturnier. Er hat sie allein gelassen mit diesem trüben Nachmittag, mit dieser Langeweile, die von all den aufgeräumten Sachen ausgeht, alles ist fertig. Kein Strickzeug, kein angefangenes Buch. Die Mutter schließt angeödet die Augen. Es wird heute kein Besuch kommen. Nichts verspricht Abwechslung.

Kein Leben. Nur die Tochter ist da, schweigsam. Sie zieht Schuhe an. Ich, ich ziehe Schuhe an. Ich will weggehen. Ich weiß, um halb drei trifft sich die Clique am Kino. Ich muß dabei sein.

Warum ziehst du die Schuhe an? Du willst doch wohl nicht auch noch weggehen? Wohin? Dann bin ich ja ganz allein! sagt die Mutter.

Ich sehe es, sie ist allein. So still ist es, die Uhr tickt.

Ich will mich mit Dorothee am Kino treffen! sage ich.

Bleib hier. Wir machen es uns gemütlich!

Ich sehe es, wenn sie allein ist, bleiben ihr nur Tränen. Ihr Blick sagt: Ich habe nur dich. Geh nicht. Ich halt' es nicht aus. Bis zum Beginn der Vorstellung wird der Junge mit den hellen Augen mit seinen Freunden vor dem Kino herumstehen. Dorothee und ich werden das Spiel spielen: Hallo, ihr da! Was wollt ihr denn hier? Der Junge mit den hellen Augen ist größer und hübscher als alle anderen. Seine Stimme ist rauh, und manchmal schlägt sie zu einem drolligen Gicksern um. Er führt freche Reden, hat ein Gehabe an sich! Seinetwegen muß ich dabei sein. Man kann nicht wissen, vielleicht werde ich im Kino hinter oder sogar neben ihm sitzen.

Ich möchte doch gehen. Ich komme auch schnell zurück. Bestimmt.

Die anderen sind dir wohl mehr wert als ich? Auf mich brauchst du keine Rücksicht zu nehmen, was? Ach, dann geh doch weg, geh doch! Die Augen der Mutter sind dunkel, drohend.

So nicht. So nicht. Der Blick nagelt mich fest. Es ist schon spät. Gleich fährt die Straßenbahn. Der Zeiger der Uhr rückt vor. Sei nicht böse! sage ich, hin- und hergerissen.

Böse? Ich bin enttäuscht. Aber geh nur, geh nur. Ich weiß, woran ich bin. Du hast für mich nicht so viel übrig wie Schwarz unter dem Fingernagel.

Das ist nicht wahr. Das stimmt nicht. Ich kann nicht sprechen, um es ihr zu erklären. Sie ist so allein, aber jetzt muß ich gehn, aber dann ist es noch öder in diesem Zimmer. Sie sieht unglücklich aus, ablehnend. Das Urteil ist schon gefallen. Schwarz unter dem Fingernagel. Nicht so viel wert.

Tschüß, Mami. Bis gleich!

Käme doch ein freundliches Wort. Ich warte an der Tür auf die Lossprechung. Nichts. Sie sagt nichts.

Ich laufe los, ich erwische die Straßenbahn, Tränen laufen mir übers Gesicht. Die Straßenbahn fährt langsam, überall ist der Blick, ihr Blick voller Traurigkeit und Enttäuschung. Ich sitze in der Straßenbahn, wo ich doch bei ihr sein müßte. Ich bin in Ungnade gefallen. Wie soll ich das aushalten?

Vor dem Kino ist alles so, wie ich es mir ausgedacht und vorgestellt habe, alle sind gekommen, ein paar Jungen, Dorothee und Margot und der Junge mit den hellen Augen.

Ich hab' meine Tränen abgewischt. Ich gehöre dazu. Der Junge blitzt mich an. Er sagt etwas, alle lachen. Ich lache mit dem Mund, auswendiggelernt. Es ist klar, ich kann hier nicht bleiben. Der Film dauert zwei Stunden. Alle lösen Karten an der Kasse. Ich gehe noch mit bis zur Kasse. Ich muß nach Hause! sage ich zu Dorothee.

Jaja! sagt Dorothee. Dann tschüß!

Ich werde nicht vermißt. Nicht von Dorothee, nicht von dem Jungen, auf den es ankommt. Sie alle sind vergnügt auch ohne mich. Das ist es nicht wert, Mutter zu Hause allein sitzen zu lassen. Ich sehe eine Straßenbahn kommen. Ich warte nicht, bis die Gruppe im Kino verschwunden ist. Keiner bemerkt, daß ich nicht mehr da bin, ich laufe zur Haltestelle. Ich bin ungeduldig, verzweifelt, es dauert so lange, bis ich wieder zu Hause bin. Vielleicht versteht sie mich? Sie muß mich doch verstehen! Aber was soll sie verstehen? Ich bin dir nicht so viel wert wie Schwarz unter dem Fingernagel. Das ist nicht wahr.

Ich bin wieder da! sage ich zu ihr.

Mein Mädchen, mein Mädchen, warum weinst du denn so? Und sie streichelt mich und tröstet mich.

Ich wende das Innere nach außen. Ich fasse alles an, nehme es auseinander, lege meine Verwertungsmaßstäbe an, sortiere: weggeben und mitnehmen.

Sorgfältig in Seidenpapier gewickelt finde ich sechs Untersetzer. Ich hatte sie für sie gebastelt aus gebügelten Strohhalmen, die, zu verschiedenen Mustern gelegt, auf Karton geklebt waren. Hübsch, ja. Aber wertlos, ein Geschenk aus den Zeiten, da ich noch kein Geld verdiente und nichts schenken konnte, das etwas hermachte.

Und Briefe und Papiere, Fotos, Gebetbuchbildchen mit schwarzem Trauerrand, eine ganze Kiste voller Zeitungsausschnitte, was alles hatte sie gesammelt! Was hatte sie interessiert! Ich knie vor ausgeweideten Schrankfächern und Schubladen, Notizbücher mit Geburtstagsdaten, Rezepte, Adressen, Spielkarten und unbenutzte Kalender aus längst vergangenen Jahren. Viele Bündel mit Schnittmustern! Obwohl sie nicht gut und nicht gerne nähte, verwahrte sie doch Schnittmuster von Kleidern, die an ihrer Figur gesessen hatten.

Und das und das und das, das kommt alles zum Müll. Ganz zuunterst in dem Fach finde ich zwei Briefe, von einem roten Seidenband zusammengehalten. Der Absender ist: Maria Schulte. Es klingelt an der Tür. Ich blicke um mich. Eine Geröllhalde aus den Resten eines Lebens. Ich lasse niemanden in diese Landschaft schauen. Es klingelt fordernd ein zweites Mal. Ich öffne die Tür. Fremde Menschen. Ein Paar. Wir haben gehört, daß hier eine Wohnung frei wird. Wir möchten sie uns gerne mal ansehen, sagt der Mann. Wir haben nämlich eine sehr kalte Wohnung, und da wollen wir . . ., schwatzt die Frau.

Woher wissen Sie das denn? frage ich.

Vom Büro der Wohnungsverwaltung! sagt der Mann. Wir haben Anspruch auf eine Werkswohnung.

Ich bin dabei, den Haushalt aufzulösen, sage ich.

Die Frau geht forsch voran, an mir vorbei. Eine schöne helle, geräumige Küche! stellt sie fest. Das Bad ist auch groß genug. Der Mann versucht, höflich zu sein. Wenn Sie gestatten . . ., sagt er und läuft hinter seiner Frau her. Noch hängen die Gardinen, die Lampen, die Teppichböden liegen, wenn auch Brücken und Teppiche schon weggeräumt sind. Ich versuche mir die Wohnung in ihrem wohnlichen Zustand vorzustellen. Es gelingt mir nicht. Schon stehen die beiden im Schlafzimmer.

Aber das Schlafzimmer ist größer als das Wohnzimmer! sagt die Frau mit vorwurfsvoller Stimme. Wie sollen meine entzückenden Möbel in das kleine Wohnzimmer passen?

Ich habe einen Zollstock mitgebracht. Ich darf doch mal eben messen? fragt der Mann und knickt seinen Zollstock auseinander. Wir stellen das Schlafzimmer in den kleinen Raum und nehmen den größeren als Wohnzimmer.

Ist Ihnen die Wohnung schon zugesprochen? frage ich.

Nein, nein, wir wollten zuerst sehen, ob sie uns zusagt. Ich finde sie schön! sagt der Mann. Ja, aber es müßte viel gemacht werden. Wissen Sie, wir wohnen jetzt in einem Bungalow, ganz wunderbar, aber es ist dort zu kalt im Winter. Wir würden niemals ausziehen, wenn ich nicht immer so erbärmlich gefroren hätte. Den Schrank kriegen wir hin! ruft der Mann und steckt seinen Zollstock wieder ein. Die Decken werden wir vertäfeln! schwärmt die Frau. Sei doch mal still! fährt der Mann sie an. Wir sind bestimmt ruhige Mieter und ganz besonders sauber . . .

Ich vermiete Ihnen die Wohnung nicht. Ich ziehe hier bloß aus.

Ich verstehe schon. Es ist Ihnen doch recht, wenn wir noch einmal wiederkommen? Zuerst müssen wir uns um den Mietvertrag bemühen.

Ich bin nicht freundlich. Ich bin traurig. Schon kommen sie, die alle noch leben, und breiten sich aus, wo dein Reich

61

gewesen ist. Ich kann ihnen nicht wehren. Es ist so wie es ist. Du bist tot. Die Wohnung ist nur gemietet. Der Mietvertrag ist gekündigt. Du hast hier keine Wohnung mehr, keinen Haushalt, den zerstückele ich gerade.

Meine Hände fühlen sich schwer und überflüssig an. Ich halte noch immer die Briefe fest, die ich unter allen anderen Sachen gefunden habe. Ich setze mich damit an den Tisch. Ich brauche eine Pause. Der eine Brief von Mariechen Schulte ist am 28. April 1939 geschrieben, ein lieber, netter Brief, der die Tochter über die Alltäglichkeiten zu Hause informiert. Johannes Schulte ist an einer Grippe erkrankt, aber Ihr braucht Euch keine Sorgen zu machen, es geht ihm schon wieder besser! Er wollte immer schwitzen, und er hat auch geschwitzt, schrecklich . . . Seine Zunge ist ganz belegt, und es schmeckt ihm nichts. Jetzt, meint er, könne er verstehen, daß dem Kind, der Inge, nichts geschmeckt hätte, als es ihr nicht gut war . . .

Inge, das bin ich. In diesem alten Brief steht, daß es mir nicht gut war und mir nichts geschmeckt hätte. Später bittet meine Oma um die Anzahl der Maschen, die sie aufschlagen müsse, um mir einen Pullover zu stricken.

Etwas geheimnisvoll heißt es am Ende des Briefes: Schicke Dir diese Tage etwas, laß Inge nichts merken. Jetzt kann ich nichts schicken, weil Tante Anna hier ist. Diesen Brief verbrennen.

Warum sollte Hanna den Brief verbrennen? Sie hat es nicht getan, und jetzt wird klar, warum. Es ist der letzte Brief, den Mariechen Schulte überhaupt geschrieben hat. Denn kurz darauf wurde sie krank, innerhalb von vierzehn Tagen starb sie.

Diese beiden Briefe hat Hanna Kattbeke für Wertstücke gehalten. Sie hat sie durch den Krieg und alle seine Wirren geschleppt und gerettet. Vielleicht zwischen Urkunden und Sparkassenbüchern, wenn überhaupt irgend etwas gerettet wurde, so wurden auch diese beiden Briefe gerettet. Und nun habe ich sie in der Hand und entziffere die schrägliegende, flüssige Sütterlinschrift: Gerade komme ich vom Einholen, da habe ich Maria Bolte getroffen, sie wird bald niederkommen, sie geht ins Hospital, Station zwei. Sie kam direkt auf mich zu und sagte: Guten Tag, Frau Schulte! und gab mir die Hand. Wie geht's? hab' ich sie gefragt. Gut! Das sehe ich, habe ich zu ihr gesagt, du hast dich prächtig gemacht! Da hat sie gelacht und an ihren Bauch runtergeguckt. Sie ist wirklich nett!

Es ist, als ob meine kleine Oma wieder lebendig wäre, ich kann sie mir über die Jahre hinweg wieder vorstellen, klein, zart und immer in dunklen Kleidern mit weißen Kragen, sie trug einen Knoten, aber auf dem Kopf lagen die Haare in schön ondulierten Wellen. Wie sehr hat meine Mutter sie geliebt! So sehr, daß ihr Tod sie krank machte, unfähig, ihre Beine zu gebrauchen, als wolle sie einfach keine Schritte mehr tun, nun, da ihre Mutter sie verlassen hatte.

Ich falte den Brief zusammen und stecke ihn in den Umschlag zurück, der mit zwei grünen Sechs-Pfennig-Marken frankiert ist, nehme den zweiten Brief auf und ziehe ein Briefblatt hervor, bedeckt mit der gleichen, schrägen Sütterlinschrift, aber wie sieht dieser Brief aus! Überall Spuren von Tränen, die die Kopierstiftbuchstaben hatten zerfließen lassen.

Liebe Hanna, lese ich. Und dann blicke ich auf das Datum, dieser Brief ist älter als der andere und älter als ich. Er wurde geschrieben am 10. Oktober 1929.

Wie konntest Du uns das antun, Kind . . . Endlich, endlich hast Du uns geschrieben, warum hast Du nichts von Dir hören lassen? Du mußtest doch wissen, daß ich nicht mehr essen und nicht mehr schlafen kann, wenn ich nicht weiß, was Dir geschehen ist! Ich habe Lisa Deinen Brief laut vorgelesen, als Vater in der Nähe war, damit er auch Deine Worte hörte, er wollte ja den Brief nicht lesen, das kannst Du Dir denken.

Kind, Kind, was hast Du uns angetan. Die Leute fragen, wo Du bist, die Kunden erkundigen sich nach Dir, und ich muß immer lügen, denn wie könnte ich das über die Lippen bringen, daß Du einfach weggelaufen bist. Ich mache Vater bittere Vorwürfe, er hat einen sturen Kopf, und Du hast genauso einen sturen Kopf wie er. Nun hast Du Deinen Willen durchgesetzt, aber wie sollen wir denn jemals wieder glücklich werden? Ich möchte Dich so gerne besuchen, aber er läßt mich nicht gehen. Kind, Kind, und daß Du auch das Sparbuch mitgenommen hast! Das hat Vater tief getroffen. Aber . . .

Der Rest ist nicht mehr zu entziffern, nur ganz zum Schluß steht da klar und deutlich: Deine Dich liebende Mutter . . .

Was hatte meine Mutter getan? War sie von zu Hause weggelaufen? Hatte sie ihr Elternhaus heimlich mitsamt einem Sparbuch verlassen? Und warum? Niemals hatte sie mir mit einem noch so kleinen Wörtchen erzählt, daß sich in ihrem Leben eine so ungewöhnliche, krisenhafte Geschichte abgespielt hatte. Im Gegenteil, in ihrem Leben schien immer alles ordentlich und übersichtlich gewesen zu sein. Nie hatte sie mir etwas erlaubt, was sie nicht kontrollieren konnte, mich stets verhört und ausgehorcht, bis sie beruhigt sein konnte, daß nichts Unvorhergesehenes in mein Leben einbrechen konnte.

Was war geschehen im Oktober 1929? Ich muß es in Erfahrung bringen. Tante Lisa ist Augenzeugin gewesen. Sie kann mir alles erzählen. Vielleicht macht es ihr Freude, wenn ich sie in dem Altenwohnheim besuche, wenn sie erzählen kann von alten Zeiten. Ich werde sie besuchen. Heute, gleich. Oder besser morgen?

Tante Lisas Altenheim ist funkelnagelneu. Aus vielen Fenstern äugt es mir entgegen. Ein Eingang ohne Stufen, eine Glasschiebetür, die sich lautlos und vollautomatisch öffnet, rotbraune, rutschfeste Fliesen, Bodenvase mit roten Gladiolen, schlichte, formschöne Polstermöbel. Alles neu, alles spiegelt den gestalterischen Willen eines Architekten, der es für die alten Leute geschmackvoll, aber nicht provozierend elegant einrichten wollte. So ist es ihm gelungen, für Alter, Verfall und Gebrechen einen Hintergrund zu schaffen, der die Traurigkeit und Vergänglichkeit der Menschen sichtbar macht. In der Eingangshalle sitzen die Alten, allein und in kleinen Gruppen, alle, alle starren auf mich, die ich durch die Türöffnung trete. Kein Gespräch ist so wichtig wie der Neuankömmling, der für einen, der hier wohnt, Abwechslung und Freude bringt. Für die da alle bin ich auf den zweiten Blick eine Enttäuschung. Sie kennen mich nicht. Ich komme nicht zu ihnen, aber zu wem dann? So verfolgen sie meine Schritte zur Rezeption. Ein junger Zivildienstleistender schaut in eine Liste. Frau Ellrath, ja Frau Ellrath, zweite Etage, vom Fahrstuhl aus links, es ist ein Schild am Apartment. Ich entziehe mich den Blicken der Alten. Der Aufzug kommt.

Die Kabinenwände sind mit Informationen gespickt: Büchertausch am Mittwoch um 15 Uhr, gemeinsames Abendsingen vor dem Abendessen um 17.30 Uhr, Basteln und Handarbeiten. Das Canastakränzchen trifft sich freitags um 14.30 Uhr, Ausflugsfahrt mit dem Bus nach Emmerich . . .

2. Etage. Ich steige aus. Tante Lisa weiß, daß ich komme. Ich finde ihr Apartment, die Schnappschloßtür steht spaltbreit offen, Tante Lisa hat ein Taschentuch in die Ritze gelegt, damit die Tür nicht zufällt. Sie soll für mich offenstehen, damit ich nicht zu warten brauche, bis sie mit ihren Krücken zur Tür gehumpelt ist, um zu öffnen, wenn

ich schelle. Gewiß, es erspart ihr auch einen Humpelweg von der Couch zur Tür, trotzdem fühle ich mich willkommen, meine Zärtlichkeit für sie schwemmt die erste Welle von Tränen in meine Augen.

Ich bin da! rufe ich ins Zimmer.

Wie schön, wie schön, Kind! sagt sie, aber dann schluchzt sie laut auf. Wir liegen uns in den Armen und weinen. Es tut mir gut. Es gibt in meiner Familie keinen, bei dem ich einfach so weinen könnte. Da erwartet man unausgesprochen, daß ich ohne Aufwand trauere, das Leben geht weiter, aber hier, hier bei Tante Lisa scheint es stillzustehen, hier dürfen wir den Schmerz hinausweinen, diesen hilflosen Schmerz, daß wir Verluste hinnehmen müssen, die wir gar nicht hinnehmen zu können meinen, und daß das bei weitem noch nicht alle Verluste sind, die uns zugemutet werden. Das Alter ist eine fortschreitende Serie von Einengungen, Versagungen, Beschränkungen, wir weinen über uns selbst in unserer Armseligkeit, und es tut uns gut.

Später dann stelle ich Tante Lisa die Fragen nach damals, nach Lisas und Hannas gemeinsamer Vergangenheit, nach dem Ereignis im Oktober 1929, ich frage, wie eigentlich Hanna und Ferdinand sich kennengelernt haben. Ich wünschte mir, die Bilder zu sehen, die Lisa aus ihrer Erinnerung hervorholte, Bilder, die mir fehlen, um meine Mutter zu begreifen und auch ein Stück von mir selbst zu begreifen.

Tante Lisa erzählt. Sie erzählt, von gelegentlichen Schluchzern unterbrochen, stückweise, was ihr einfällt aus den Jahren, die lange vergangen sind. Dabei geht sie in ihrem Leben spazieren wie in einem Garten, in dem alles gleichzeitig blüht. Winter und Sommer, Frühling und Herbst, gleich nebeneinander. Die Geschehnisse verschiedener Jahre verweben und verbinden sich zu einem

Muster, in dem ich zu erkennen glaube, wer die Menschen sind, die in meinem Leben und in meinem Blut stecken.

Ich verabschiede mich von Tante Lisa, lasse sie in ihrem Altenheim zurück. Ich gehe wie im Traum mit meinen Gedanken in den Geschichten, die Tante Lisa erzählt hat.

Das hast du nicht gewußt? hat sie gefragt.

Nein, das habe ich nicht gewußt. Ich habe überhaupt nichts gewußt. Vieles ist mir klar geworden, während Tante Lisa erzählte, aber nun erst kann ich versuchen, all die Episoden, die lebendigen Schilderungen zu ordnen und hintereinanderzubringen, was zusammengehört. Tante Lisa lebte auf in den Erinnerungen, und mir hat sie neue Ausblicke auf dein Leben eröffnet, Mutter, auf den Teil, den du immer geheimgehalten hast, damit du vor mir untadelig und unangreifbar dastehen konntest. Dabei hätte ich dich doch besser verstanden und mehr Vertrauen zu dir gehabt, wenn du mich hättest wissen lassen, wie du um Vater gekämpft hast, wie ihr zusammengekommen seid, wie − ich kann nur so denken − mutig du gehandelt hast.

Das war eine Liebe! Tante Lisas Stimme, heiser, als lägen die Erinnerungen wie Krümel in ihrer Kehle. Das war eine Liebe. Und kam aus heiterem Himmel.

Du mußt eine Besorgung für Vater machen, Hanna! sagte Mariechen Schulte und legte einen Zettel mit Namen und 8,80 Mark auf den Tisch. Hilfsgemeinschaft am Grabe. Johannes Schulte hatte das Geld von Handwerkern eingesammelt, die sich mit zehn Pfennig pro Monat das Anrecht auf ein Sterbegeld von 150 Mark erwerben konnten.

Du mußt es beim Innungsobmann abgeben. Und laß dir eine Quittung ausstellen!

Eine kleine Besorgung machen. Hanna machte gern Besorgungen. Ein schöner Tag heute.

Beim Obmann Pallmann öffnete die Tochter Sofie die Tür. Der Vater sei nicht zu Hause. Aber sie könne das Geld für die Hilfsgemeinschaft am Grabe auch annehmen. Kommen Sie doch herein. Mein Verlobter ist auch gerade da. Und Hanna geht mit Sofie Pallmann in das kleine Büro. Der Verlobte steht am Fenster und schaut den beiden jungen Frauen entgegen.

Ferdinand Kattbeke, sagt Sofie Pallmann.

Hanna Schulte.

Angenehm. Ferdinand Kattbeke lächelt sanft.

Hanna weiß nicht, wie ihr geschieht. Sie wird rot und verlegen. Das ist gar nicht ihre Art. Mit jungen Männern weiß sie sonst umzugehen. Was ist es, das sie schüchtern macht? Sein Lächeln, das schmale ausdrucksvolle Gesicht, der warme Blick aus dunklen Augen?

Im Hintergrund rechnet Sofie Pallmann und stellt eine Quittung aus. Das ist weit weg. Es wird nichts gesprochen. Nur Blicke. Nur Lächeln.

Grüße an Ihren Herrn Vater! sagt Sofie Pallmann.

Auf Wiedersehn!

Hat mich sehr gefreut, Sie kennenzulernen!

Hanna steht wieder auf der Straße.

Was hat sie gedacht?

Er ist verlobt mit dieser Sofie Pallmann mit der aufdringlichen Herrenwinkerlocke. Mit dieser Person.

Ich muß ihn wiedersehn. Hat sie das gedacht? Oder: Das ist der Mann, auf den ich gewartet habe.

Sie hat Lisa von Ferdinand Kattbeke erzählt. Den ganzen Abend im Bett, im Mädchenzimmer, nachdem die Lampen ausgemacht worden sind. Wie er gelächelt hat, ernst und freundlich. Was er gesagt hat. Wie er sie angesehen hat.

Hanna hat viele rührselige Liebesgeschichten gelesen. Sie hat sich eingebildet, zu wissen, was Liebe ist. Sie hat nicht gewußt, daß ein Gefühl wie das ihre jetzt in den Magen fahren würde, um sich dort zu etwas Unverdaulichem zu verklumpen.

Du bist ja verliebt! stellt Lisa fest.

Ich muß ihn wiedersehen. Aber wie und wo?

Sie sah ihn nicht beim Kirchgang. Ferdinand Kattbeke ging nicht in die Kirche. Sie sah ihn nicht beim Einkaufen in der Stadt. Nicht beim Sonntagsspaziergang, nicht in der Nähe von Sofie Pallmanns Haus. War er nicht in der Stadt?

Es war Lisa, die ganz zufällig den Faden neu knüpfen konnte. Lisa hatte seit einiger Zeit eine Stellung im Büro einer Firma, die mehrere Handwerker, unter ihnen auch Johannes Schulte, gegründet hatten. Elektra-Rees hieß sie. Über diese Firma erhielten die Mitbegründer die Konzession, elektrische Anschlüsse und Geräte zu installieren. Johannes Schulte durfte einen Elektriker anstellen, und er erweiterte sein Firmenschild, auf dem es jetzt hieß: Johannes Schulte, Klempnerei, Installationsgeschäft, Elektrische Licht- und Kraftanlagen, Wesel.

Eines Morgens schneite ein junger Mann in das Büro, in

dem Lisa arbeitete. Ein redegewandter junger Geschäftsmann, ein Süßholzraspler, der Lisa sofort den Hof machte. Er stellte sich vor: Rudi Kattbeke ist mein Name. Verraten Sie mir auch Ihren Namen? Lisa horchte auf. Kattbeke. Vielleicht ein Bruder von Ferdinand Kattbeke?

Warum habe ich Sie noch nie kennengelernt? Gehen Sie nie aus? fragte Rudi Kattbeke und setzte sich auf die Kante des Schreibtisches.

Doch. Zum Beispiel heute abend. Wir gehen zum Fest des Männerquartetts. Meine Eltern, meine Schwester und ich.

Ist es eine geschlossene Gesellschaft? Oder kann man einfach hingehen?

Haben Sie nicht einen Bruder?

Mehrere. Einen kann ich mitbringen. Kennen Sie Ferdinand?

Nein. Aber meine Schwester.

Wir kommen heute abend. Bestimmt. Versprechen Sie mir den ersten Tanz?

Ja, sagte Lisa.

Ich stelle mir vor, wie Lisa die Neuigkeit in ein Rätsel für Hanna verpackt hat, bis Hanna begriff, daß Lisa für diesen Abend eine Begegnung mit dem langgesuchten Ferdinand Kattbeke zustande gebracht hatte.

War sie aufgeregt? Hat sie stundenlang vor dem Spiegel gestanden? Dies war ihre Chance. Sie wollte sie nutzen. Hat sie sich eine Wiedersehensformel ausgedacht und eingeübt?

Sie war erregt. Das Fest begann. Ich sehe sie unruhig auf ihrem Stuhl sitzen, die Augen auf den Eingang gerichtet. Schon stimmte die Kapelle das erste Musikstück an. Mariechen Schulte saß mit ihren Töchtern allein am Tisch, Johannes Schulte stand bei seinen Sangesbrüdern.

Erlauben Sie, gnädige Frau, daß wir Ihre Töchter zum

Tanz auffordern? Das war Rudi Kattbeke, höflich, galant. Hinter ihm Ferdinand Kattbeke.

Sie muß Herzklopfen gehabt haben, die Hanna, die zu Ferdinand aufblickte und das Erinnerungsbild mit der Wirklichkeit verglich. Sie war gewiß rot und verlegen. Und er zauberte wieder das Lächeln auf seine Lippen, von dem er nicht wußte, wie tief es Hanna beeindruckte.

Sie haben getanzt. Immer wieder. Sie waren wortkarg. Ferdinand machte keine Komplimente. Kein Wort über Hannas schöne Augen, keine Galanterie.

Wir haben uns schon kennengelernt.

Erinnern Sie sich daran? fragte Hanna.

Ja. Nichts weiter. Wenn die Musik aufhörte, brachte Ferdinand Hanna zu ihrem Platz zurück. Sie trennten sich. Hanna überfiel die Angst, er könne ein anderes Mädchen zum Tanz auffordern. Es gab andere und schöne andere Mädchen. Aber sie brauchte keine Angst zu haben. Ferdinand kam wieder. Ihr Tanz war leicht und sicher. Hanna ließ sich fallen. Wie ein Kind in einen Brunnen. Es gab keine Rettung. Sie hätte sich auch nicht retten lassen wollen.

Ferdinand tanzte den ganzen Abend mit ihr, nur einmal mit Lisa, und da tanzte Hanna mit Rudi Kattbeke, der nahe an ihrem Ohr irgendwelche belanglosen Sachen schwatzte, die in ihren vollbeschäftigten Kopf überhaupt keinen Eingang fanden.

Johannes Schulte bemerkte wohl, daß seine Töchter dauernd tanzten, aber das war er gewöhnt, so hübsch wie die beiden waren. Er erkundigte sich auch nicht nach den beiden jungen Männern. Seine Mädchen hatten eben wieder Eroberungen gemacht.

Ferdinand Kattbeke fragte Hanna in einer Tanzpause, ob sie mit ihm ein wenig frische Luft schnappen würde, und sie nickte: ja. Sie gingen draußen über die schon stille und menschenleere Straße spazieren. Wann kann ich Sie wiedersehen? fragte er.

Morgen. Morgen um kurz vor zehn gehn wir aus dem Haus und zur Kirche. Meine Schwester und ich.

Ich werde da sein! Ferdinand tastete nach Hannas Hand, und sie überließ ihm ihre Hand schon jetzt für immer.

Sie wußten sich nicht viel zu sagen, ihre Gefühle waren noch neu. Hanna schien von der Lähmung jener Menschen befallen zu sein, die für das, was sie empfinden, nicht den entsprechenden Ausdruck parat haben. Dann fiel ihr Sofie Pallmann ein. Sie fragte: Wie stehen Sie denn zu Sofie Pallmann?

Ich werde mit ihr sprechen!

Also war das auch geklärt, so einfach. Gab es sonst noch etwas? Nein. Ferdinand blieb stehen, nahm sie in den Arm und küßte sie. Alles weitere würde sich finden.

Ich fahre in Mutters Wohnung, obwohl schon früher Abend ist. Ich sollte noch ein paar Kisten packen. Der Besuch bei Tante Lisa hat Zeit gekostet, mich davon abgehalten. Dann aber stehe ich in den Räumen, noch immer von allem Gehörten verwirrt. Geschirr packen. Das ist an der Reihe. Aber ich stehe müßig herum.

Du mochtest nie über Liebe reden. Über Sexuelles schon gar nicht. Ein Tabuthema. Vielleicht weil du von der Liebe überrascht wurdest. Du warst nicht darauf vorbereitet. Und es war die Liebe, die dich aus dem Kindheitsparadies vertrieb und ein Erwachsenenleben von dir verlangte. Später hast du das der Liebe übelgenommen.

Ich wickle ein paar Tassen in Zeitungspapier. Eine Tasse rutscht mir aus der Hand, zerbricht. Ich starre auf die Scherben und fühle, wie mir Tränen über die Backen rinnen.

Es hat keinen Zweck. Ich bin mit den Gedanken bei dir,

bei deiner Geschichte: Hanna versicherte Lisa mehrmals, daß Ferdinand Kattbeke ein sympathischer Mensch, ein schöner, eleganter, liebenswürdiger Mann sei, bis diese es satt hatte.

Was macht er denn, beruflich?

Ich weiß es nicht! sagte Hanna.

Worüber habt ihr denn gesprochen?

Nichts Besonderes, über Sofie Pallmann, er wird sich entloben!

Das muß er ja wohl, wenn er mit dir gehen will!

Ich werde ihn heiraten! sagte Hanna.

Du bist verrückt. Du kennst ihn doch gar nicht!

Ich weiß alles über ihn!

Die Schwestern machten sich für den Kirchgang fertig, Hanna ungeduldig und aufgeregt. Obwohl sie sicher war, Ferdinand Kattbeke eines Tages zu heiraten, so kam plötzlich wie eine große Finsternis der Gedanke in ihr hoch, er käme vielleicht nicht. Durch irgendein Ereignis würde sie ihn nie mehr wiedersehen, Schrecken fuhr ihr in alle Glieder, bis in die Fingerspitzen. Sie wurde erst ruhig, als sie die beiden jungen Männer am Ende der Straße auf sich zukommen sah. Rudi Kattbeke tat so, als sei das Treffen ganz zufällig: Meine Damen, wohin gehen Sie denn? Welche Freude, Sie zu sehen!

Wir gehen in die Kirche! sagte Lisa und kicherte.

An so einem schönen Morgen werden Sie doch nicht in die Kirche gehn, ach, kommen Sie, wir machen einen Spaziergang!

Hanna und Ferdinand forschten in ihren Gesichtern, ob sich zwischen gestern abend und heute morgen auch nichts, gar nichts geändert hätte. Sie lächelten sich zu, denn es hatte sich nichts geändert. Sie fühlten sich bereits sicherer. Sie ließen Lisa entscheiden, daß ein Spaziergang wichtiger als ein Kirchgang sei, und liefen hinter Lisa und Rudi her.

Während Lisa — von Rudis Charme unbeeindruckt — spöttisch, gelassen und vergnügt den Gang durch den Herbstmorgen genoß, erfuhren Hanna und Ferdinand voneinander, was sie gedacht, geträumt, gewünscht und ersehnt hatten, erfuhren, daß eigentlich jetzt erst ihr Leben begann, daß sie noch nie wirklich geliebt hatten, daß sie auf einander gewartet hatten und wie glücklich sie der andere machte. Ferdinand pflückte im Vorbeigehen eine rote Rose aus den öffentlichen Anlagen und schenkte sie Hanna. Hanna küßte die Rose, es war zu hell, und zu viele Leute waren unterwegs, als daß sie hätten stehenbleiben können, um sich auf den Mund zu küssen. Sie verabredeten sich für den Abend. Als Lisa nach dem Spaziergang nach Ferdinands Beruf und beruflichen Aussichten fragte, konnte Hanna keine Auskunft geben.

Er ist schon achtundzwanzig Jahre alt. Gerade richtig zum Heiraten! sagte Hanna, und er lebt mit seinen Brüdern zusammen. Er hat von mir geträumt!

So oft es ging, trafen sich die beiden. Johannes Schulte fiel Hannas häufige Abwesenheit auf, und eines Abends, als sie schnell nach dem Abendessen verschwinden wollte, fragte er: Es wird Zeit, daß ich mir den jungen Mann mal anschaue, mit dem du herumpoussierst! Wie heißt er denn!

Ferdinand Kattbeke, Vater. Ich stelle ihn dir gerne vor! sagte Hanna eifrig.

Kattbeke? Doch nicht etwa ein Sohn von diesem Theodor Kattbeke aus der Flutgrafenstraße?

Doch, genau der. Kennst du ihn, Vater?

Also, das will ich dir sagen, Hanna, mit dem wirst du sofort Schluß machen. Den will ich niemals in diesem Hause sehen!

Was hat er dir getan, Vater?

Was hat er mir getan? Was hat er mir getan? Zorn überschwemmte Johannes Schultes klaren Verstand. Er vergegenwärtigte sich die Wut, die ohnmächtige Wut, die er bei Theodor Kattbekes unberechtigten Beanstandungen gefühlt hatte. Und es war, als geschähe alles noch einmal in diesem Augenblick. Er hatte dem Kerl Rache geschworen, und es hatte sich keine Gelegenheit gefunden, ihm die Demütigung seines Handwerkerstolzes heimzuzahlen. Er erzählte mit kurzen Worten, was sich bei der Begegnung mit Theodor Kattbeke zugetragen hatte, und Hanna merkte an seiner heiser verhaltenen Stimme, daß die Beleidigung unausgelöscht und unvergessen war.

Aber sein Sohn kann doch nichts dafür, daß der Alte dir Unrecht getan hat! sagte Mariechen Schulte.

Vor anderen Leuten! Ich hätte schludrig gearbeitet! Niemals soll dieser Kerl in dieses Haus kommen, das sage ich ein für alle Mal!

Ferdinands Vater ist tot! sagte Hanna laut. Sie bekam es mit der Angst zu tun. Sie kannte ihren Vater. Er war unnachgiebig und unerbittlich, wenn er so sprach. Er duldete weder Widerspruch noch vernünftige Argumente.

Du machst sofort mit ihm Schluß! verlangte Johannes Schulte.

Das geht nicht, Vater! sagte Hanna leise. Sie wollte gar nicht, daß er es hörte und zur Kenntnis nahm, denn sie wollte ihn nicht weiter reizen.

Das geht nicht? Das werde ich dir beibringen, daß es geht! Er blickte Hanna drohend an, sah, daß ihr Tränen über die Wangen liefen. Und da er es haßte, eine seiner Frauen weinen zu sehen, verschärften die Tränen noch seinen Zorn. Er wollte mit all seiner väterlichen Macht und Autorität widerspruchslosen Gehorsam durchsetzen. Und jetzt bleibst du zu Hause. Wenn du nicht Schluß machen willst, werde ich es tun. Geh auf dein Zimmer. Du wirst ihn nicht mehr wiedersehen!

Johannes, fing Mariechen behutsam an, hast du nicht

gehört, daß der alte Kattbeke tot ist? Der junge Mann hat nichts mit der ganzen Sache zu tun!

Halt dich raus! schnaubte Johannes seine Frau an. Halt dich raus! Hier bestimme ich. Und es geschieht, was ich sage!

Hanna rannte aus dem Zimmer, wühlte sich in ihre Kissen und weinte erbarmungswürdig. Lisa versuchte sie zu trösten. Sie hatte eine Ahnung von dem wilden Aufruhr in Hannas Gemüt. Die Szene hatte ihr Angst gemacht. Nichts war so schlimm wie Vaters Zorn, und keiner im Haus konnte ihm etwas entgegensetzen, noch nicht einmal Mutter. Erst wenn das Gewitter sich nach einiger Zeit verzogen hatte, konnte man hoffen, vernünftig mit Vater zu reden. Das sagte sie auch Hanna. Hanna drehte sich ihr zu, ihr verweintes Gesicht mühsam beherrscht.

Vater wird sich wundern. Es wird ihm noch leid tun! Ich werde Ferdi heiraten, egal wie. An meinem Entschluß ändert sich nichts! Wenn Ferdi eine anständige Arbeit hat, verloben wir uns!

Da Hanna ihren Ferdinand nicht lieben sollte, liebte sie ihn um so mehr. Ihre heimlichen Begegnungen erhielten eine Intensität und Leidenschaft, die weder Ferdinand noch Hanna je erlebt hatten. Hannas Zärtlichkeit und wilde Entschlossenheit, zu ihm zu halten, bewegten Ferdinand zutiefst. Beide kamen nicht auf den Gedanken an Verzicht. Sie gehörten zusammen, das stand außer Frage.

Wir verloben uns, Hanna. Das wird deinen Vater überzeugen.

Es wurde Sommer, ein Sommer voller Hoffnung, Überschwang und Kraft. Ferdinand sparte sein weniges verdientes Geld und kaufte goldene Verlobungsringe. Die Ringe glänzten an ihren Händen. Sie küßten sich. Wie sag' ich es meinem Vater. Wie?

Ich möchte euch beide glücklich sehen. Mir gefällt das

Bild, das Tante Lisa vom Schützenfest dieses Jahres entworfen hat. Da wart ihr vergnügt und ausgelassen. Ihr sollt glücklich sein.

In Wesel wurde Schützenfest gefeiert. Johannes Schulte war aktiver Schütze. Gern wäre er Schützenkönig geworden. Diesmal schieße ich den Vogel ab! sagte er. Schon die Vorbereitungen zum Schützenfest waren aufregend. Es wurde nicht gespart. Es durfte nichts fehlen. Vor allem mußten die schönsten Kleider eingekauft werden. Und in diesem Jahr, wo Johannes Schulte sich vorgenommen hatte, den Königsschuß zu tun, gab er ein besonders großzügiges Kleidergeld für seine Damen heraus.

Beim Königsschießen herrschte große Spannung, aus welcher Kompanie wohl diesmal der Königsschütze käme. Und als Johannes Schulte an der Reihe war, hatten andere Schützen schon einige Teile des Vogels heruntergeschossen, die Flügel, das Zepter, aber der Rumpf saß noch fest. Der Königsschuß mußte den Rumpf treffen und ihn herabstürzen lassen. Johannes, ziel! Johannes, ziel! schrieen die Kameraden seiner Kompanie. Und Johannes zielte, ließ sich Zeit, zielte noch einmal, ganz ruhig, er schoß.

Er kommt, er kommt! Der Rumpf wackelte und schwankte, aber er fiel nicht. Ein Seufzen ging durch die Reihen. Enttäuscht senkte Johannes den Gewehrlauf. Es hatte nicht geklappt.

Auch seine drei Frauen waren enttäuscht. Denn nichts war so wunderbar, wie zum Hofstaat zu gehören. Wenn der Thron tanzte, durfte kein anderer auf die Tanzfläche. Der Traum war ausgeträumt. Das hatte aber auch sein Gutes, denn so stand Hanna nicht im Rampenlicht. Sie konnte sich mit Ferdinand unter die flutende Menge mischen, ohne fürchten zu müssen, vom Vater entdeckt zu werden.

Dieses Schützenfest 1929! Niemals würde Hanna es vergessen! Es begann am Samstag mit der großen Parade am

Vormittag. Ein sonniger Tag, leuchtend und warm. Alle Farben glänzten, die bunten Fahnen, die Uniformen, die Blumen und die Kleider der Frauen glänzten. Auf den blitzenden Trompeten spiegelte sich der Sonnenschein, Musik erfüllte die Luft, die Kinder marschierten mit den Schützenkompanien, und Hanna und Ferdinand schlenderten im Gewoge der Schaulustigen. Sie hielten sich bei den Händen und vergaßen die Wolken über ihrer Zukunft. Sie gingen so dicht zusammen, daß sich ihre Hüften berührten, sie sahen sich an und lächelten vor Glück.

Wenn das Schützenfest vorbei ist, sag' ich es meinen Eltern! sagte Hanna, streckte ihre Hand aus, um den goldenen Ring zu bewundern. Wir werden es schon schaffen!

Abends trafen sie sich zum Ball. Getanzt wurde auf vier Tanzflächen, und auf jeder stand ein Balldirektor mit einer Klatsche in der Hand. Es wurden immer nur so viele Paare auf die Tanzfläche gelassen, daß jeder Platz zum Tanzen hatte, die anderen Paare standen Schlange. Hanna trug ein Kleid mit Spitze über lila Seide. Ferdinand konnte kaum die Augen von ihr wenden. Ungeduldig warteten sie auf ihren Tanz, und endlich klatschte der Balldirektor, die Musik machte eine Pause. Hanna und Ferdinand kamen auf die Tanzfläche, sie tanzten Charleston, ausgelassen, verrückt und übermütig.

Im Schützengarten gab es einen schmalen Pfad, der dicht mit Büschen und Bäumen bewachsen war: die Seufzerallee. Hanna blickte sich um, ob ihnen auch keiner folgte, als sie Ferdinand nach dem Tanzen in den Schatten der Seufzerallee zog. Hier durfte man nicht erwischt werden, denn alle wußten, wer durch die Seufzerallee geht, tut es, um zu küssen. Trubel und Musik klangen von Ferne gedämpft zu ihnen herüber. Es war dunkel und lauschig. Hanna blieb stehen und sagte: Küß mich, Ferdi!

Sie küßten sich so leidenschaftlich und bedenkenlos wie sonst noch nie. Als sie ein anderes Paar näherkommen hörten, trennten sie sich schweigend, verharrten in ihrem Schweigen, gingen den Weg bis zum Ende und wieder zurück.

Hanna! brachte Ferdinand mühsam heraus. Ich liebe dich so. Es wird Zeit, daß wir heiraten. Sollen wir nicht einfach heiraten?

Ohne Zustimmung meiner Eltern geht es nicht! sagte Hanna. Wir sind ja verlobt. Wenn ich ihnen das sage, wird mein Vater nachgeben!

Sag es ihm, sag es ihm bald!

Wie vertraut ist mir das Wohnzimmer meiner Großeltern. Wie oft habe ich auf dem Sofa gesessen, am großen Tisch, mittendrin in der Familie. Ich hab' den Klang der Standuhr geliebt und das Kugelglas mit den Goldfischen. Hier hat sich die Szene mit dem Verlobungsring abgespielt. Und ich hatte gedacht, hier sei die Gemütlichkeit zu Hause.

Nach dem Abendbrot saß die Familie Schulte gemütlich im Wohnzimmer um den großen Tisch herum. Johannes Schulte gönnte sich eine gute Zigarre. Mariechen liebte den Duft seiner Zigarre, es war ein Feierabendduft. Mariechen holte ein Buch vom Schrank und gab Hanna den Auftrag, eine Flasche Stachelbeerwein aus dem Keller zu holen.

Heute! dachte Hanna. Sie steckte ihren Verlobungsring an den Finger. Als sie den Wein auf den Tisch stellte, hielt sie die Flasche mit der linken Hand, ließ den Ring blitzen. Mariechen sah ihn sofort.

Was ist das für ein Ring, Hanna? fragte sie.

Ein Verlobungsring, Mutter! Ja, Vater, wir haben uns verlobt.

Hannas Stimme zitterte ein wenig, und Lisa, die alles

beobachtete, bekam Herzklopfen. Die Stirn des Vaters rötete sich. Doch nicht mit diesem Kattbeke! stieß er hervor.

Zeig mal her, Kind! sagte Mutter.

Hanna nestelte den Ring vom Finger und gab ihn ihrer Mutter. Mit Ferdinand! sagte sie.

Johannes riß seiner Frau den Ring aus der Hand. Er stand auf und schmiß ihn durch die Wohnzimmertüröffnung bis in die Küche. Alle hörten den Ring klirren und rollen.

Das ist dein Gerede wert. Du bist nicht verlobt. Du bist eine dumme Gans, die sich an einen Nichtsnutz von einem Kerl hängt. Ich dulde das nicht. Wage nicht, diesen Ring zu tragen. Wage es nicht!

Reg dich nicht so auf, Johannes! beschwichtigte Mariechen. Aber Johannes geriet erst recht in Wut. Er langte über den Tisch hinweg und ohrfeigte seine Tochter, die auch aufgesprungen war. Die Tränen strömten über ihr Gesicht. Lisa legte den Arm um ihre Schulter. Noch nie hatte Johannes seine Töchter geschlagen, und jetzt sah es so aus, als ob er in seiner Wut über Hanna herfallen würde. Hanna stand immer noch am Tisch. Der Schlag hatte sie nicht nur im Gesicht getroffen. Er erschütterte sie in ihrem tiefsten Wesen.

Auch Mariechen fürchtete, daß ihr Mann auf Hanna losginge und stieß Hanna vom Tisch: Geh, geh sofort! Du sollst nach oben gehen! Hörst du nicht? rief sie aufgeregt. Johannes holte zum nächsten Schlag aus, aber Hanna begriff, daß Mutter sie aus dem Weg haben wollte. Es gab sowieso nichts zu retten. All ihre Hoffnungen waren zerstört, und sie rannte aus dem Zimmer. Sie warf die Wohnzimmertür hinter sich zu, und die Zurückgebliebenen hörten ihr verzweifeltes Schluchzen.

Johannes sank aufs Sofa zurück, er schimpfte erbittert

hinter Hanna her. Undankbares Geschöpf! Dieser Lump hat eine Schlampe aus ihr gemacht!

Lisa konnte es nicht ertragen, den geliebten Vater toben zu sehen, sie stand auf Hannas Seite. Wenn sie auch im täglichen Leben mehr Kühle bewies als Hanna, so war sie doch romantisch genug, in Hannas leidenschaftlicher Liebesgeschichte etwas Schicksalhaftes zu finden. Sie lief hinter Hanna her. Komm! sagte Lisa, wir gehen nach oben!

Nein, ich muß meinen Ring finden. Es ist mein Verlobungsring. Ich muß ihn wiederhaben! Vor lauter Schluchzen konnte Lisa sie gar nicht verstehen. Aber als Hanna auf den Knien in der Küche unter dem Tisch herumkroch, begriff sie. Sie half beim Suchen. Aber der Ring war nicht zu finden. Wir suchen morgen weiter! sagte Lisa. Komm mit, schnell, Vater kommt!

Hanna ließ sich nach oben führen. Sie überließ sich ihrem Kummer, in den sich auch Zorn und Wut mischten. Es gab keinen Trost für sie. Nur eines hielt sie aufrecht: ihr Entschluß, Ferdinand niemals aufzugeben, komme, was da wolle. Nun erst recht nicht.

Am anderen Tag fand sie ihren Verlobungsring hinter dem Küchenherd, sie wagte zwar nicht, ihn anzustecken, aber sie trug ihn immer bei sich an einer Kette um den Hals.

Gegen die Wand rennen. Es ist, als ob du gegen eine Wand rennst. Hanna rannte gegen die Wand und stieß sich wund. Sie hatte Mut und kämpfte.

Wo bist du gewesen? Doch wohl nicht bei diesem Kattbeke?

Keine Antwort. Trotz im Blick und Trauer.

Bei diesem Kerl? Mach den Mund auf oder ich vergesse mich! Johannes Schulte starrte seine widerborstige Tochter an. War das sein schönes, geliebtes Kind? Wo war sein glückliches Familienleben hin? Wo die Freude an seiner Tochter?

Ja, ich habe Ferdinand gesehen.

Prügel hast du verdient. Was ist er denn? Was hat er denn? Ein Schreiberling, der nicht das Salz in der Suppe verdient. Und dann aus dieser Sippe! Und katholisch ist er auch nicht! Ich verbiete dir zum letzten Mal, mit diesem . . . diesem . . .

Er heißt Ferdinand.

Ich weiß von Lisa, daß sie ihre Schwester bewundert hat um ihren Mut. Daß nichts sie von Ferdinand trennen konnte. Sie, Lisa, hätte sich niemals gegen den Vater auflehnen können. Das hätte sie nicht ertragen können.

Hanna rannte gegen die Wand und machte bittere Erfahrungen. Der Vater sprach nicht mehr mit ihr. Das schlimmste war, daß er auch Mutter mit Nichtachtung strafte, denn er vermutete ganz richtig, daß sie zu Hanna hielt. Mutter hatte so oft gerötete Augen. Die Stimmung im Haus war gedrückt. Aber Hanna ließ sich nicht beirren. Gab die Wand nicht nach, so mußte sie eben drumherumgehen. Lügen, Heimlichkeiten, verstohlene Treffen, Briefe mit eiligen Botschaften. Ich liebe dich. Ich halte zu dir.

Es tut mir weh zu denken, daß du lügen mußtest. Lügen schmerzen den, der lügt, wie gut weiß ich das. Ich habe auch gelogen, dich belogen.

Hanna, bockig und störrisch, versuchte nicht mehr, den Vater umzustimmen. Sie hatte eingesehen, daß es keinen Zweck hatte. Aber sie gab nicht auf. Sie gab nie auf. Welche Pläne mag sie entworfen und wieder verworfen haben? Was ging damals in ihr vor?

Du sollst Vater und Mutter ehren, auf daß es dir wohlergehe und du lange lebest auf Erden. Auch das. Das hatte sie gelernt, das fühlte sie als Wahrheit. Sie konnte sie nicht einfach beiseite schieben. Ich weiß, daß sie sich Kopf und Herz zermartert hat.

Weglaufen. Das Elternhaus verlassen. Was für ein

Gedanke! Dennoch nahm er Form an, wuchs, reifte, wurde plötzlich ausgesprochen. Wir gehen weg von hier.

Das willst du tun für mich?

Ich sehe keinen anderen Ausweg.

Dann hat sie geplant. Und die Gedanken weggeschoben, die hinderten. An die Mutter vor allem. Mariechen Schulte, die liebevolle, verständnisvolle Mutter.

Die Zeit verstrich. Endlich fand Ferdinand in Rheine eine Anstellung als Vertreter von Haushaltswaren. Er hätte alles gemacht, um endlich mit Hanna zusammenleben zu können. Obwohl er nicht viel verdiente, schien es Hanna genug, um ihren Plan endlich in die Tat umzusetzen. Außerdem besaß sie ja auch ein Sparbuch. Gewiß, es war in Vaters Safe eingeschlossen. Aber es gehörte ihr, und sie wollte es sich herausholen. Als der Plan Gestalt annahm, sprach sie mit keinem Menschen außer mit Ferdinand darüber. Lisa erfuhr kein Sterbenswörtchen. Sie hätte sich unabsichtlich verraten können.

Ferdinand mietete ein möbliertes Zimmer in Rheine, Hanna packte heimlich Pakete mit ihren Sachen und schickte sie an die Adresse in Rheine, denn an dem Tag, den sie für ihren Auszug vorgesehen hatte, wollte sie mit nichts als einer Handtasche aus dem Haus gehen, damit nicht noch in letzter Minute jemand Verdacht schöpfen konnte.

In ihrer Handtasche befand sich das Sparbuch. Es war ganz leicht gewesen, es zu holen. Mutter verwahrte den Safeschlüssel sorglos in einer blauen Zwiebelmusterschüssel im Küchenschrank auf. Hanna zitterte, als sie den Safe öffnete. Sie kam sich wie eine Diebin vor. Sie wußte genau, daß sie mit diesem Diebstahl dem Vater ein weiteres Leid zufügte. Es galt als ungeschriebenes Gesetz, daß keiner wagen durfte, an den Safe zu gehen. Das Recht stand zwar auch Mariechen zu, doch machte sie selten Gebrauch davon. Und Johannes machte eine feierliche Handlung aus den gelegentlichen Öffnungen. Was Hanna tat, war auch in ihren Augen unverzeihlich. Aber es mußte sein.

Der 12. September war Mariä Verkündigung, also einer der Namenstage der Mutter. Hanna kaufte frühmorgens eine große, blühende Hortensie, die schönste, die sie finden konnte. Sie gratulierte Mutter zum Namenstag, brach in bittere Tränen aus, als Mariechen sich liebevoll bedankte. Sie weinte so untröstlich, daß sie sich beinahe selbst verraten hätte. Mariechen weinte mit ihr, aber es kam ihr nicht der Gedanke, daß Hanna Abschied nahm. Er lag außerhalb ihrer Vorstellungskraft. Daß du uns solchen Kummer machst, Kind! sagte sie nur.

Hanna legte eine Tafel Stollwerck-Bitternuß-Schokolade auf Lisas Bett. Sie ging fort in dem Gefühl, in Stücke gerissen zu werden, gleich nach dem Mittagessen. Sie spülte noch und stellte das Geschirr in den Schrank. Vater verzog sich in seine Sofaecke zu einem Nickerchen, und Mutter sprach über den Zaun hinten im Hof mit ihrer Nachbarin. Der Augenblick war günstig.

Als die Haustür hinter ihr zuschlug, brach ihr vor Angst der Schweiß aus. Sie schloß sich selbst aus dem Paradies aus, das wußte sie. Aber sie setzte Fuß vor Fuß und ging Schritt für Schritt in Richtung Bahnhof. Sie kaufte eine Fahrkarte nach Rheine.

Hanna war fort. Gegen sechs Uhr ärgerte sich Mariechen, daß die Tochter nicht pünktlich zur Stelle war, um das Abendbrot zuzubereiten. Als Lisa von der Elektra-Rees nach Hause kam, fragte Mariechen bereits unruhig, ob sie nicht wüßte, was Hanna sich für den Nachmittag vorgenommen habe. Sie müßte längst zu Hause sein. Sie weiß doch, wie Vater ist!

Mir hat sie nichts gesagt!

Das Abendbrot aßen sie in gedrückter Stimmung ohne

Hanna. Sie kann was erleben, wenn sie kommt! drohte Johannes. Was denkt sie sich eigentlich, an deinem Namenstag! Haben wir hier einen Kostgänger, der kommen und gehen kann, wie er will! Ach, verdammt!

Mariechen und Lisa gingen in die Küche, um zu spülen und die Reste des Abendbrots wegzuräumen. Mariechen machte ein paar Schnittchen für Hanna zurecht und bat Lisa, sie nach oben in das Zimmer der Tochter zu bringen. Hanna würde Hunger haben, und Johannes würde nicht erlauben, daß sie sich noch etwas zu essen holte.

Mariechen stellte sich an die Haustür und schaute die Beguinenstraße hinauf und hinab. Keine Hanna.

Lisa kam die Treppe hinunter und sagte: Hast du mir die Schokolade aufs Bett gelegt, Mutter?

Schokolade? Nein! Sie schloß die Haustür. Hat Hanna irgend etwas gesagt? Du müßtest doch wissen, was sie vorgehabt hat!

Sie wird doch wohl nicht . . .

Nein! sagte Mariechen. Das tut sie uns nicht an!

Sie gingen zusammen ins Wohnzimmer. Johannes blickte von seiner Zeitung auf. Er sagte nichts, aber auch aus seinem Gesicht konnte Mariechen die Frage ablesen, die schreckliche Frage: Ist sie uns davongelaufen? Lisa nahm ein Buch, Mariechen auch, aber beider Blicke begegneten sich über die Bücher hinweg. Sie hörten die Uhr ticken. Die Zeit verstrich. Ab und zu raschelte Vaters Zeitung. Auch er las nicht. Er guckte auf die Pendeluhr im dunklen Säulengehäuse. Fast neun Uhr.

Was ist hier los? fragte Johannes böse.

Ich weiß nicht, was ich denken soll. Hanna ist nicht da. Sie kommt nicht. Vielleicht . . . Mariechen begann zu weinen. Plötzlich stand sie auf, holte aus der Küche den Schlüssel zum Safe und sagte: Guck nach, Johannes, ob alles da ist!

Johannes nahm das Bild vom fröhlichen Zecher von der Wand, schloß den Safe auf. Er überblickte den Inhalt, die Schatulle mit den Goldstücken, die Papiere, ein Paket Banknoten. Alles war an seinem Platz.

Hannas Sparbuch! sagte Mariechen. Unter der Schatulle fand Johannes nur ein Sparbuch. Lisas. Er räumte den Safe leer. Es ist nicht da!

Sie hat es getan! dachte Lisa. Niemals hätte sie einen solchen Schritt für möglich gehalten. Und sie hatte den Safe geöffnet!

Johannes sank auf einen Stuhl, er bedeckte die Augen mit der Hand: Sie ist ein gottverlassenes Mensch! sagte er leise.

Du hast sie aus dem Haus getrieben! Du hast mein Kind aus dem Haus getrieben! schrie Mariechen, außer sich vor Schmerz und trommelte mit den Fäusten auf seine Schultern. Du hast mein Kind aus dem Haus getrieben!

Und du hast den Safeschlüssel nicht sorgfältig verwahrt, so daß sie uns bestehlen konnte. Ich werde dir den Schlüssel abnehmen. Er ist nicht sicher bei dir!

Es war, als wollten sie sich von der schrecklichen Tatsache, daß Hanna sie verlassen hatte, ablenken, sie fingen einen Streit um den Safeschlüssel an, standen sich gegenüber, erbittert und wie von Sinnen.

Und wenn du mir den Safeschlüssel wegnimmst, weiß ich nicht, was ich tue, Johannes Schulte! sagte Mariechen. Du denkst, du kannst alle mit deinen breiten Händen in die Knie zwingen. Aber mich nicht, und Hanna ist dir weggelaufen, weil du mit deinem Vorurteil unser Leben vergiftet hast!

Sie hat zu gehorchen und du auch! Johannes kehrte Mariechen den Rücken zu, begann den Safe einzuräumen, zog den Schlüssel ab und legte ihn auf den Tisch, um das Bild aufzuhängen. Mariechen nahm den Schlüssel, schloß die Faust um ihn.

Gib den Schlüssel her! befahl Johannes.

Da! sagte sie, warf den Schlüssel auf den Tisch zurück. Aber von nun an komm mir nicht zu nahe!

Etwas in Mariechens verzweifeltem Gesicht brachte Johannes zur Besinnung. Er berührte den Schlüssel nicht. Das hätte sie nicht tun dürfen. Sie hat unser Vertrauen mißbraucht. Sie ist ein gottverlassenes Mensch! Er weinte.

Sein Zorn war verraucht, übrig blieb ein Jammer, wie er ihn wohl noch nie gefühlt hatte.

Es ist dunkel geworden. Ich habe kein Licht angemacht. Licht kommt von draußen. Die Laterne brennt. Ich bin bei dir, Mutter, wie nie. Du bist lebendig, du atmest, du glühst.

Das war eine Liebe! hat Tante Lisa gesagt. Das war eine Liebe. Ich habe sie beneidet.

Daß du dich gegen die Eltern und gegen alle Konventionen entschieden hast und für die Liebe entschieden hast, bringt dich mir ganz nah. Vielleicht hast du mich so an dich gebunden, weil du Angst hattest, auch ich könnte dir weglaufen, könnte alle Bedenken über Bord werfen um einer Liebe willen. Du wolltest mir das Leid und die Enttäuschung vom Leibe halten, die Liebe mit sich bringt. Wie du erfahren hast, bringt Liebe Schmerzen mit sich.

Ich fühle mich in Tante Lisas Erzählung hinein, in dich hinein, deine Geschichte, die auch meine ist.

Hanna und Ferdinand waren glücklich, solange sie beieinander sein konnten. Und in den ersten Tagen trennten sie sich auch nur für kurze Zeit, nur für die Stunde, die Ferdinand brauchte, um bei der Firma, für die er die Vertretung von Haushaltsgeräten übernommen hatte, seinen Musterkoffer zu holen und sich zur Arbeit zu melden. Er konnte es nicht riskieren wegzubleiben, aber er riskierte es, keinerlei Aufträge zu bringen. Auch vorher hatte es Tage gegeben, an denen er trotz Abklapperns einer ganzen Straßenzeile nichts verkauft hatte.

Das ging aber nicht lange gut, und Ferdinand mußte Hanna allein lassen. Erst als sie aus der Seligkeit ihrer Vereinigung wieder auftauchte, nahm sie ihre Umgebung wahr. Die Wirklichkeit sah unfreundlich aus. Das möblierte Zimmer war eng, klein, schäbig, aber natürlich billig. Die Vermieterin hatte sie mißtrauisch gefragt, ob sie eigentlich verheiratet wären, und Hanna log, um ihren Stolz zu wahren, ohne mit der Wimper zu zucken, zeigte ihren goldenen Ring vor, den sie jetzt an der rechten Hand trug.

Sie mußten sich in einem angeschlagenen Emaillewaschbecken im Korridor der dunklen Wohnung waschen, und besonders schlimm erschien es Hanna, daß sie keine Gelegenheit zum Kochen hatte, wenn sie nicht die Wirtin bitten wollte, sie ihren Küchenherd benutzen zu lassen. Aber die Küche war ihr zu schmutzig. So etwas war sie nicht gewöhnt. Sie hatte die Gedanken an zu Hause für kurze Zeit verdrängen können, aber in den Stunden ihres Alleinseins brach das Gefühl der Trauer und der Schuld übermächtig über sie herein. In allen Einzelheiten stellte sie sich vor, wie die Eltern ihr Verschwinden bemerkt und besprochen hatten. Sie wußte, welches Leid sie ihnen angetan hatte und daß sie sich ihrer schämten, weil sie unverheiratet mit einem Mann zusammenlebte, den Vater nicht billigte. Sie wußte, daß Mutter sich Sorgen machte und daß sie auf ein Lebenszeichen warteten. Aber wie konnte sie ihnen schreiben, wenn sie noch nicht mit Ferdi verheiratet war? Was sollte sie schreiben? Daß sie glücklich war? Ich stelle mir vor, daß sie sich ohne Ferdis Nähe in diesem Zimmer verloren fühlen mußte, als sei sie in ein fremdes Leben geraten, in das sie nicht hineingehörte, in dem sie keinen Boden unter den Füßen hatte.

Irgendwann wird sie sich Schreibpapier besorgt haben. Liebe Mutter, lieber Vater! Aber die Worte Mutter und Vater, die sie eilig hingeschrieben hatte, drangen wie scharfe Messer in ihr Bewußtsein. Sie hatte sie verloren! Sie hatte ihnen den Rücken gekehrt. Weiß Gott, ob sie ihr verzeihen würden!

Ferdi fand sie weinend bei seiner Rückkehr vor. Er, der nie eine so tiefe Bindung an seine Eltern gekannt hatte, stand ratlos vor ihrer Verzweiflung. Er versuchte, sie zu trösten, streichelte und küßte sie. Er setzte sich neben sie, gab ihr ein neues Briefblatt und sagte ihr: Schreib ihnen, sie sollten dir nicht böse sein. Oder . . ., er machte eine Pause, oder schreib ihnen, du wolltest wieder heimkehren. Möchtest du das?

Nein! sagte Hanna. Nur mit dir zusammen. Wir gehören doch zusammen, ich kann nicht ohne dich leben.

Ferdi lächelte das Lächeln, das sie von Anfang an verzaubert hatte. Du wirst sie besuchen, wenn wir verheiratet sind und sie nichts mehr daran ändern können. Und jetzt schreib ihnen. Du mußt ihnen schreiben, damit sie wissen, daß es dir gut geht!

Und so schrieb Hanna den Brief, auf den zu Hause alle warteten, warteten wie auf ein Zeichen, daß das Leben trotz allem weiterging. Hanna schrieb: Seid mir nicht böse! Ihr dürft mir nicht böse sein. Ich hab' es nicht mehr ausgehalten bei Euch. Ich mußte zu Ferdi gehen. Wir gehören zusammen. Und jetzt leben wir in Rheine und werden bald heiraten. Seid mir nicht böse, ich wollte Euch nicht weh tun. Ich konnte nur nicht mehr ertragen, daß Ihr uns beide voneinander trennen wolltet. Ihr müßt mich verstehen. Es geht um mein Lebensglück. Uns geht es gut. Schreibt mir bitte auch! Tausend Grüße sendet Euch Eure liebe Tochter Hanna.

Hanna konnte nicht wissen, wie oft und mit wieviel Tränen der Brief zu Hause gelesen wurde. Mariechen las den Brief laut vor, damit Johannes erfuhr, was darin stand. Er äußerte sich jedoch nicht zu dem Brief.

Mariechen antwortete der Tochter noch am gleichen Tag. Sie machte Hanna viele bittere Vorwürfe, aber zum Schluß schrieb sie: Komm nach Hause! Wenn Du Heimweh hast, komm nach Hause. Mit Vater werde ich schon fertig!

Erst nachdem Hanna den Trost dieser Zeilen bekommen hatte, machte sie sich daran, ihr Leben mit Ferdinand in

Rheine zu verbessern. Sie begab sich auf Wohnungssuche, denn in dem möblierten Zimmer hielt sie es nicht aus. Ferdinand war es recht, aber er verdiente nur wenig Geld, er mußte es ihr sagen, er mußte ihr begreiflich machen, daß er ihr nicht bieten konnte, was sie von zu Hause gewöhnt war. Es tat ihm weh.

Hanna fand eine Zweizimmerwohnung. Küche und Schlafzimmer, Klo auf halber Treppe. Sie war leer. Hanna kaufte eine Schlafzimmereinrichtung in Birkenholz, hochglanzpoliert, von dem Geld auf ihrem Sparbuch. Sie kaufte Herd, Küchenschrank und -stühle, kaufte, was sie für unbedingt notwendig hielt in ihrem Haushalt.

Ferdinand sah mit Sorgen, wie das kleine Kapital zusammenschmolz. Als Hanna endlich ihre Pakete auspackte, in denen sie ihre persönlichen Sachen und einen Teil ihrer Aussteuer an Wäsche vorausgeschickt hatte, fühlte sie sich stolz und glücklich.

Es ist schon gemütlich hier! sagte sie. Gefällt dir alles? Wir könnten Mutter zu uns einladen!

Wenn es dich glücklich macht, lade sie ein! sagte Ferdi.

O nein, nicht bevor wir verheiratet sind!

Hanna schrieb ihren Eltern ihre neue Adresse. Als Absender gab sie Hanna Kattbeke an. Sei nannte sich jetzt immer Hanna Kattbeke. Mariechen vergoß ein paar Tränen, weil sie dachte, nun habe ihr Kind geheiratet, ohne daß sie alle bei der Hochzeit mitgefeiert hätten. Sie hatte sich die Hochzeit ihrer Ältesten ganz anders vorgestellt, in weißem Kleid und Kranz und Schleier und mit einem großen Fest für alle Verwandten und Freunde. Aber nun war es so gekommen, und es erleichterte sie, daß Hanna nicht mehr in Sünde und Schande lebte, sondern mit ihrem Ferdinand vor Gott und der Welt als Mann und Frau. Sie schickte Glückwünsche und ein Geldgeschenk an das Paar. Johannes wußte es, billigte es aber nicht.

Glückwünsche und Geschenk stürzten Hanna in große Aufregung. Sie hatte ihre Eltern nicht betrügen wollen. Nein, sie wollte nicht noch eine Lüge auf ihr Schuldkonto nehmen. Aber wie sollte sie Mutter erklären, daß sie im Irrtum war? Außerdem las sie aus dem Brief, daß Vater immer noch gegen die Verbindung war, sogar jetzt, wo er glauben mußte, daß es eine Bindung für immer war. Hanna erkundigte sich beim Standesamt in Rheine, welche Papiere man für eine Eheschließung benötigte.

Ferdi, wir können gar nicht heiraten. Wir müssen das Familienstammbuch der Eltern haben oder andere Urkunden, wo drinsteht, wann die Eltern geheiratet haben, und eine Geburtsurkunde!

Deine Eltern können uns das Stammbuch doch schicken!

Das machen sie nie, niemals. Und außerdem glauben sie, wir wären schon verheiratet! Hanna zeigte den Glückwunschbrief der Mutter und einen Hundertmarkschein vor.

Wir fahren nach Wesel und fragen dort am Standesamt! Es muß doch möglich sein, ohne die Papiere der Eltern zu heiraten! sagte Ferdinand.

Nach Wesel fahren? Nein. Sie konnte dort Bekannten in die Arme laufen, sie kannte so viele Leute, und noch mehr Leute kannten sie. Und wenn sie Vater begegnete? Es mußte sich ja wie ein Lauffeuer herumgesprochen haben, daß Hanna mit einem Mann weggelaufen war und mit ihm in Sünde lebte oder gelebt hatte! Johannes Schulte war ein geachteter Mann, und seine ganze Familie wurde geachtet, sogar beneidet, und die Töchter bewundert. Jetzt sollte sie sich der Schadenfreude, den hämischen Zungen aussetzen? Nein.

Hanna konnte sich ausmalen, was die Nachbarn und auch die Verwandten über sie geklatscht hatten: Daß Hanna so eine ist, hätten wir ja nie gedacht! So eine! Ein schamloses Weibsstück, eine Schlampe, eine, die gegen das sechste Gebot verstieß, eine, die mit Männern rummachte. Die kam bestimmt mit einem unehelichen Kind nach Hause zurück. Wenn Kattbeke die noch heiratete, wo er doch schon alles gehabt hatte, konnte sie von Glück reden. Nein, nach Wesel zu fahren schien Hanna unmöglich.

Obwohl das Heimweh immer stärker wurde. Sie konnte sich nicht einleben in Rheine, in der kleinen Wohnung, ohne Freundeskreis. Zu Hause war doch immer etwas los gewesen. Kunden kamen, riefen an, Besorgungen mußten gemacht werden, Mutter regierte in Haus und Küche, Hanna ging ihr zur Hand, dabei gab es immer etwas zu reden, zu lachen. Oder Nachbarn schauten kurz herein, oder Mariechen verschenkte ein Ei, um das Frau Dörken bat, die gerade keins mehr im Hause hatte. So etwas kam bei Mariechen niemals vor, sie hatte immer alles, was im Haushalt gebraucht wurde. Was war das für ein geschäftiges, kurzweiliges Leben gewesen! Sie, Hanna, immer mittendrin. Und dieses Leben hatte sie verlassen.

Hanna, die in dem Lebensgefühl aufgewachsen war, die ganze Welt gehöre ihr, sie läge ihr zu Füßen, Hanna lernte Geldsorgen kennen. Die Miete wurde fällig, vierzehn Mark jeden Monat, sie mußte Kohlen kaufen, die Lichtrechnung bezahlen. Ferdinand verdiente kaum achtzig Mark im Monat, und wenn er noch so eifrig von Tür zu Tür ging und seine Haushaltswaren anbot. Hanna wusch sich an Socken, Hemden und großen Wäschestücken die Finger wund. Zu Mutter war immer Frau Tewes, die Waschfrau, gekommen, und Wäschewaschen schien eine vergnügliche Arbeit zu sein. Frau Tewes erzählte von ihrer großen Kinderschar und was ihr Kerl, der ein Säufer war, wieder angestellt hatte. Hanna war nie so allein gewesen wie jetzt. Sie weinte viel, aber sie ließ es Ferdinand nicht merken. Sie klammerte sich an ihn, erwartete ihn voller Sehnsucht am Abend, überschüttete ihn mit ihrer Liebe und wachte in den Nächten, wenn er neben ihr schlief, den Kopf voller Gedanken an zu Hause.

. Ein Jahr ging hin, und Hanna lernte, mit Geld umzugehen, zu sparen, hauszuhalten. Sie verteilte Ferdinands Einkünfte auf verschiedene leere Zigarettenschachteln, eine, die sie sorgsam verschloß, enthielt die Miete, eine das Kohlengeld, eine Geld für die Lichtrechnung, eine für das tägliche Essen. Sie hatte auch eine für Vergnügen, aber die war meistens leer.

Sie bekamen Besuch von Rudi Kattbeke mit seiner Verlobten Friedel Hense. Hanna war so glücklich darüber, daß sie den Rest ihres Sparbuchgeldes angriff, um ein Fest aus diesem Besuch zu machen. Und heute abend gehen wir tanzen! sagte sie. Ihre Augen leuchteten, sie lachte wie in alten Tagen.

Rudi hatte es schon zu etwas gebracht. Er war ein Kaufmann, dem alles gelang, was er anpackte. Jetzt wollte er Friedel heiraten, mit ihr nach Köln ziehen und eine Brotfiliale eröffnen. Hanna hörte begeistert zu. Ob nicht auch Ferdi eine solche Chance haben könnte? Mal sehen, mal sehen!

Ferdinand beobachtete, daß Hanna den Bruder bewunderte, der schwadronierte, ein gewandtes, weltmännisches Gehabe an den Tag legte. Er war so anders als er selbst. Er fühlte sich erdrückt von der Verantwortung für Hannas Glück, aber Rudi stand der Erfolg geradezu auf der Stirn geschrieben.

Du mußt es auch so machen wie Rudi! sagte Hanna, als der Besuch gegangen war. Such dir eine andere Arbeit. Das bringt nicht viel ein, kleine Sachen an der Tür zu verkaufen!

Nein, das bringt nicht viel ein, und ich renne mir die Hacken ab! bestätigte Ferdinand. Aber ändern konnte er den Zustand nicht.

Dann meldete sich ein Besuch an, der Hanna in fieberhafte Aufregung stürzte. Lisa hatte geschrieben, sie käme am Sonntag. Hanna brachte die Wohnung auf Hochglanz, aber wenn sie sie mit kritischen Blicken betrachtete, fiel ihr auf, was alles fehlte, was alles Lisa bemerken und tadeln würde. Lisa mußte einen guten Eindruck von ihrem Leben gewinnen. Sie wollte Lisa mit einem guten Essen verwöhnen. Hanna plünderte ihre sorgsam gehüteten Geldkästchen. Sie kam zu dem Entschluß, daß sie die Mietgelddose angreifen mußte, damit alles in richtigem Stil gemacht werden konnte.

Hanna holte Lisa vom Bahnhof ab. Lisa erschien in einem neuen, blauen Kostüm, einer seidenen Bluse mit Stickereien am Kragen und einem kecken Hütchen nach der neuesten Mode.

Wie chic, wie chic, Lisa! sagte Hanna. Sie fielen sich in die Arme, küßten sich und weinten ein Stückchen.

Lisa brachte Blumen mitsamt einer passenden hohen Kristallvase mit und von Mutter einen Briefumschlag. Vater wußte nicht, daß Lisa die Schwester besuchte. Ferdi stand lächelnd neben der Wiedersehensszene. Auch er bemerkte die modischen Neuheiten an Lisa, und er bedauerte, daß Hanna nicht auch ein Geldkästchen für Garderobe-Anschaffung anlegen konnte. Hanna, die früher immer so elegant gekleidet dahergekommen war. Sie war auch jetzt elegant, aber ihre Sachen waren Lisa bekannt. Sie hatte sich noch kein einziges neues Stück geleistet.

Hanna hatte Kuchen gebacken, den Tisch in der Küche festlich gedeckt. Als sie Lisas Blumen auspackte, kamen Rosen zum Vorschein, langstielige rote Rosen, die eine Menge Geld gekostet hatten. Lisa ließ sich nicht anmerken, daß sie Hannas Haushalt etwas dürftig fand, obwohl Hanna die schönste weiße Damastdecke aus ihrer Aussteuer aufgelegt hatte. Das einzig Kostbare in der Küche waren die roten Rosen.

Es ist nur eine Übergangslösung! sagte Hanna. Bis Ferdi eine anständige Arbeit gefunden hat . . .

Ein Wohnzimmer habt ihr nicht?

Nein, aber sieh dir mal unser Schlafzimmer an! sagte Hanna und führte sie in den zweiten Raum der Wohnung. Hier stand das hochglanzpolierte Birkenholzschlafzimmer, das haargenau ihren Vorstellungen entsprach.

Schön! sagte Lisa. Ach, Hanna, warum bist du weggegangen?

Um glücklich zu werden mit Ferdi. Wir sind glücklich!

Lisa erzählte bei Kaffee und Kuchen Neuigkeiten aus Wesel. Martha hatte einen Beamten geheiratet, stell dir vor, die mußten heiraten! Frau Tewes war auch wieder in anderen Umständen, da kam das sechste Kind an. Die arme Frau! Hans Linke hatte seinen Doktor gemacht . . .

Und zu Hause? Wie geht es Vater? Was macht Mutter? Sprecht ihr von mir?

Mutter hätte dich längst besucht, aber Vater erlaubt es nicht, du kennst ihn ja. Er hat genauso einen Dickkopf wie du, Hanna!

Lisa erzählte von den Festen, die sie besucht hatte, vor allem vom letzten Schützenfest und daß der Milchbauer gesagt hatte: Frau, das Fräulein Schulte hab' ich immer angucken müssen, sie hatte ein silbernes Kleid an und sah aus wie Lohengrin, richtig wie Lohengrin! Lisa lachte, wie alle zu Hause über den Vergleich mit Lohengrin gelacht hatten. Und plötzlich warf Hanna die Arme auf den Tisch, verbarg ihr Gesicht darin und fing an, bitterlich zu schluchzen.

Wein doch nicht, Hanna! sagte Ferdinand hilflos. Nun wein doch nicht so. Bald wird es uns auch besser gehen, bestimmt!

Hanna stand auf, wusch sich das Gesicht unter kaltem Wasser und sagte: Ich wollte gar nicht heulen, es war nur

– ich hab' mir vorgestellt, wie ihr alle zusammen über Lohengrin gelacht habt . . . Als Hannas Gefühlsausbruch überwunden war, kam Lisa mit der für sie größten Neuigkeit heraus: Sie würde zum Monatsletzten ihre Stellung bei der Elektra-Rees aufgeben. Sie müßte es tun, weil Mutter sie im Hause brauchte.

Das hab' ich dir zu verdanken! sagte Lisa. Ich will da gar nicht aufhören. Ich mach' die Arbeit gern. Das soll nun alles vorbei sein, bloß, weil du uns im Stich gelassen hast. Es war klar, daß Lisa es Hanna übelnahm. Aber das war es nicht, was Hanna betroffen machte. Vielmehr begriff sie, daß sie zu Hause gar nicht mehr mitzählte, daß Lisa jetzt ihre Stellung als Haustochter einnehmen würde. Gewiß, sie wollte nicht mehr von Ferdi weg, aber die Endgültigkeit ihres Schrittes trat ihr vor Augen. Zu Hause war kein Platz mehr für sie. Lisa nahm ihn ein. Sie nahm sich sehr zusammen, um nicht schon wieder in Tränen auszubrechen. Sie sah ihre Schwester an, die schön, sorglos und im Besitz aller Dinge war, die sie verloren hatte, und in einem Augenblick wandelte sich die Freude über Lisas Besuch in Trauer. Hanna griff nach der Kaffeekanne und sagte: Möchtest du noch Kaffee?

Nein, danke! Stell dir vor, die Belegschaft will mir zum Abschied ein Geschenk überreichen. Alle tun geheimnisvoll. Ich weiß nicht, was das wohl ist!

Lisas Besuch hinterließ einen Geschmack von Bitternis. Hanna fühlte sich krank. Krank vor Heimweh.

Ich gehe in Mutters Küche, dehne meine verkrampften Glieder, trinke ein Glas Wasser. Die Uhr in der Küche erinnert mich: fast neun Uhr. Ich muß zu meiner Familie zurück. Ich habe das Gefühl, daß sie in diesen Wochen nicht mit mir rechnen. Den Kindern bin ich fremd, sogar ein bißchen unheimlich. Abends versorgen sie sich selbst. Ich habe plötzlich Sehnsucht nach ihnen allen. Ich vernachlässige sie. Mein Mann läßt mich in Ruhe. Verlangt nichts von mir. Ich müßte mir Sorgen um meinen Sohn Uwe machen. Ich habe auch Sorgen um ihn, sobald ich an ihn denke. Es geht zu Hause alles weiter auch ohne mich. Aber wie? Hier die Unordnung und zu Hause auch. Ich muß damit fertig werden, aber nicht jetzt, jetzt verharre ich noch bei mir selbst. Ich kann mich nicht lösen, ich will es auch nicht. Wie könnte ich mich schon losreißen von dir, Mutter, so tun, als ginge alles seinen Gang wie immer? Und doch, wie sehr brauche ich Wärme, wie sehr. Ich fahre nach Hause.

Nimm mich in den Arm, sage ich zu meinem Mann. Er hält mich warm und fest.

Meine kleine Tochter schaut mich aus traurigen Augen an. Du sollst nicht traurig sein, mein Schätzchen! sage ich. Und mir fällt die Anrede »mein Schätzchen« auf. So hast du mich immer genannt, Mutter, »mein Schätzchen«.

Ich stehe herum, dann nehme ich den unaufgeräumten Abendbrottisch wahr und beginne, ein bißchen Ordnung zu machen.

Mein Schätzchen! Tante Lisa hat auch davon erzählt, wie diese Anrede in die Welt kam, wie ich geboren wurde. In der Vorweihnachtszeit handelte Ferdinand mit Spielzeug und machte gute Geschäfte. In der Vorweihnachtszeit suchte Hanna einen Arzt auf, der ihr bestätigte, was sie ahnte: sie war schwanger.

Hanna schrieb einen Brief an ihre Mutter, erzählte dies

und das und daß sie einen schönen Stragula-Teppich für die Küche gekauft hätte, daß Ferdinand mehr verdiente und es ihnen gutging. Ganz zum Schluß, als Postskriptum, fügte sie den Satz an: Ich erwarte ein Kind.

Mariechen Schulte geriet in helle Aufregung. Sie lief mit dem Brief in die Werkstatt, wo Johannes gerade mit einem Lehrjungen schimpfte. Johannes sah sofort, daß etwas ganz Wichtiges passiert war und trat ihr entgegen.

Sie kriegt ein Kind! sagte Mariechen. Und das sage ich dir, jetzt kommt sie nach Hause. Sie braucht mich. Ob du einverstanden bist oder nicht. Ich schreibe ihr sofort, sie soll kommen. Sie kriegt ein Kind, Johannes. Hast du gehört, sie kriegt ein Kind, meine Hanna!

Johannes legte ihr den Arm um die Schulter und sagte: Ich bin nicht dagegen. Sie kann kommen!

Johannes! Mariechen fiel ihm vor den Augen der Gesellen und Lehrjungen um den Hals. Johannes! Ach, du weißt ja nicht, was ich durchgemacht habe. Ich bin so glücklich. Sie kriegt ein Kind! Jetzt wird alles wieder gut!

Wenn ich nur wüßte, was der arme Schlucker mit einem Kind anfangen will, das kann der doch gar nicht ernähren!

Hör auf, hör auf, so zu reden. Hanna kommt wieder nach Hause!

Als Hanna den Brief gelesen hatte, brauchte sie weniger als eine Sekunde, um ihre Entscheidung zu treffen. Ferdi, ich kann nach Hause kommen. Und du kommst mit. Wir haben es geschafft. Und dann besorge ich das Familienstammbuch, und wir heiraten so schnell es geht!

Ja, sagte Ferdinand, wir machen alles so, wie du es dir wünschst. Nun kannst du in Ruhe unser Kind kriegen. Ich bin froh.

Hanna packte ihre Sachen, sie sang mit ihrer schönen Stimme ein Kinderlied, immerzu dieselbe Melodie:

Machet auf das Tor, machet auf das Tor, es kommt ein goldner Wagen . . .

Johannes hatte die besten Vorsätze: er wollte seine Tochter herzlich begrüßen und dem unwillkommenen Schwiegersohn die Hand drücken. Daß du mir das Kind nicht sofort wieder erschreckst mit deiner Bärbeißigkeit! hatte Mariechen gedroht. Als dann aber der junge Mann vor ihm stand, knurrte er nur: Guten Tag! An Hanna kam er noch nicht heran, sie lag in Mariechens Armen, und die beiden »Weiber«, wie er im stillen dachte, heulten wie die Schloßhunde. Er wandte sich ab, damit keiner sehen konnte, daß auch ihm die Tränen über die Wangen liefen.

Hanna, als sie endlich ihrem Vater gegenüberstand, fand das richtige Wort: Verzeih mir, Vater! Wortlos nahm Johannes seine Tochter in den Arm, und sie konnte fühlen, wie seine Schultern zuckten.

Kriegst du wirklich ein Kind? fragte Lisa. Man sieht ja nichts.

Lisa, dummer Schatz, es hat noch Zeit! sagte Hanna lächelnd. Mariechen hatte eine Rindfleischsuppe gekocht, einen Schinkenbraten und feine Gemüse auf den Tisch gebracht. Zum Nachtisch Schokoladenpudding mit Vanillesoße:

Ferdinand sagte: Eine Rindfleischsuppe wie Ihre, Frau Schulte, gibt es auf der Welt kein zweites Mal!

Sag du zu mir, Ferdinand, du bist unser Schwiegersohn und gehörst jetzt zur Familie.

Johannes machte dieses Angebot nicht. So schnell fand er sich mit den neuen Verhältnissen nicht ab.

Hanna und Ferdinand heirateten still und heimlich. Weder die Eltern noch Lisa wußten, daß die Eheschließung erst jetzt stattfand. Rudi Kattbeke und Friedel Hense waren Trauzeugen. Die Zeremonie war kurz, es gab keine Feier, nur abends trafen sich die vier im Hotel Escherhaus, und Ferdinand spendierte ein Essen.

Eine Last fiel von Hannas Schultern. Jetzt hatten sie beide alles ins reine gebracht, jetzt konnte ihrem Glück nichts mehr passieren. Allerdings ist nichts so fein gesponnen, daß nicht doch jemand einen Faden erwischt und das Gespinst zerreißen kann:

Ach, Frau Schulte, hat Ihre Tochter gerade geheiratet? Man hätte es ja gar nicht erfahren, wenn mein Mann nicht zufällig das Aufgebot vor ein paar Tagen gelesen hätte . . .

Beinahe wäre das Glück schon wieder in die Brüche gegangen, denn Johannes Schulte gab seinem gekränkten Vatergefühl lautstark Ausdruck. Er schimpfte und schmähte den »Kerl«, der schon das »Du« angenommen hatte, obwohl er noch gar nicht Hannas Ehemann und Schultes richtiger Schwiegersohn war, und er schimpfte auch über Hanna, von der er sich abermals betrogen fühlte. Hanna versuchte ihrer Mutter zu erklären, wie es zu dem Irrtum gekommen war, Mariechen wiederum dolmetschte die Erklärung Johannes, und der Sturm legte sich wieder.

Im Sommer wurde das Kind geboren. Hanna, versorgt und verwöhnt von einer tüchtigen Hebamme und Mariechen, verhielt sich sehr tapfer.

Ein Mädchen! sagte Mariechen zu Johannes. Wunderbar, ein Mädchen! Hurra, hurra, der kleine Graspisser ist da! jubelte er. Er war jetzt Großvater und platzte fast vor Glück, als ihm das Bündelchen Mensch mit einem schwarzen Haarbüschel in den Arm gelegt wurde. Er küßte seine Tochter Hanna zärtlich und sagte halb im Scherz und halb im Ernst: Wenn ihr ein Kind haben wollt, dann müßt ihr euch eins anschaffen. Diese Kleine gehört uns!

Hanna lächelte glücklich. Ich geb' sie aber nicht her!

Johannes Schulte ging zur Post, schickte ein Telegramm nach Rheine, um seinen Schwiegersohn zu informieren, er sei gerade Vater eines Mädchens geworden.

Lisa kam von einer Besorgung nach Hause, und Mariechen sagte strahlend: Geh mal nach oben! Lisa rannte die Treppen hinauf, sie trat ins Zimmer, da lag Hanna im frischen Bett, erschöpft, aber lächelnd, das Paketchen Kind hielt sie im Arm. Die Hebamme packte ihre Tasche. Ein Mädchen! flüsterte Hanna.

Lisa dachte: Sie sieht aus wie eine Heilige, so wunderschön und so lieb. So hat sie noch nie ausgesehen! Es ist wie ein Wunder. Lisa küßte Hanna behutsam, fast andächtig. Es ist so winzig, so klein! sagte Lisa, und so schön!

Mariechen kam mit ihrer berühmten Rinderbouillon, damit die junge Mutter ein bißchen zu sich nahm. Hanna wollte nichts essen, sie konnte auch nicht schlafen. Ihre Augen starrten weit offen vor sich hin, wohltuende Tränen rannen ihr ins Haar. Ihr müßt Ferdi Bescheid sagen. Wir haben ein Kind!

Alle im Haus waren verrückt auf das Kind. Es wurde bewundert, gehätschelt und umsorgt. Jeder wollte ihm Gutes tun, alle standen um Mutter und Kind herum, wenn die Kleine gewickelt und gefüttert wurde. Von allen aber war Johannes Schulte der Verrückteste. Er gebärdete sich, als sei er der Vater. Er konnte sich nicht sattsehen, immer wieder betrachtete er sie, ob sie gerade schlief oder wachte und mit kleinen Fäusten durch die Luft fuhr. Die Kleine griff nach seinem großen Finger und hielt ihn fest. Wenn jemand ins Zimmer kam, löste er vorsichtig und zart die Kinderfaust von seinem Finger und versteckte seine Hände auf dem Rücken. Hielt Hanna das Kind im Arm, so umfaßte er sie beide mit einem Blick der Zärtlichkeit. Das Mädchen erhielt den Namen Inge Johanna, um Johannes Schulte Freude zu machen.

Ferdinand Kattbeke mußte das Wunder seiner Tochter aus der Ferne miterleben, er kam nur zum Wochenende. Jetzt nahm ihn die Familie Schulte mit großer Herzlichkeit auf. Aber Ferdinand hatte das Gefühl, für Hanna nicht mehr die wichtigste Rolle zu spielen. Er wußte sich nicht zu wehren, also nahm er es hin und lächelte dieses stille, verzeihende, bescheidene Lächeln, das er zeitlebens für das Glück der anderen aufbrachte.

Rudi Kattbeke hatte inzwischen eine Brotfiliale in Köln eröffnet, sein Geschäft lief so gut, daß er zeitweilig sieben Verkäuferinnen beschäftigte, und die hatten alle Hände voll zu tun. Durch Rudis Vermittlung konnte auch Ferdinand eine Brotfiliale eröffnen. Das Startkapital schoß Johannes Schulte vor. Inge, die bereits lächeln konnte, blieb in der Obhut der Großeltern, und Hanna ging mit Ferdinand nach Köln.

Das Ladenlokal lag auf der belebten Zülpicher Straße, von Anfang an arbeiteten Hanna und Ferdinand mit Erfolg, mit so gutem Erfolg, daß sie das Darlehen zurückzahlen konnten. Hanna, hinter dem Ladentisch, fühlte sich in der richtigen Rolle, lächelnd, freundlich, fleißig, eine tüchtige Geschäftsfrau.

Nach einem Jahr konnten sie sich eine Hilfe leisten, Grete, und damit war der Zeitpunkt gekommen, Inge nach Köln zu holen. Ein paar Wochen später machte Johannes Schulte eine Geschäftsreise mit zwei Kollegen. Auf der Rückfahrt ergab sich in Köln ein Aufenthalt von einer Stunde. Johannes Schulte trennte sich von seinen Kollegen: Ihr müßt ohne mich hier warten. Ich hol' mir schnell das Kind! sagte er.

Er betrat Hannas Laden.

Vater, Vater, wo kommst du denn her! rief Hanna.

Wo ist das Kind? Pack alle Sachen ein, ich will das Kind mit nach Hause nehmen!

Aber das geht nicht, unsere Grete ist mit ihr spazierengegangen. Und überhaupt . . .

Erst nach langem Hin und Her ließ sich Johannes überzeugen, daß er Inge nicht einfach wegholen konnte.

Na schön, sagte er ungeduldig, dann wird Mariechen am Wochenende vorbeikommen und sie holen. Weißt du, bei uns zu Hause wird nicht mehr gelacht . . .

Weil Johannes Schulte die kleine Inge nicht entbehren wollte, blieb sie nun oft wochenlang bei den Großeltern in Wesel. Eines Tages kam Ferdinand unverhofft zu Besuch, Inge spielte mit ihrem Holzpferd im Hausflur.

Ferdinand hockte sich hin und rief: Inge, mein Mädchen, komm zu mir!

Inge betrachtete ihn ernst und wahrte den Abstand. Als aber ihr Vater sich näherte, drehte sie sich um und heulte: Oma, Oma, fremder Onkel!

Das war zuviel für Ferdinand. Ich nehme Inge mit nach Hause. Wenn ein Kind den eigenen Vater nicht erkennt, dann wird es aber höchste Zeit, daß es wieder heimkommt! sagte er und setzte sich auch durch.

Die Bilder in meinem Kopf lassen mich nicht schlafen. Es ist schon spät in der Nacht, aber ich stehe auf, um unter den Sachen meiner Mutter, die alle unten im Keller stehen, den Kasten mit den Fotos zu suchen. Ich habe ihn zusammen mit einigen Fotoalben in eine große Plastiktüte gesteckt. Richtig, da ist das altmodische Album, das erste der jungen Familie Kattbeke. Das nehme ich mir mit ins Bett. Die kleine Inge in Omas Arm. Die kleine Inge in der Zinkbadewanne. Meine Mutter vor dem Fenster mit dem Kind auf dem Arm. Ich habe nicht gewußt, daß ich das Leben meiner Eltern zum Guten gewendet habe. Warum hat sie nicht gesagt: Du hast uns Glück gebracht. Sie hat es auf andere Weise ausgedrückt: du, mein ein und alles. So wichtig bin ich gewesen.

Das hab' ich immer gewußt. Aber nicht, weshalb. Sie haben mich alle geliebt. Beruhigt und glücklich schlafe ich ein.

Ich schrecke hoch aus einem Traum. Der Arzt hat gesagt: Sie müssen damit rechnen, daß Ihre Mutter stirbt. Er macht ein ernstes Gesicht. Es ist ernst. Wenn es ernst wird, bin ich klein, wieder ein Kind. Die Großen haben recht. Wenn Erwachsene sprechen, müssen Kinder schweigen.

Der Arzt schärft mir ein, daß ich mit ihrem Tod zu rechnen habe. Ich antworte nicht. Ich weiß es besser. Er kann nicht wissen, daß meine Mutter unsterblich ist. Ich fühle mich vernünftig, kann aber nicht mitreden, weil ich nichts Medizinisches als Beleg anführen kann. Worauf gründet mein Optimismus? Meine Mutter regelt das schon. Meine Mutter schafft es. Ich rechne nicht mit ihrem Tod. Ich kann noch fröhlich sein. Ich kann noch lächeln.

Das verstehen die Leute nicht, denke ich. Der Arzt ist herzlich, spricht mir freundlich zu, erwachsen, mit einer Stimme, die von unwiderlegbaren Tatsachen ausgeht, sie ist unnachgiebig. Widerspruch hört sich lächerlich an. Ich mache mich lächerlich. Ich bin hilflos. Ich mag diesen Arzt. Ich räume ihm Autorität ein, damit er mir hilft. Aber er hilft nicht. Er überläßt es mir, mit ihrem Tod zu rechnen oder nicht. Ich rechne nicht damit.

Sie ist stark. Sie ist immer stark gewesen. Sie hat sich ins Getümmel gestürzt, gekämpft und gesiegt. Oft. Auch diesmal, wo es ernst ist, wird sie kämpfen und siegen. Der Arzt kennt meine Mutter nicht.

Wann werden sie mich holen? Zu Hause bin ich mit einem Ohr für das Telefonläuten bereit. Holen sie mich, wenn es zu Ende geht?

Es geht ihr schlecht. Wie muß ihr Zustand sein, wenn sie mich benachrichtigen? Sagen sie mir Bescheid? Kann ich weggehen?

Sie hat Angst.

Gehen Sie ruhig. Kommen Sie morgen wieder. Die Gefahr ist nicht akut.

Wann stirbt einer? Wissen die Schwestern es vorher? Warum stirbt einer?

Sie kann nicht sterben, sie kann es nicht mit Absicht tun. Sie wird gestorben. Auf einmal. Unverhofft.

Nein. Morgen geht es ihr wieder besser. Man tut ja alles für sie. Und den Worten dieser Männer, die alles zu wissen scheinen, billigt man am besten keine Realität zu. Tagelang reden sie auf mich ein. Sie ist noch nicht über den Berg.

Ich gehe zu ihr ins Zimmer. Ich trete an ihr Bett. Ich muß ganz ruhig sein, sie darf nichts über ihren Zustand erfahren. Ich habe die Worte der Ärzte an mich herangelassen. Aber sie ist so weit weg, daß sie weder meine Anstrengung noch meine Not bemerken kann. Sie ist ganz elend. Die Augen sind geschlossen. Die Schläuche des Sauerstoffgeräts liegen lose auf ihrer Brust. Sie röchelt. Es fällt ihr schwer, auf dem Rücken zu liegen, sie läßt sich seitlich gegen den Rand des Bettes sinken, sie achtet nicht darauf, daß die Schläuche der Infusionsflasche an der Kanüle zerren.

Akute Herzschwäche, Wasser in der Lunge, Lungenentzündung, Nierenentzündung. Ein eifriger junger Mann starrt mir mit intensivem Blick ins Gesicht. Er prüft mich. Ich kämpfe um Haltung. Sein Blick ist eine Intimität. Ja, er darf drei Tage Intensivpflege bei meiner Mutter machen. Er braucht den Bericht einer solchen Pflege für sein Krankenpflegerexamen, das jetzt vor der Tür steht.

Er bemächtigt sich meiner Mutter. Er entwickelt einen pausenlosen Eifer. Immerfort geschieht etwas mit ihr. Das sind Lavendelwickel – gegen das Fieber. Senfpackungen – gegen die Lungenentzündung. Einreibungen gegen Schmerzen. Er besorgt einen Apparat, der viertelstundenweise Dämpfe ausströmt. Sie erfüllen das Zimmer mit Hustenbonbongeruch und Kräuterduft. Er streicht ihr das Haar aus dem Gesicht, kühlt Wangen und Stirn. Er wäscht sie, aber das bemerkt sie, und es ist ihr peinlich. Sie bekommt einen Katheter gesetzt, der Plastikbeutel am Bett füllt sich blutig. Die Nieren sind krank. Er schreibt jede Spritze auf, jedes Medikament, alle Ergebnisse von Zuckertests und Blutuntersuchungen. Er füllt Tabellen aus.

Und plötzlich, zwischen all der Unruhe, den geheimnisvollen Veranstaltungen und Maßnahmen, plötzlich bist du aufgewacht: Du bist da? fragst du. Aus deinem Repertoire von Mienenspielen nimmst du ein kleines Lächeln.

Ich schaffe es nicht. Ich kann nicht mehr, flüsterst du. Du bist hilflos, mußt dir alles gefallen lassen, wirst befühlt, behorcht, gestochen, gespritzt, gewaschen, verlassen. Sie geben sich Mühe, sie tun alles für dich, sie helfen dir, wo sie können, aber du, hilflos, elend, entfliehst wieder in die Dunkelheit deines Schlafs.

Ich gehe jetzt, sage ich. Ich bin zum drittenmal hier heute. Morgen erst komme ich wieder.

Jemand kann die Badezimmergardine gebrauchen, ein anderer ihren Einkaufskarren, einer ihre Kartoffelkiste aus dem Keller. Ich gebe alles weg, Regale, Hocker, Gardinenstangen, Lampen, was soll ich damit?

Zu Hause stapeln sich die Koffer und Kisten, die Plastiktüten, Kleidungsstücke. Das alles habe ich schon im kleinen Auto hierhergeschafft, damit am eigentlichen Umzugstag nicht so großes Durcheinander herrscht.

Ich gehe mit Entschlossenheit vor, gewillt, alles in den Griff zu kriegen. Ich erlaube mir nicht zu träumen: Die Sofakissen hat sie geschont, die Spitzendecke geliebt, die Fischersfrau aus Ton hat sie immer wieder gestreichelt. Ich schalte Gefühle aus, um nicht von Gefühlen überschwemmt zu werden. Nur in den Nächten wiederholt sich der Traum: Mitten auf der Straße, zwischen Fremden, kommt sie mir entgegen.

Wo kommst du her? frage ich.

Gut, daß du da bist, ich wußte nicht wohin.

Wir bringen alles wieder in Ordnung. Ich habe zwar alles ausgeräumt und weggeschleppt, aber sei nicht traurig, das bringe ich wieder in Ordnung.

Ja, sagt sie, du mußt alles wieder auf seinen Platz stellen.

Ich streichle sie, ich verspreche ihr, daß alles wieder gut wird.

Warum, zum Teufel, nannte sie mich »Das arme Kind«? Warum war ich das arme Kind? Was auch immer ich machte, ich war arm und bedauernswert in ihren Augen. Mein Leben spielte sich anders ab, als sie es sich vorgestellt hatte. Aber was denn war so schlimm?

Der Mann, den ich geheiratet hatte, gefiel ihr nicht. Er entsprach nicht den Vorbildern, dem Bild ihres Vaters, dem Bild von Lisas Ehemann und vielleicht von anderen Männern, die sie bewundert hatte. Mein Mann war kein Manager, kein Draufgänger, kein Sieger, keiner, der Siegermentalität ausstrahlte. Ein ganz anderer Mensch war er. Sie durchschaute ihn nicht, er war nicht zu gewinnen und nicht zu beherrschen. Und deshalb allein schon dachte sie, er könne mir nicht der richtige Partner sein. Das arme Kind. War es das?

Und dann bekam ich drei Kinder, obendrein zwei Jungen. Kinder! Kinder machen Arbeit. Kinder machen Lärm. Kinder machen Unordnung, sie entwickeln sich nicht so, wie man will. Obwohl sie doch mit mir gute Erfahrungen gemacht hatte, glaubte sie nicht daran, daß meine Kinder mir auch Freude machen könnten. Sie sah nur die Arbeit, sie sah nur, daß ich in einem Haushalt eingesperrt war, daß ich abgehetzt und müde war, daß es immer, immer etwas zu tun gab. Ich war nicht mehr frei. Ich konnte nicht tun, was ledige Frauen tun konnten, die Karriere machten, Geld, eigenes Geld verdienten, Reisen und Ausflüge unternahmen. Ich wurde zu Hause gebraucht. Ich war arm. War es das? Oder konnte ein Leben, aus dem sie mehr oder weniger ausgeschlossen war, nur ein armes Leben sein?

Als die Kinder größer waren, begann ich wieder zu arbeiten. Zusätzlich zur Hausarbeit auch noch Berufsarbeit! Sie glaubte nicht, daß sie mir Freude machte. Nein, von vornherein stellte sie fest, daß Berufsarbeit mein Armsein vermehrte.

Vielleicht erschien ihr mein Leben als ein Spiegelbild ihres Lebens? Nicht mehr im Elternhaus, nicht mehr Kind, nicht mehr frei von Verantwortung, da konnte man nicht glücklich sein. War es das?

Das Kind hat sechzehn Gläser Pflaumen eingemacht, alle Gardinen gewaschen, ist mit der Kleinen zum Arzt gelaufen. Das arme Kind! Sie hetzt sich ab, wie sie sich abhetzt! So ein großer Haushalt! Und der Kerl, der ruht sich aus und kümmert sich um nichts.

Glück fand sie nur als Abziehbild von anderer Leute Leben, etwa in Cousine Veras Leben. Wie ihre Schwester, so machte ihre Nichte es richtiger als sie selbst und jetzt ich. Der Mann war tüchtig, tüchtig, tüchtig. Das paßte in ihr Wertgefüge. Vera hatte auch nur ein Kind, eine Tochter! Auch das war positiv. Vera brauchte nicht zu arbeiten. Das hatte sie nicht nötig. Trotzdem war genug Geld da. Sie bauten ein Haus, und immer noch war genug Geld da. Vera wurde verwöhnt, Lisa war verwöhnt worden, eine Frau mußte verwöhnt werden.

Aber das arme Kind, ich, wurde nicht verwöhnt, nicht von den Kindern, nicht vom Ehemann. Nein, verwöhnt wurde ich nicht. Dabei machte ich selbst nichts falsch in ihren Augen. Ich konnte keine Fehler machen, ich war doch tüchtig und fleißig. Wer alles falsch machte, war mein Mann. So, wie sie meinem Vater, was auch immer falsch lief, in die Schuhe geschoben hatte. Frauen waren davon abhängig, daß die Männer mit Tüchtigkeit und Kraft das Leben meisterten oder eben nicht meisterten. Jedenfalls trugen die Frauen im Positiven wie im Negativen an den Folgen der Taten der Männer. So hatte mein Vater es falsch gemacht – und sie war nicht glücklich. So hatte ihr Schwager es richtig gemacht – und Lisa war glücklich. So machte mein Mann es falsch – und ich war das arme Kind.

Der äußere Lebensrahmen wurde vom Mann geschaffen, Frauen fügten sich nur darein. Und wenn eine Frau arbeiten gehen mußte, so war der Mann eben nicht fähig, den Lebensunterhalt und vielleicht etwas mehr zu verdienen.

Ich wehrte mich dagegen, das arme Kind zu sein. Wie war ich doch vergnügt und glücklich! Sieh mal, hab' ich nicht ein hübsches Kleid gekauft? Ich mußte glücklich sein.

Wenn jemand unglücklich ist, so ist das ja eigentlich schon Unglück genug. Für mich aber, die ich dafür verantwortlich war, sie durch mein Glück glücklich zu machen, für mich war Unglücklichsein geradezu verboten – sie hätte es merken können, sie hätte es aufgegriffen, gesorgt, geklagt, gelitten. Und sie würde einen Schuldigen suchen, sie würde auch einen finden, die Familie nämlich, meinen Mann. Meine gespielte Glückseligkeit war der blanke Schutzschild, den ich brauchte, um all die Pfeile aufzufangen, die sie gegen die Familie verschoß.

Ich mußte glücklich sein, weil Nichtglücklichsein Unordnung bedeutet. Es ist immer selbstverschuldet, ein Versagen, verursacht durch schlappen Charakter, mangelnde Disziplin. Das sieht man doch allen glücklichen Damen und Herren an, daß sie reich sind und das alles verdient haben. Bloß, ich hatte auch Glück verdient, da ich doch kaum Fehler hatte, ihr Einundalles. Wie war das möglich?

Mit aller Kraft habe ich die Glückliche gespielt. Sie muß gewußt haben, daß es unnatürlich ist, immerfort glücklich zu sein, so leicht ließ sie sich nicht täuschen. Ich mußte gut spielen. Ich mußte noch besser spielen. Ich habe gelächelt. Ihre Rechnung sollte aufgehen.

Ich trage Trauer. Schwarze Kleider, Strümpfe, Schuhe, jeden Tag. Nur Frauen tragen Trauer. Männer in Trauer gibt es im Straßenbild nicht.

Überhaupt wenig Trauertragende – nur ab und zu eine andere Frau in Trauer. Geht in Schwarz durch eine bunte Welt. Alle Welt gibt sich bunt, das merke ich erst jetzt. So fallen wir auf, wir erkennen uns, wir blicken uns an. Wir schauen wieder weg. Ich bin, da ich Schwarz trage, aus der Menge herausgeholt, kenntlich gemacht, eine, die Trauer trägt.

Es ist mir ungewohnt, gemustert zu werden. Ich sehe förmlich, wie fremde Menschen Gedanken auf mich verschwenden, wie sie sich fragen: Wer wohl ist ihr gestorben? Meine Mutter, denke ich, meine Mutter.

Manchmal vergesse ich meine Kleidung. Mit dem Alltag beschäftigt, blicke ich einem entgegen, vergesse meinen Hintergrund aus Trauer, das erstaunt ihn.

Trägst du nicht Trauer? Um wen?

Und ich fühle das verbindliche Lächeln von meinem Gesicht gezerrt, das Lächeln für den Beruf, für den Briefträger, für die Nachbarin, für die Fleischverkäuferin hinter der Theke. Willst du mein Gesicht, der Kleidung entsprechend, in Trauer sehen? Meine Kleidung isoliert mich, und du legst Wert darauf, mich isoliert zu sehen. Lächele nicht, wenn du Trauer trägst, man will wissen, woran man ist.

Eine, die Trauer trägt, ist allein. Ist nicht alle Welt fröhlich? Ich tue kund, daß ich nicht fröhlich sein will, nicht fröhlich sein kann. Es ist nicht die Zeit für Fröhlichsein. Käme ich nicht im Schwarz daher, dann gehörte ich zu den Fröhlichen, die permanent fröhlich sind. Denen es gutgeht. Die vor mir zurückscheuen, weil ich ein Zeichen der Trauer von mir gebe. Das stört, stört den normalen Ablauf, macht verlegen. Wie soll man sich zu mir stellen?

Einige lassen wissen: Ich schone dich wegen deiner Kleidung, deine fremde Trauer stimmt mich freundlich für dich. Andere verlieren kein Wort, prüfen, ob man mit mir reden kann wie mit einem normalen Menschen. Es gibt ja den neutralen Verkehrston, der Persönliches nicht anrührt. Andere lassen erkennen, sie hätten Verständnis, wenn unverhofft meine Fassung zerbräche, wieder andere haben deutlich Angst, daß so etwas geschehen könnte, mittendrin in einem sachlichen Gespräch. Keiner will daran schuld sein. Sie wissen nicht, wie haltbar die Grenzen sind.

Ich signalisiere zurück: Ich bin keine Gefahr. Ich weine nicht. Ich halte das Persönliche heraus und zurück. Wie kann ich das? Ich bin noch neu als Trauernde. Mein Verlust ist noch neu. Und doch kann ich erledigen, was anfällt, kann ich sprechen. Ich falle nicht aus wegen Trauer.

Manchmal hat einer, der mich gern hat, den Mut zu fragen: Trägst du Trauer?

Ja, ich trage Trauer um meine Mutter.

Im Spiegel bin ich blaß. Gewöhnt, ein wenig Rouge auf der Haut zu verreiben, kommt mir das Gewohnte falsch vor. Wie kann ich mich schminken, wenn ich in Trauer bin? Ich verbiete mir Wangenrot und Lippenstift. Ich verbiete mir den Schmuck am Hals, erlaube nur den Ring, den sie mir zum letzten Geburtstag geschenkt hat.

Meine Mutter trauerte um ihre Mutter, indem sie ein halbes Jahr lang mit einer Nervenlähmung in den Beinen das Bett hütete. Untröstlich war sie. Das Kind verlor die Mutter. Sie war untröstlich.

Daran muß ich denken. Ich bin nicht untröstlich. Ich bin gefaßt. Ja, mit neuen Gefühlen nehme ich die Wärme meiner Haut wahr, sehe die Dunstfäden über dem See, die Regenfäden am Fenster, das rote Fell meiner Katze. Und den Herbst nach diesem schlimmen Sommer, ich lasse alles durch mich hindurchgehen und entlasse es, ich entlasse den

Herbst, das Grün dieses Jahres, kämme der Silberpappel das Laub aus den Zweigen. Über die pelzige Haut der Felder lasse ich die Vögel los, schwarze Vögel, sie sammeln sich, in dunklen Wolken ziehen sie fort, sie ziehen in andere Länder und baden ihr Gefieder in einer fremden Sonne.

Der schlimme Sommer ist vorbei.

Die schwarzen Vögel fliegen in den Süden.

Das Krankenhaus ist eine Welt für sich. Ich werde damit vertraut gemacht, hineingezogen, als sei ich ein Teil dieses komplizierten Systems, ich übernehme eine Funktion. Kurze Zeit nur halte ich mich für einen Besucher, der kommt und wieder geht, das ändert sich schnell. Ich reihe mich in die Gehilfen ein, vertraut mit Krankheit, vielleicht sogar mit dem Tod, jedenfalls mit Alter und Elend. Vertraut, vertraut gemacht, in einem Sog gefangen.

Die Krankheit meiner Mutter wird zum schweren Kern meiner Tage, läßt mich keinen Augenblick los, zwingt mich zu erkennen: Sie ist alt. Sie ist elend. Sie muß sterben.

Krankheit und Tod sind in diesem Haus Alltag. Hier lernt jeder, daß wir alle sterblich sind. Noch tue ich so, als könne ich leugnen. Ich bin bei ihr, ich kämme ihr Haar, kühle ihre Stirn, wasche ihr die Hände, flöße ihr alle paar Minuten ein Schlückchen Wasser ein.

Manchmal sitze ich still neben ihr, verfolge ihren Atem, sehe Träume und dunkle Gedanken durch ihren Schlaf huschen, die kleine Falte über der Nasenwurzel vertieft sich. Geht es ihr nicht doch ein bißchen besser? Aber der Arzt schüttelt den Kopf.

Sie ißt fast nichts, trinkt nur Wasser. Wegen des Blutzuckers soll sie noch nicht einmal Zitronensprudel oder Buttermilch trinken. Aber so oft ich zu ihr komme, so oft schäle und zerkleinere ich einen Pfirsich, den sie langsam im Mund zerdrückt. Man hat ihr das Gebiß herausgenommen. Deshalb kann sie Stücke nicht kauen. Sie lächelt dankbar. Das ist lecker, sagt sie, die schmecken gut.

Oft und oft kommt meine Freundin Anne, die auch Mutters Freundin ist. Sie entdeckt Diätsprudel. Ja, der ist gut, er verdrängt den schalen Geschmack im Mund. Mit Anne kann ich sprechen, sie teilt meine Sorgen. Es tut gut, daß sie da ist.

Jeden Tag gehe ich denselben Weg zum Krankenhaus. Voller Hoffnungen, voller Sorgen. Ich gehe über die Wiese, durch das Gartenpförtchen, am Nachbarhaus vorbei, wo unter der Haustreppe eine Katzenmutter mit ihren zwei Kindern wohnt. Zuerst bemerke ich nicht, daß sie Junge hat, sie liegt allein auf einer Treppenstufe, eine schöne gefleckte Katze, die sich streicheln läßt und schnurrt. Eines Tages führt sie mir ihre Jungen vor, sie springen über den Weg, eines hebt die kleine Tatze, um einen Grashalm zu fangen, der sich leise bewegt.

Ich stelle meine Tasche auf die Erde, hocke mich auf die Treppe, locke die Kätzchen. Ich kann meiner Mutter von ihnen erzählen. Sie hat Katzen gern. Ich nehme so ein Kleines in die Hand. Sie wird lächeln, wenn ich es ihr sage.

Die Rosen blühen. Es liegt Regen in der Luft, es regnet so oft. Tiefhängendes Wolkengrau liegt auf der Wiese, ein paar Pferde grasen. Mittwochs steht ein Schild auf der Straße: Parken verboten, dann kommt die Müllabfuhr. Der Wagen nimmt die ganze Breite der Straße ein. Eine Nachbarin bringt ein Spalier an der Hauswand an, sie läßt Tomaten ranken, sie blühen schon. Ich beobachte die Stockrosen, langsam, von unten nach oben öffnet sich Blüte um Blüte bis in die Spitzen.

Ich rede ein paar Sätze vor mich hin: Heute geht es ihr besser. Es muß ihr heute besser gehn. Es geht ihr bestimmt besser. Manchmal, schon im Eingang des Krankenhauses, wenn mich diese Luft, der Geruch, die Atmosphäre des Hauses überfallen, dann sinkt mir der Mut. Angst legt sich wie eine Bandage um die Brust. Ich laufe die Treppen hinauf, den langen, langen Korridor entlang. Manchmal wird sie davon wach, daß ich die Tür öffne, ihr Gesicht verändert sich, sie erkennt mich. Sie lächelt, die Angst fällt von mir ab.

Ihr Geburtstag war so ein Tag, der alle Hoffnungen zunichte machte. Gewiß, sie war erst seit zwei Wochen im Krankenhaus, aber war sie gestern nicht schon fast fieberfrei gewesen? Ging nicht das Wasser aus der Lunge zurück? Füllte sich der Urinbeutel nicht programmgemäß mit der Menge Flüssigkeit, die sie auch getrunken hatte? Wir buchten sorgfältig jedes Glas Milch, Wasser oder Saft auf einer Tabelle wie auf einem Einnahmen- und Ausgabenkonto.

Und heute hatte sie Geburtstag. Ich hatte Blumen besorgt: von Tante Lisa, von Nachbarn aus dem Haus, wo sie wohnte, und natürlich hatte ich selbst die schönsten Blumen gekauft. Dazu ein Heizkissen für die Zeit, wo sie wieder zu Hause sein würde und ein kleines Schmuckstück, eine goldene Nadel. Ich war mit all den Blumen schwer beladen. Ich hab mich so gefreut, weil alles so war, daß es sie nur erfreuen konnte, also gab es keine Enttäuschung für sie − und folglich auch nicht für mich. Ich lief die Treppe hinauf, ich kam in ihr Zimmer. Ärzte bemühten sich um sie, irgend etwas war geschehen. Sie fieberte, eine Lungenentzündung, eine Nierenentzündung, der Urinbeutel rot von Blut.

Ich ging zu ihr, küßte sie, sie war so schwach, sie konnte sich nicht über die Blumen freuen, das Heizkissen sah sie gar nicht an, sie schaute auf die Anstecknadel, die ich aus dem seidigen Papier gewickelt hatte. Wie schön! sagte sie und versuchte ein Lächeln, man weiß ja, wie man ein

Lächeln ins Gesicht holt, aber in ihrem Körper ging etwas anderes vor, das außerhalb ihrer Macht und ihres Willens lag. Es wischte die Zärtlichkeit, die Liebe, Freude, alles aus ihrem Gesicht.

Ich baute die Blumen auf. Sie sah sie gar nicht. Ich wollte ihr erklären, von wem die Blumen waren, sie machte auch das Gesicht eines Hörers, aber sie hörte wohl anderes als meine Erklärungen.

Jemand kam herein und schloß eine neue Infusionsflasche an die Kanüle am Handgelenk. Ich stand im Hintergrund, während die Krankenschwester ihre Handgriffe erledigte.

Ich hatte mich schon zwei Wochen lang beherrscht und in der Gewalt gehabt, aber jetzt packten mich Enttäuschung und Angst. Ich mußte mich umdrehen, weil mir die Tränen übers Gesicht liefen, und ich wollte nicht, daß sie bei mir Tränen sah. Wenngleich sie eigentlich gar nichts, also auch meine Tränen nicht wahrnahm.

Als alle das Krankenzimmer verlassen hatten, nahm ich ihre Hand. Ich streichelte sie immer wieder und sagte wie einen Refrain: Es wird wieder besser. Es wird bestimmt wieder besser. Sie war weit weg, und ich konnte sie nicht erreichen.

Am Nachmittag kam meine Freundin Anne und brachte eine ganze Tasche voller Flaschen, Obst, Blumen, ein Brillenetui. Meine kleine Tochter schenkte ihr ein geflochtenes Körbchen, das sich als praktisch erwies, man konnte zwei Früchte und das Obstmesser darin aufheben.

Meine Freundin sprach auf sie ein, berichtete von den Nachbarn, die auch ihre Nachbarn waren, was dieser gesagt und jener gefragt hatte. Und sie schien ihr zuzuhören, aber sie machte die Augen zu und entfernte sich von uns allen.

Von Tante Lisa kam eine Geburtstagsglückwunschkarte

an ihr geliebtes Schwesterlein, eine ganz verzweifelte Karte, die doch über die Schrecken dieses Sommers hinwegtäuschen sollte. Wenn ich das alles, was mir geschieht, nicht wahrhabe, dann ist es nicht wahr. »Jetzt augenblicklich machen wir beide nichts als Unsinn, aber wir wollen uns ja bessern – großes Ehrenwort darauf . . .«, schrieb Tante Lisa. Jetzt augenblicklich, bis gestern nicht, aber heute, nun ja, vorübergehend, nicht etwa endgültig, nur gerade jetzt und morgen schon nicht mehr, alle Augenblicke gehen ja vorbei, machen wir – wir machen jetzt augenblicklich – wir könnten es auch lassen, ist es nicht Übermut, daß wir augenblicklich nichts als Unsinn machen? Selbstgemachter, selbst verursachter Unsinn, den können wir auch wieder aufgeben, und das tun wir auch, wir beide – Du und ich gleichzeitig, wir machen den Unsinn zusammen, wenn auch auf verschiedene Weise, ich auf meine Art und Du, Du machst es gar noch schlimmer und läßt mich im Stich, so einen Unsinn, den wir da machen. Nicht wahr? Es ist kein Sinn darin, das ist alles so verrückt – eigentlich sind wir nicht so verrückt. Wir sind vernünftig, ganz normal und vernünftig, und das heißt gesund und munter, das ist richtig – ich verstehe gar nicht, daß wir jetzt beide gleichzeitig solchen Unsinn machen und nichts als Unsinn – im vorigen Jahr, weißt Du noch, da haben wir zu Deinem Geburtstag die Himbeertorte gezaubert, Himbeeren aus dem Garten geholt, das war schön, nicht wahr? Und dann eine Torte daraus gezaubert – ganz normal und vernünftig, kein Unsinn, jetzt erst machen wir den Unsinn: ich so gelähmt, hocke ich in diesem Rehabilitationszentrum, wo ich der letzte, dumme, lästige Patient bin, links liegengelassen, allein, ganz allein in einem Apartment, hübsch, ein bißchen schmuddelig, ich fasse nichts richtig an, mutterseelenallein, schwesterseelenallein. Du siehst mich hier nicht, nein, den Unsinn, den ich hier erleide – ausgestoßen aus meinem normalen Leben und abhängig –, das siehst Du nicht, und Du tröstest mich nicht. Es wird Zeit, daß der böse Traum ein Ende hat, es wird Zeit, daß wir mit dem Unsinn aufhören, Du mit dem Deinen, so krank, daß der Arzt sagt, wir müßten damit rechnen, aber das ist alles ein Unsinn, den wir nur vorübergehend machen, nicht wahr? Wir wollen uns bessern. Wir haben den festen Willen, das zu ändern. Ich werde die Lähmung überwinden, und Du, Du wirst mit dem Tod fertig, nicht er mit Dir, und dann sind wir nicht mehr krank und gelähmt, den Spuk, den schrecklichen Spuk wischen wir weg. Wir sind erschrocken, das Entsetzen ist uns in die feinen Äste aller Blutbahnen geflossen, das flüssige Entsetzen kreist in unseren Körpern, aber großes Ehrenwort, wir wollen uns bessern, schon im nächsten Jahr, wenn Du wieder Geburtstag hast, Schwesterlein, feiern wir, ein paar rüstige Omas, wir feiern Deinen Ehrentag wie sich das gehört, wir zwei zusammen, vielleicht mit Himbeertorte, so muß das sein. Und der Unsinn, der Spuk, der böse Traum ist vorbei. Weil wir das doch selbst gemacht haben, können wir es doch wieder ändern, wir sind nur vorübergehend so dumm, spielen uns selbst üble Streiche. Bald höre ich von Dir, es ginge bergauf. Bald bist Du über den Berg. Du wirst sehen, großes Ehrenwort, wir sind nicht gelähmt für immer, wir sterben nicht. Wir sorgen, daß es wird, wie es früher war, Schwester, liebe Schwester.

Ich gewinne keinen Überblick über diesen Nachlaß. Aus allen Schrankfächern und Schubladen quillt er mir entgegen, ich versuche, eine Ordnung hineinzubringen, eine Nützlichkeitsordnung, eine Andenkenordnung, aber es will mir nicht gelingen. Ich kann nur noch auf Zehenspitzen über die Berge von wichtigen und unwichtigen Sachen staken. Wie Blei wiegen die Dinge, die ich endgültig wegwerfen will.

Meine Freundin hilft mir in diesem Durcheinander. Sie kann das eine oder andere Teil gebrauchen. Sie macht mir das Herz schwer, indem sie schon entschiedene Fälle noch einmal hervorholt, eine Blumenvase aus Bleikristall, die in einem wackligen Messingfuß steht, nein, die doch nicht zum Müll? Doch? Doch.

Ich bin oft allein mit den Sachen, lege die Hände in den Schoß, verfange mich in ihr Leben wie in einem Netz. Es ist ihr Leben, das sie mir nachläßt, und ich muß es retten. Ich müßte die Bruchstücke auflesen, anstatt daß ich alles in tausend Splitter zerfallen lasse.

Was bleibt denn übrig, wenn einer stirbt? Du bist doch nicht mehr hier. Es sind nur Gegenstände, die dich über- dauern. Und sie überdauern, weil sie tote Gegenstände sind, nur lebendig, als du sie brauchtest. Mitsamt diesen toten Gegenständen, zwischen denen ich hocke, hast du mich hinterlassen, und auch ich bin nichts mehr nütze, seit du mich nicht mehr brauchst. Deine wahre Hinterlassen- schaft bin ich, und dein Leben steckt in mir, ich führe es fort. Ich war dein Eigentum, und auch jetzt noch bist du Eigentümer meiner Person. Lange Strecken deines Lebens hast du durch mich gelebt und dafür gesorgt, daß ich so lebte, daß sich dein Leben zu lohnen schien. Und jetzt? Was bleibt übrig? Ich werde dein Leben in Stücke zerschla- gen müssen, damit ich mein eigenes Leben mir zu eigen machen kann.

Die Langlebigkeit von Sachen ist ein Spuk. Sie sind da, unversehrt. Auch ich, unversehrt. Die Sachen brauchbar, aber nicht mehr gebraucht. Auch ich noch brauchbar, nicht mehr von dir gebraucht.

Ich stehe auf, ich entscheide, daß die roten Pantoffeln weggeworfen werden. Ich habe die roten Pantoffeln wegge- worfen. Wie konnte ich bloß die roten Pantoffeln in den Dreckeimer werfen? Wie konnte ich bloß? In ihrem letzten

Sommer ist sie in diesen roten Pantoffeln gegangen. Sie waren abgenutzt. Auch die letzten, langsamen, mutigen Spaziergänge über den langen Krankenhausflur ist sie in diesen roten Pantoffeln gegangen. Ich hätte sie verwahren müssen, verpackt zusammen mit der Brille, mit Kamm und Spiegel und dem Kalender, auf dem ihre letzte Eintragung heißt: »Dienstag, 20. Juni, Friseur.«

Der Nachlaß eines Menschen ist ein Haufen Plunder, ein paar gute, ein paar brauchbare, ein paar wertvolle Stücke darunter. Und was hinterläßt er darüber hinaus? Seine Lebensgeschichte, ein Gewirr aus Träumen, Wünschen, Zufällen und folgerichtigen Abläufen, das Zeitjoch, das alle beugt, Lügen, falsche Erfahrungen, kurzsichtige Schlüsse, verfehlte Zeit, vergeudete Kraft, ein wenig Glück, Mut und Liebe und Zärtlichkeit.

Hoffnungen und Selbstbehauptung und Versagen, welch ein Knäuel! Ich möchte es entwirren, durchschauen, einverleiben, verstehen. Vielleicht, vielleicht. Der Tod ist ein Haltepunkt. Hier halte ich an. Ich denke dir nach. Was alles ist mit dir gestorben? Was gehört mir?

Die Krankenschwester sagte mir, ich solle ihr ein paar baumwollene Nachthemden mitbringen, meine Mutter könne jetzt ein richtiges Nachthemd tragen, nicht mehr die Krankenhauskittelchen.

Plötzlich sollte sie aufstehen, einen Schritt gehen mitsamt dem Gestell, an dem die Flaschen des Tröpflers hingen und der Plastiksack mit dem Urin. Dann entfernte man den Katheter, sie ging vom Bett zum Tisch, vom Tisch zum Bett. Vom Bett zum Fenster, eine andere Perspektive, draußen war Sommer, regnerisch, aber Sommer. Vom Fenster zum Tisch zum Bett, dann bis zur Tür.

Eines Tages kam ich den Korridor entlanggelaufen, da ging sie mir am Arm des Pflegers langsam entgegen. Als sie mich sah, wollte sie sofort ins Zimmer zurückkehren. Sie konnte nicht mehr weiter.

Aber sie stand wieder auf ihren Füßen, sie ging kleine Schritte, ganz ganz kleine Schritte. In den roten Pantoffeln. Rote Pantoffeln im Krankenhausflur. Lächelnde Schwestern: Wie schön, Sie auf dem Flur zu treffen! Es geht Ihnen besser! Prima!

Ich rief Tante Lisa an und berichtete. Sie weinte, obwohl sie auch von Fortschritten zu erzählen wußte: Ihr Neffe hatte sie zu sich nach Hause eingeladen, hatte sie abgeholt, ins Auto gesetzt, ihr geholfen, ein Stück Straße und Treppen zu überwinden. Das ging also! Das ließ sich machen? So weit war Tante Lisa, daß sie aus dem Haus gehen, in ein Auto einsteigen und einen Besuch machen konnte! Und sogleich beging ich den Fehler, mich in Mutters und Tante Lisas Beziehung einzumischen.

Wenn du dir das zutraust, sagte ich zu Tante Lisa, dann hole ich dich ab und bringe dich zu Mutter.

Ja, das kann ich schaffen. Wie gerne möchte ich sie besuchen! Sie weinte wieder. Bring mich zu ihr, ja, ich kann es schaffen!

Was für eine Freude, was für eine Überraschung hatte ich da für meine Mutter eingefädelt! Was meinst du, wer dich am Sonntag besuchen kommt? sagte ich zu ihr.

Sie wußte es sofort: Lisa.

Sie starrte aus dem Fenster.

Freust du dich? fragte ich.

Wer bringt sie denn hierher?

Ich hole sie ab!

Du mußt dich um mich kümmern! sagte sie unfreundlich.

Das ist doch gleichgültig, wer sie fährt! Die Hauptsache ist, daß ihr euch wiederseht! Ich war ahnungslos und dumm.

Ja, ja! sagte sie.

Ich merkte nichts, hatte nur im Kopf, wie stark die Beziehung zwischen den Schwestern war. Was für eine Beziehung das auch sein mochte, sie war lebenswichtig.

Am anderen Tag, morgens, wie immer, besuchte ich sie. Sie schaute mir mit wilden Augen entgegen. Sie sagte voller Zorn: In dieser Nacht hättest du mich beinahe umgebracht!

Ich zweifelte keinen Augenblick daran, daß sie es ernst meinte. Ihr schrecklicher Blick wollte mich vernichten. Das böse Kind. Du böses Mädchen. Du bringst mich noch ins Grab.

Ich fühlte mich gelähmt, etwas Eiskaltes sammelte sich in meinem Magen. Was denn, um Gottes Willen? Was?

Ich will Lisa nicht sehen, sagte sie hart. Ich will sie nicht sehen. Sie kann nicht kommen! Sie schloß die Augen. Sie sah elend aus. Ihre Mutter hatte eine schlechte Nacht! sagte plötzlich ihre Bettnachbarin.

Ich kriegte wieder Luft. Sie kommt nicht, wenn du es nicht willst. Ich sage ihr, daß es nicht geht, daß du dich nicht stark genug fühlst. Das sag' ich ihr. Ich rufe sie heute abend an. Reg dich nicht auf!

Reg dich nicht auf! sagte sie höhnisch. Heute nacht hättest du mich beinahe umgebracht!

Ich setzte mich an ihr Bett. Ich hätte mich gerne verteidigt. Der Druck im Magen ließ nicht nach. Ich Bösewicht, ich Ungeheuer! Sie sah kraftlos und zerbrechlich aus. Ich war schuldig, schuldig. Sie schaute mich nicht an. Nein, heute kein Spaziergang. Sie entlastete mich nicht.

Am Abend rief ich Tante Lisa an, lud sie aus. Ich hörte sie am anderen Ende der Leitung weinen. Sie muß wohl sofort verstanden haben. Ja, sie hat recht! sagte sie. Ich hätte es auch nicht ertragen. Ich kann sie auch nicht besuchen!

Die Schwestern. Was war mit ihnen los? Was spielte sich

zwischen ihnen ab? Woher kam die wilde Verzweiflung, mit der Mutter mir den schrecklichen Satz ins Gesicht geschleudert hat: Heute nacht hättest du mich beinahe umgebracht? Und warum verstand Tante Lisa so schnell und pflichtete bei: Ja, sie hat recht? Ich wußte doch, daß sie sich liebten, aneinander hingen wie Kletten, daß die eine für die andere Opfer gebracht hätte.

Was also hatte meine Mutter so in Erregung versetzt? Durfte Lisa sie nicht sehen in ihrer Hilflosigkeit und so krank, wie sie war? Mußte sie auch jetzt noch die große Schwester sein, die Überlegene, die nicht unterzukriegen ist? Oder ärgerte es sie, daß ich Lisa abholen wollte, wo ich doch ihr zur Verfügung stehen mußte? Oder hatten die Gedanken dieser Nacht alte Geschichten in ihr hervorgespült, Gefühle geweckt, die sie nicht ertragen konnte? Neid auf die Verwöhnte, die ihren jetzigen Elendszustand nicht zu sehen brauchte?

Ich weiß es nicht, denn ich habe nicht gewagt zu fragen. Wie hätte ich fragen können, ich, die Beinahemörderin?

Lisa hatte die Entscheidung meiner Mutter hingenommen, als wüßte sie alles und könne es nur beweinen.

Tante Lisa. Mir fällt ihre oft erzählte Liebesgeschichte mit Albert Ellrath ein, die — wenn Mutter sie erzählte — stets damit endete: Ja, Lisa, die hat es gut gehabt. Bei der ging alles glatt . . .

Als Lisa noch bei der Elektra-Rees arbeitete, kam sie auf ihrem Weg zur Arbeit an einem alten Körnerspeicher vorbei, der früher, als Wesel noch Garnisonsstadt war, als Verpflegungsspeicher gedient hatte. Das große Haus war seit langem nicht mehr benutzt worden. 1929 erschienen plötzlich Bautrupps dort, und es hieß, daß hier das erste Lichtspieltheater der Stadt entstünde. Wenn Lisa in der Mittagspause vorüberging, sah sie die Männer am

Bau auf der Fensterbank sitzen und ihre Stullen essen. Jedesmal pfiff einer der jungen Männer hinter ihr her.

Guten Tag, Fräulein! rief er.

Am nächsten Tag wußte er schon ihren Namen und grüßte: Guten Tag, Fräulein Schulte!

Was will denn der von mir? Der denkt doch wohl nicht, daß ich mich ansprechen lasse von wildfremden Männern! dachte Lisa und blickte beharrlich zu Boden.

Guten Appetit, Fräulein Schulte! klang es hinter ihr her. Lisa sah nicht auf. Später wählte sie einen Umweg, um nicht behelligt zu werden. Sie wußte ja nicht, wer da auf sie aufmerksam geworden war. Der junge Mann hieß Albert Ellrath, machte ein Praktikum im Baugewerbe, weil er Bauingenieur werden wollte. Später hat er zu Lisa gesagt: Ich dachte immer: einmal muß sie doch hochschauen und mich ansehen! Aber du hast mir den Gefallen nicht getan!

Erst eineinhalb Jahre später, im Februar 1931, lernte Lisa Albert Ellrath auf einem Karnevalsball kennen. Er kam auf sie zu und sagte: Wie schön, daß ich Sie wiedersehe. Wir kennen uns doch schon!

Nein, sagte Lisa reserviert, ich habe Sie noch nie gesehen!

Ja, das kann stimmen. Sie haben kein einziges Mal auf meine Zurufe reagiert, dabei habe ich jeden Tag darauf gewartet, daß Sie am Lichtspielhaus vorüberkämen. Erinnern Sie sich nicht: Guten Tag, Fräulein Schulte. Ich wünsche Ihnen guten Appetit!

Das waren Sie? Lisa lachte. Ihretwegen habe ich Umwege gemacht. Was bildet der sich ein? hab' ich gedacht!

Ich war Ihnen nicht gut genug, stimmt's? Ich arbeite nicht mehr am Bau, ich mache bald mein Examen als Bauingenieur!

Die Musik begann zu spielen, und Albert Ellrath verbeugte sich höflich: Tanzen Sie mit mir? Lisa tanzte mit ihm den ganzen Abend.

Lisa verliebte sich in Albert Ellrath und stellte ihn den Eltern vor. Sie hatte ein wenig Angst vor ihrem Vater, dachte an die schreckliche Zeit, die der Vater Hanna und Ferdinand bereitet hatte. Aber war nicht bei ihr alles anders? Albert wirkte zuverlässig, klar und klug. Er hatte einen guten Beruf, allerdings auch keine feste Arbeit.

Johannes Schulte übte Zurückhaltung. Da kam doch schon wieder ein Mann ins Haus und wollte ihm sein Mädchen, die jüngste, wegnehmen. Was hat er denn? Was ist er denn?

Er fragte Albert Ellrath aus. Da war auch keine Zukunftsperspektive! 1931/32 kletterten die Arbeitslosenzahlen in erschreckende Höhen: fast sechs Millionen Arbeitslose. Und Albert Ellrath gehörte dazu.

Die Zeiten könnten sich ändern! meinte Albert Ellrath, wenn das Parteiengerangel aufhören würde. Es kann ja keiner regieren, wenn er auf alle Rücksicht nehmen muß, die Sitze im Parlament haben. An die Regierung gehört ein Mann, der den gordischen Knoten mit einem Streich durchschlägt!

Johannes Schulte wählte seit eh und je die Zentrumspartei. Sie denken doch wohl nicht an diesen Adolf Hitler mit seinen braunen Horden? fragte er.

Vielleicht doch. Er verspricht Arbeit und Brot für alle.

Ein Großmaul, nichts dahinter. Was versteht ein Malergeselle von Politik?

Albert Ellrath hielt den Mund. Er kannte Hannas und Ferdinands Geschichte und wollte Lisas Vater nicht aufregen.

Ein paar Tage danach hörte Lisa, die gerade die Treppe hinunterkam, wie ihre Mutter mit vor Aufregung lauter Stimme mit dem Vater sprach. Sie blieb stehen und lauschte.

Das ist nicht der richtige Mann für Lisa! sagte Vater mit dieser Stimme, mit der er unabänderliche Entscheidungen traf.

Was? schrie Mariechen. Fängst du wieder so an? Eine hast du mir aus dem Haus getrieben, die zweite nicht. Nein, ein solches Unheil wirst du nicht noch einmal über uns bringen. Das mußt du dir merken, Johannes, sonst kannst du was erleben!

Lisa überfiel ein Zittern, als sie begriff, daß es um sie und Albert Ellrath ging. Sie versuchte, den weiteren Verlauf des Gesprächs mitzukriegen. Aber es wurde plötzlich still. So, sagte Johannes. So!

Ja, so! bestätigte Mariechen. Und Johannes Schulte beugte sich seiner kleinen Frau und den Erfahrungen, die er mit Hanna gemacht hatte. Erfahrungen, die so bitter waren, daß er aus ihnen gelernt hatte.

So profitierte Lisa von Hannas Kampf um Ferdinand. Sie wußte, daß sie ihn nicht hätte führen können, nicht gegen den geliebten Vater. Aber sie brauchte nicht zu kämpfen.

Heute habe ich eine Verabredung mit den neuen Mietern. Ich bin pünktlich da, vor ihnen. Ich laufe durch die verwüsteten Zimmer. Alles Bewegliche ist gepackt. Übermorgen werden wir die Möbel in unser Haus fahren. Ich muß daran denken, daß der Klempner den Gasherd abnimmt. Aus dem Schlauch der Waschmaschine lasse ich das letzte Wasser laufen, indem ich ihn flach auf die Erde lege. Ein Nachbar aus dem Haus will mir die Lampen abnehmen. Auf dem Tisch liegt ein Zettel, auf dem ich notiere, was ich nicht vergessen darf.

Ich bin froh, daß die Nachmieter kommen. Vielleicht übernehmen sie die Teppichböden? Oder die Gardinenleisten. Das würde mir Arbeit ersparen, wenn alles liegenbleiben könnte. Allerdings, jetzt werden Flecken sichtbar, die vorher verdeckt waren. Nicht nur auf dem Teppichboden.

Die Nachbarn meiner Mutter äußern sich bedenklich über den Inspektor, den Scharfmacher der Wohnungsgesellschaft. Der sieht alles. Und das müssen Sie renovieren lassen . . . Ein unverschämter Kerl ist das. Stellen Sie sich vor . . .

Schmidt heißt der Mann. Alle haben Angst vor ihm. Merkwürdigerweise interessiert er mich nicht. Alles ist eben so, wie es ist. Was meine Mutter hinterläßt, ist ausreichend in Ordnung. Die Fußleisten sind grau. Und der PVC-Belag abgetreten. Sie hatte ihn jahrelang in der Küche liegen.

Es klingelt. Die Leute sind da. Die Frau strahlt mich an: Wir haben den Mietvertrag unterschrieben! sagt sie.

Jetzt gehört ihnen die Wohnung. Sie ist schnell an mir vorbeigelaufen. Ich muß unbedingt sehen, wie das Fenster im Wohnzimmer ist. Ich weiß nicht mehr genau, wie das aussieht, wie groß es ist. Sie läuft den Flur entlang, dringt in den Wohnraum ein.

Na ja, allzugroß ist es nicht. Aber ich werde das schon

schön machen! ruft sie. Der Mann und ich stehen noch im Flur herum.

Haben Sie Interesse an den Gardinenleisten? frage ich.

O nein, solche Dinger möchte ich nicht haben. Da kommt etwas Neues hin. Da habe ich mir eine Raffgardine vorgestellt, ruft die Frau. Nehmen Sie alles raus, wir können nichts gebrauchen.

Was ist mit den Teppichfliesen?

Wir können unsere herrlichen Teppiche doch nicht auf diesen Fußboden legen! sagt sie und prüft kurz den Teppichboden. Die Küche werden wir ganz anders machen. Mein Gott, wie verwohnt das alles ist! seufzt sie.

Übernehmen Sie das Telefon?

Ja, das übernehmen wir. Man hat uns gesagt, daß zur Wohnung noch eine Dachkammer und ein Keller gehören.

Ich suche die Schlüssel, wir gehen alle zusammen in den Keller. Der ist ja ganz schwarz! schreit die Frau. Nein, so etwas von Dreck!

Dringt der Satz in meinen Kopf? Ich reagiere sanft, merke nicht, daß er meine Mutter betrifft, die so einen Dreck in ihrem Keller hat. Wir hatten bis vor kurzem Kohlenheizung. Dies ist ein Kohlenkeller, sage ich.

Meine Mutter hat schöne Kellerregale. Im Blick der neuen Mieter ist alles Gerümpel. Beinahe hätte ich ihnen angeboten, die Regale hierzulassen. Im Keller liegt ein alter Balatumteppich, der sich besser abfegen läßt als der rauhe Estrich.

Das muß alles raus! Alles raus. Aus dem Keller läßt sich was machen, der wird gestrichen, ganz weiß, und dann kommen große Lampen rein.

Ich stelle mir schon die Party vor, die hier mitsamt Hausbar in Eiche rustikal und Stereoanlage gefeiert wird.

Ich brauche mit den Leuten nicht zu leben. Sie gehen mich nichts an. Sie sind fremd. Sie haben meine Mutter nicht gekannt, sie kennen mich nicht. Sie sehen mich bloß in meinen schwarzen Kleidungsstücken in der verwüsteten Wohnung stehen. Ich habe die Schlüssel zu ihrer neuen Wohnung in der Hand.

Wir werden die Decken vertäfeln. Wenn alles fertig ist, dann müssen Sie mal kommen, Sie werden staunen.

Laß doch, die Frau ist in Trauer, sagt ihr Mann.

Aber sie wird sich wundern, was sich aus der Wohnung machen läßt . . .

Vereinbaren Sie einen Termin für die Inspektion mit dem Herrn Schmidt in der nächsten Woche, dann komme ich auch, sage ich. Ich habe genug von der Zukunft dieses Paares in Mutters Wohnung.

Nächste Woche. Gut, dann haben wir noch Zeit für all die Arbeit, die hier zu tun ist. Können wir die Schlüssel nicht schon früher haben?

Ich kann die Schlüssel nur Herrn Schmidt geben.

Aber warum?

Es muß alles seine Ordnung haben, erklärt der Mann.

Plötzlich bin ich die Leute los. Der Geruch eines lieblichen Parfüms hängt in der Luft. Flieder? Maiglöckchen? Wie Liebesnest. Es wird eilig, daß ich mit Mutters Sachen aus dieser Wohnung herauskomme. Vom Trauerhaus zum Liebesnest — nur die Schlüsselübergabe liegt noch dazwischen. Die Stimme der Frau und ihr Duft verfremden mir die vertrauten Räume mehr als die Umzugsunordnung. Auf einem Merkzettel notiere ich: Herrn Kindler bitten, die Gardinenleisten zu entfernen.

Ich seh' mir die Teppichfliesen an. Ich beginne, eines der aufgeklebten Quadrate zu lösen. Ich brauche mehr Kraft, als ich vorgesehen habe, knie mich auf den Fußboden, reiße mit aller Kraft. Mit einem Ruck löst sich das Teppichstück. Darunter bildet die Klebeschicht einen schwarzkrümeligen, klebrigen Rest.

Meiner Mutter geht es besser.

Na endlich, warum kommst du so spät?

Hustenreiz erstickt ihre Stimme. Sie muß husten, husten, husten.

Geh, hol einen Hustensaft!

Ja, sofort!

Morgens, mittags, abends.

Ist die Schwester unwillig? Ungeduldig?

Erschöpft. Erschöpft sinkt Mutter in die Kissen zurück.

Unvorsichtig sage ich: Jetzt bist du auf dem Weg der Besserung!

Woher willst du das wissen?

Brechreiz überfällt sie. Sie würgt, würgt, würgt.

Die Brechschale, schnell!

Es bleibt bei dem trockenen Würgen.

Sie sollen mir ein paar Tropfen geben!

Ja, sofort!

Die Krankenschwester füllt Tropfen in ein Medizinglas, sagt: Schon wieder?

Mir ist so elend, ich will nicht mehr. Ich kann nicht mehr!

Ich weiß keine Worte. Ich sitze an ihrem Bett und streichle ihre Hand.

Ich habe Schmerzen am Ohr!

Eine Ohrspeicheldrüsenentzündung.

Die Schwester sagt: Sie müssen etwas Festes essen!

Ekel und Abscheu zeigen sich in Mutters Gesicht.

Sie sollten Ihrer Mutter keine Suppen bringen! Ein Butterbrot ist das richtige, das muß gekaut werden!

Ich will deine Suppe haben! sagt meine Mutter.

Ich bringe ihr Suppe.

Was sie mir zu essen anbieten, schmeckt wie Heu! klagt sie.

Was würden Sie denn gern mal essen? fragt die Krankenschwester. In der Küche macht man etwas Besonderes für Sie!

Meine Mutter wendet sich an mich: Bring mir ein paar Bratkartoffeln.

Ich gebe mir Mühe. Ich füttere sie. Sie lächelt.

Das ist lecker! Sie lobt mich.

Den größten Teil der Pflege übernimmt ein junger Mann, er ist neu in dem Team, will Arzt werden. Meine Mutter hat Vertrauen zu ihm. Er ist ruhig, sachlich, bestimmt. Er ordnet an. Es geschieht. Er hat geschickte Hände und Kraft.

Sie darf keine Limonade trinken!

Es ist Diätsprudel!

Ihre Mutter sollte allein essen, sie braucht nicht mehr gefüttert zu werden!

Es ist mir zu anstrengend. Schneid mir das Fleisch klein! befiehlt meine Mutter.

Meine Mutter lag auf einem Zweibettzimmer. Drei Mitpatientinnen waren gekommen und gegangen, aber sie hatte sie nicht wahrgenommen. Jetzt legte man eine zarte, blasse Frau in das zweite Bett. Von ihrem Gesicht konnte man die Leiden ablesen, die ihren Körper zerstörten. Sie hatte Darmkrebs. Sie erhoffte von der Behandlung keine Rettung, nicht einmal Aufschub des Todes, nur eine gewisse Linderung der Schmerzen. Die hatte man ihr versprochen. Sie war ernst und still, ruhig und gefaßt. Sie war von Beruf Krankenschwester. Sie bemerkte mit sachkundigem, kritischem Blick, was um sie her vorging.

Ich mochte sie von Anfang an gern, ich bewunderte ihre selbstbewußte und beherrschte Haltung. Brachte ich aus dem Garten Blumen und Obst für meine Mutter mit, so machte ich auch ein Sträußchen und ein Portion Brombeeren für sie zurecht. Ich staunte über ihre Lebensgeschichte, wollte ihr ihre fünf erwachsenen Kinder nicht glauben. Sie war geschieden, ihr Mann hatte sie wegen einer jüngeren Frau verlassen. Aber sie hatte sich nicht unterkriegen lassen, hatte sich neu in ihren alten Beruf eingearbeitet und darin Anerkennung, Auftrieb und Freude wiedergefunden. Dann brach diese Krankheit aus, es gab keine Hoffnung für sie, sie wußte es und versuchte, dem Tod mit Fassung entgegenzuleben.

Manchmal kam eines ihrer Kinder sie besuchen. Sie sprachen miteinander ohne Verlegenheit. Ich beobachtete Mutter und Tochter im Gespräch: die Mutter ließ sich keine Not anmerken, wartete nicht auf Trost und Hilfe, die Tochter schien unbefangen. Sie begegneten sich offen und freundschaftlich. Mutter und Tochter küßten sich noch nicht einmal beim Abschied. Es gab kein bodenloses Schweigen über belanglosen Wörtern, eher ein sachlich wohlwollendes Verhältnis.

Es berührte mich schmerzlich, diese Frau zu sehen. Es schien mir jeder Tag von Trauer überschattet, weil sie auf dem Weg war, ihren Lebenskreis zu verlassen. In Schüben kamen Schmerzen. Ich sah, wie sie sich verhielt, um die Schmerzen zu ertragen. Ich sah, wie sie ihre Medikamente ordnete und dosierte. Sie führte Buch darüber. Sie konnte aufstehen und umhergehen. Wenn meine Mutter etwas brauchte, half sie ihr.

Das ist eine unfreundliche Person! stellte meine Mutter fest, als sie nicht im Zimmer war. Ich hab' sie gefragt, ob sie mir ein Glas Wasser geben würde, sie sagte einfach: nein, sie könnte es nicht. Dabei kann sie herumlaufen.

Sie ist schwerkrank, sagte ich.

Wie konnte jemand noch kränker sein als sie selbst? Sie war aus den Nebeln ihrer Krankheit aufgetaucht und nahm wahr, daß sie krank war. Je mehr sie sich bewußt wurde, um so mehr erkannte sie, wie schlimm es um sie gestanden hatte. Um sich selbst zu wissen, verschlechterte ihre Stimmung. Als sie halb bewußtlos ihre Krankheit durchstand, war sie zufriedener gewesen und leichter zu pflegen als jetzt. Jetzt litt sie. Jetzt fühlte sie sich schwach, elend, ohnmächtig. Sie jammerte über Schmerzen und wurde ungeduldig.

Frau K. kriegte mit wacher Beobachtungsgabe mit, daß meine Mutter sich veränderte, wenn ich ins Zimmer kam. Sie hörte, wie meine Mutter mich kritisierte, sie sah, wie sie mich hin und her schickte, wie sie mein Essen ablehnte, einmal weil es zu heiß war, einmal weil es zu kalt war oder weil es zu viel war. Die Suppe war ihr zu fett oder nicht genügend gesalzen. Ich machte etwas falsch, und sie maßregelte mich. Frau K. hörte alles mit an. Sie hörte dasselbe wie ich, aber sie zog andere Schlüsse daraus. Eines Tages war ihr Bett leer.

Sie ist weg. Ich weiß nicht, wohin! sagte meine Mutter. Ist auch gut so.

Ich machte mir Sorgen um sie. Ich suchte sie.

Was ist los mit Ihnen? fragte ich. Geht es Ihnen nicht gut?

Sie sah mich an, lächelte nicht. Ich konnte es bei Ihrer Mutter nicht mehr aushalten. Ich konnte nicht mehr mitansehen, wie sie versucht, Sie fertigzumachen!

Wie bitte? Ich umfaßte die Stange ihres Krankenhausbettes. Jemand hielt das Rad an, in dem ich lief, immerfort rundum lief, ohne mich selbst wahrzunehmen. Ich nahm mich jetzt wahr. Ich wurde rot. Es betrifft nur mich. Nur mich.

Ihre Mutter hat Erfolg damit. Sie gebraucht Sie mit Haut und Haar. Sie läßt all ihre Launen an Ihnen aus. Sie ist unzufrieden und ungerecht. Ich konnte nicht mehr mit ihr zusammensein.

Traurigkeit wie eine faule Frucht. Verdorben. Ich ging

zurück zu meiner Mutter. Ich schaute sie an. Ihr Gesicht finster. Ich kannte sie so gut. Ich war an sie gewöhnt. Sie konnte mir weh tun, aber ich fühlte es nicht. Ich sah sie, wie ein Fremder sie sah.

Ein schöner Tag heute. Kein Regen. Heute heiraten Lady Diana und Prinz Charles. Es ist ein Fernsehtag. Über die Bildschirme flimmert die Märchenhochzeit. In meiner Küche steht schmutziges Geschirr. Ich koche eine Rindfleischsuppe für meine Mutter. Zwischen Teller und Tasse, mit feuchten Händen, verfolge ich die Bilder von den fernen Königskindern, die im Glanz ihrer Kleider, Uniformen und Juwelen ein Schaustück aufführen.

Ich werde dir berichten, Mutter, wie die Braut aussah. Zwischen den prächtigen Adeligen und gekrönten Häuptern – daß es noch so viele gibt! – bewegt sie sich förmlich, konzentriert und doch mit Grazie. Brautkranz und Schleier – Märchenanfang und Märchenende. Auf welchem Stern leben die Glücklichen?

Die Suppe duftet gut. Sie ist gleich fertig, ein paar Sternchennudeln müssen noch gar werden. Nimm nicht zu viel, hab' ich im Ohr. Heute habe ich Geburtstag.

Das Jahrhundertereignis wird vom Orgelklang und Chorgesang umbraust. Es ist ein unblutiges Ereignis. Nur der Teppich ist rot, über den die Menschen da schreiten. Das muß man sehen, wie zwei Menschen lächeln, glücklich sind, gewiß auf die gleiche einfache Weise wie man selbst, damals im weißen Kleid am Tag der Hochzeit.

Meine Mutter wünscht sich Buttermilch, Diätzwieback, Diätsüße. Einpacken. Nichts vergessen. Ich schneide ein paar Rosen ab. Mein Geburtstag ist auch ihr Tag. Was ziehe ich an? Ihr zur Freude? Die Königshochzeit kann sie nur mit Gedanken streifen, aber mich kann sie sehen, anfassen, und ich hab' Geburtstag.

Die Götter lächeln auf dem Bildschirm trotz der strengen, geometrischen Ordnung, die die Feier beherrscht. Das ist menschlich. Sie wechseln die Ringe, sie sagen »Yes« und noch einmal »Yes«. Das ist der große Augenblick. Beinahe hätte ich ihn verpaßt, weil ich mir einen Rosendorn in den Zeigefinger getrieben habe.

Sie können weinen, die Götter. Charles, barhäuptig, mit gerunzelter Stirn, blickt in die weitläufigen Deckengewölbe der Kirche, er fängt mit gewinkeltem Zeigefinger rechts und links neben der Nase zwei Tränen auf. Verstohlen. Gierig verfolgen Millionen Blicke alle Gesten, jeder hat seine Tränen gesehen und seine pompöse Würde, seine Zärtlichkeit. Wie hungrig, wie gierig sind wir nach einem Ausschnitt aus dem Leben der Reichen. Wir möchten lernen, wie sie sich bewegen, wie sie tatsächlich sind ganz aus der Nähe. Und die Königin, königlich ernst, hat auch gelächelt. Ein kleines Mädchen zupft am Kleid der Königin, weil es kein Taschentuch hat. Die Königin ist auch Oma, alle haben es gesehen, freundlich gibt sie der Kleinen ihr Taschentuch.

Die Suppe! Ich laufe in anderer Leute Leben herum, gehe auf rotem Teppich und vergesse die eigene Suppe. Es ist schon spät. Ich schalte den Traum ab. Ich ziehe das Blaue an. Es ist Sommer, warm draußen. Die Kätzchen spielen an der Treppe.

Im Krankenhaus ist es kühl. Die langen Flure, klick, klick, sprechen meine Schritte nach. Ich hab' einen fröhlichen Gang heute, an meinem eigenen Geburtstag und dem Hochzeitstag von Charles und Diana. Eine Schwester grüßt mich mit schnellem Blick. Da ich so oft komme, erkennt man meinen Gang.

Seit ein paar Tagen haben sie einen Kettenraucher mit einem komplizierten Beinbruch hier. Da er das Krankenzimmer nicht einräuchern darf, haben sie ihn auf den Flur gestellt mitsamt Bett und einem Einmachglas voll Wasser, in dem unzählige Zigarettenkippen schwimmen. So ein Platz auf dem Flur hat bestimmt etwas für sich, wie ein Fensterplatz, aller Verkehr strömt dicht vorbei.

Jetzt komme ich, ich muß lachen, wenn ich ihn rauchen sehe, immer unter Dampf, der Arme, ich grüße ihn. Er weiß nicht, was er davon halten soll, daß so eine wildfremde Person ihn grüßt. Mache ich mich über ihn lustig? Nein, nein. Widerwillig grüßt er zurück.

Mir ist ein wunderschönes Geburtstagsgeschenk angekündigt. Ich kann mir nicht vorstellen, was es sein kann. Ich hab' doch alles, ich brauche nichts, wenn es ums Haben geht. An ihrem Bett holt mich die Wirklichkeit ein. Nichts mehr vom Märchenglauben am Bildschirm. Meine Mutter leidet. Sie konzentriert sich auf mich und meinen Geburtstag.

Mein Kind, mein Kind, sie weint. Ihre Gedanken sind bei diesem wichtigen Tag, dem Tag, als das anfing, was den größten Teil ihres Lebens ausgemacht hat, die Mutter dieses Kindes zu sein, das kein Kind mehr ist und doch ihr Kind. Mein Geburtstag ist ihr Muttertag. Sie streichelt mich, sie hält mich fest, sie weint und weint. Endlich versucht sie, aus ihrer Nachttischschublade etwas hervorzukramen. Sie schafft es nicht.

Such das Päckchen, ich habe es mir von zu Hause bringen lassen . . .

Ich finde ein kleines Paket. Es kann nur ein Schmuckstück darin sein. Sie hat den Tag nicht vergessen, das lange schon gekaufte Geschenk herbeigeschafft, geplant, obwohl sie so krank ist. Jetzt schaut sie mir zu, wie ich das Seidenpapier löse, gespannt. So wie ich immer schaue, wenn sie ein Geschenk von mir zu öffnen hat. Die erste Reaktion, der erste Blick auf das Geschenk ist entlarvend. Gefällt es ihr? Gefällt es mir? Auf jeden Fall muß ich mich freuen. Niemals sie enttäuschen, vielleicht nicht das Richtige getroffen zu haben. Niemals. Auch ich hätte gelitten, wenn ihr Gesichtsausdruck beim Anblick eines Geschenks von mir etwas anderes als Staunen und Freude verraten hätte. Nur Bewunderung, Überraschung, zärtlichen Dank erwarten wir von uns. Alles andere wäre Enttäuschung. Ich durfte nicht enttäuscht sein, durfte nicht enttäuschen, niemals. Also strengte jeder sich an, das optimale Geschenk zu finden. Enttäuschungen gab es nicht, nicht für den Gebenden, nicht für den Nehmenden. Wir sind geübt im Beglücken.

Ich packe die kleine Schachtel aus. Es ist ein Ring darin. Ein Ring mit einem einzelnen Brillanten. Wunderschön. Genauso, wie ich mir einen Brillanten gewünscht hätte, ein Solitär, schlicht gefaßt. Ein kostbares Geschenk. Ich bin überrascht, erfreut, dankbar, traurig.

Sie ist zufrieden mit ihrem Geschenk. Wie schön der Stein an meiner Hand funkelt! Sie lehnt sich in ihre Kissen zurück. Die Tränen laufen über ihr kleingewordenes Gesicht. Sie geht Wege zurück, ich mit ihr, all die Geburtstage, die sie mit mir gefeiert hat, und jetzt kommen keine mehr. Dies ist der letzte.

Ich will ihre Tränen weglächeln. Ich bin optimistisch. Sie wird wieder gesund werden.

Nein, nein, sagt sie. Ich kann nicht mehr. Ich kann nicht mehr.

Ich lese ihr Post vor, die ich bekommen habe. Darin steht, daß ich ein guter Mensch sei. So etwas. Sie sagt: Ja, ja, und nickt. So muß es sein. So ist es richtig. Mein Kind, mein Kind!

Gefällt dir der Ring?

Ja, er ist wunderschön.

Es gibt keinen Schatten. Von meiner Mutter ein Ring, daneben verblassen alle anderen Geschenke. Von meiner

Tochter, hat sie immer gesagt, von meiner Tochter dieses wunderbare Stück: eine Handtasche, ein Schmuckstück, ein kleiner Tisch, was auch immer. Seht, das hat meine Tochter mir geschenkt! So stolz. Es hat mich glücklich gemacht, sie stolz auf mich zu machen. Ich vergesse, welche Angst ich vorher hatte.

Immer noch ist Zimt in der Streudose aus deiner Küche. Deine Kleider passen mir. Ich müßte einen Fleck entfernen, den du gemacht hast. Eine Spur, eine Spur von dir.

Ein paar Tage später sprach mich der junge Krankenpfleger an: Ich würde gern mal mit Ihnen reden!

Gut! erwiderte ich heiter und ahnungslos.

Er machte ein ernstes Gesicht und schaute auf seine Füße. Wir sind nämlich alle ein wenig ärgerlich über Sie. Wir glauben, daß Sie den Prozeß der Genesung behindern. Sie erfüllen Ihrer Mutter alle Wünsche, und das ist nicht richtig. Ihre Mutter macht etwas Merkwürdiges: sobald Sie bei ihr auftauchen, verfällt sie in ein Kindchengetue – plötzlich ist sie schwach, elend und hilflos. Sie kann sich nicht das Wasser ins Glas gießen, was sie öfters tut, wenn sie allein ist. Die Flasche steht ja in Reichweite. Ja, sie kann nicht einmal mehr allein trinken, weil Sie ihr das Glas an den Mund halten. Sie kann nichts allein essen, weil Sie sie füttern! Sie läßt sich bedienen. Sie bekommt irgendein akutes Leiden, sie hustet, sie würgt, sie hört sogar schlechter. Und Sie – Sie gehen auf alles ein, Sie verändern Ihre normale Stimme und sprechen langsam und hell.

Mir war auch aufgefallen, daß sie schlechter hörte, und ich bemühte mich, so klar und laut zu sprechen, wie ich konnte. Ich versteh' dich nicht! knurrte sie, wenn ich zu leise sprach.

Ich habe festgestellt, sagte der Pfleger, daß Ihre Mutter

ganz gut hört. Ich spreche bewußt gedämpft, aber sie versteht mich doch.

Ich fühlte einen harten Stein in meinem Magen. Jemand schimpfte das Kind aus. Was machte ich wieder falsch? Ich machte, zum Teufel, schon wieder etwas falsch.

Ihre Mutter will sich von Ihnen bedienen lassen. Sie will, daß Sie alles für sie tun. Und Sie tun alles für sie! Sie kann nicht gesund werden, wenn sie nicht gesund werden will. Wenn sie nicht härter angefaßt wird, kommt sie nie wieder auf die Beine. Sie muß sich anstrengen. In unserem Pflegeteam haben wir beschlossen, sie selbständig hantieren zu lassen. Aber Sie durchkreuzen unsere Methode. Sie behindern uns.

Ich war so erschrocken, daß ich nicht wußte, was ich sagen und tun sollte. Aber ich kann meine Besuche nicht reduzieren. Sie erwartet mich.

Das sollen Sie auch nicht. Wir wollen, daß Sie unser Konzept verstehen und uns unterstützen. Sie glauben gar nicht, was für Gedanken wir uns über Ihre Mutter machen. Sie ist der Fall auf unserer Station, der uns das meiste Kopfzerbrechen bereitet. Die Krankheitssymptome sind überstanden, aber sie will nicht gesund werden.

Aber sie ist doch noch krank. Und sie ist schwach!

Sie ist stärker, als sie Ihnen zeigen will. Denken Sie nur an das Theater, das sie jedesmal aufführt, wenn Sie kommen! Müssen Sie nicht sofort nach einer Brechschale rennen? Wenn Sie nicht da sind, braucht sie nicht zu würgen. Müssen Sie nicht sofort Hustensaft besorgen? Wenn Sie nicht da sind, braucht sie nicht zu husten!

Aber sie hustet. Sie würgt!

Sie regt sich über etwas an Ihnen auf. Sie sind einfach zu lieb und nachgiebig. Und wie Sie dasitzen, sie anschauen und ihre Hand halten! Sie müssen streng zu ihr sein. Lassen Sie sie sich selbst aufrichten, allein Schritte gehen. Sie kann es!

Ich weiß nicht, sagte ich. Ich würgte an diesen Worten, als ob ich Kieselsteine erbrechen müßte.

Wir sorgen dafür, daß sie sich selbst wäscht. Wir schieben ihr den Stuhl vors Waschbecken, und sie wäscht sich selbst — so früh sind Sie ja noch nicht da. Wir schälen den Apfel nicht, den sie essen will. Sie kann es selbst, so wie sie sich beim Frühstück ihr Brot selbst schmieren und belegen kann. Aber mittags, da füttern Sie sie und schneiden ihr das Fleisch klein.

Sie äße sonst nichts!

Wenn sie allein ist, ißt sie zum Frühstück eine ganze Schnitte! Ich glaube, sagte der junge Pfleger und starrte dabei wieder auf seine Füße, die in Trainingsschuhen steckten und aus den weißen Röhrenhosen seines Anzugs hervorguckten, ich glaube, daß Ihre Mutter in ihren Schwächezustand fällt, um Sie zu beherrschen. Und Sie lassen es sich gefallen!

Ich fühlte mich von seinen Worten verletzt und entblößt, sie trafen mich wie glühendes Eisen.

Warum, fragte er, schauen Sie Ihre Mutter unverwandt und beschwörend an? Sie muß ja denken, daß Sie ihr jede Regung ablauschen. Da kann sie sich doch alles bis zur Unverschämtheit wünschen! Sie würde zum Beispiel essen, was es in diesem Hause gibt, wenn sie nicht wüßte, daß Sie ihr, was auch immer sie haben möchte, mitbringen würden!

Ich nickte.

Verstehen Sie mich? Ich verstand ihn sehr gut. Ich verstand mit meinem Körper. Es tat weh. Es war, als schnitte jemand mit kluger Präzision in mein Fleisch, nähme eine Operation vor, die ich mit vollem Schmerzbewußtsein miterleben mußte.

Es war für sie und für mich beschämend. Dieser Mann hatte unser Verhältnis durchschaut und zeigte mit dem Finger darauf. Ich konnte die Dinge nicht ändern. Der

141

junge Mensch glaubte wahrscheinlich, daß es ganz einfach war, eine schwierige Lage einzusehen, einen Rat anzunehmen und sein ganzes Verhalten zu ändern. Ich wußte, daß sich nichts ändern würde, auch wenn ich mir Mühe gab. Seit Wochen lebte ich schon, ohne tief zu atmen, atmete nur oberflächlich, aus Angst, aus Angst. Ich fühlte, daß ich nun kaum noch Luft holen konnte, alte, verbrauchte Luft staute sich in meiner Brust, engte mich ein. Ich hörte von fern, wie der Mann weitersprach, präzise, mit gesundem Menschenverstand, weißgekleidet, elastisch, und seine Stimme würgte mich.

Sie leidet mehr, wenn Sie kommen. Sie hat mehr Schmerzen, sobald Sie das Zimmer betreten. Sie hat dann Ihr Ohr für ihren Jammer.

Mehr Schmerzen durch mich? Mehr Leiden durch mich? Bei wem soll sie klagen, wenn nicht bei mir? sagte ich. Und wer soll ihr all die Dienste tun, wenn nicht ich?

Wir helfen ihr auch, sagte er, aber uns kann sie nicht quälen.

Ich habe Sie verstanden. Es ist jetzt klar. Ich werde sehen, wie ich damit fertig werde. Es war genug. Ich mußte den Menschen loswerden. Wer war er, daß er mich so grausam zurichten durfte?

Nächtelang schlief ich nicht, weil ich mich verteidigte und sie verteidigte. Ich legte die Dinge dar, wie sie wirklich waren, aber die Schmerzen, die meine Gedanken auslösten, wurden immer schlimmer.

Ich konnte mit niemandem darüber sprechen, ich schämte mich zu sehr. Ich machte alles falsch, ein ganzes Leben lang hatte ich alles falsch gemacht, weil ich nicht mutig war und weil ich nicht ehrlich war. Wie war das denn mit der Ehrlichkeit zwischen ihr und mir? Ich war doch verlogen durch und durch. Warum konnte sie mich quälen? Warum besaß sie Gewalt über mich? Ich überließ ihr nur einen Teil meines Wesens, den Teil, mit dem ich ertrug, ein liebes, ein braves, ein glückliches Kind zu sein. Das erwartete sie, das wollte sie haben, nicht mich, nicht mich ganz, den anderen Menschen. Warum hab' ich nie ihre flachen Wünsche durchbrochen? Warum nie in ihren Armen geweint? Ich konnte zwar mein Glück, meine Freuden mit ihr teilen, aber niemals mein Unglück. Glück durfte sie für mich verwalten, niemals aber vertraute ich ihr meine Leiden, meine Sorgen an, meine Niederlagen nicht, meine Fehler nicht.

Vorsichtig, vorsichtig. Der Boden unter meinen Füßen konnte nachgeben. Wörter, ja sogar Blicke verrieten mich. Vorsichtig sein. Wer hatte recht? Dieser junge Pfleger? Mit seiner objektiven Einschätzung der Lage? Oder ich mit meiner Rücksichtnahme, meinem Verwöhnen? Nach so vielen Jahren der Sorge um mich mußte ich mich jetzt um sie sorgen. So viel stand fest. Jetzt mußte ich ihre Wünsche erfüllen. Oder mußte ich sie erziehen? Mich mit Vernunft durchsetzen?

Es ist zu spät, um ihr beizubringen, daß unser Verhältnis sich ändern muß. Ich wollte die Ratschläge des Pflegers befolgen, aber wir waren gefangen in unserem alten Spiel. Manchmal, wenn ich die Augen schloß, hatte ich das Gefühl, in das dumpfe Sorgengespinst der Gegenwart und Zukunft unnachgiebig gefesselt zu sein. Es gab keine Besserung, kein Ankommen oder Durchdringen. Es würde so weitergehn, immer weiter. Ich setzte einen Fuß vor den anderen. Mehr konnte ich nicht tun, um weiterzukommen, immer einen Fuß vor den anderen setzen.

Ich sah meine Mutter an: Ihr Gesicht war dunkel ohne die belebende Kraft ihres Mutes, ihrer Lebensfreude. Sie blickte düster, ja böse in die Welt. Ich kämmte ihr Haar, beschnitt ihre Fingernägel, zupfte ihr hübsches Nachthemd zurecht. Welch eine Zerstörung war vor sich gegangen, während ich nur gebangt hatte, sie ganz zu verlieren? Das Gesicht war kleiner geworden, faltig und gelb ihre Haut, die Lippen farblos und dünn. Was immer am schönsten an ihr war, ihre Augen, sie kamen mir glanzlos, müde und klein vor. Noch immer schön waren die klaren Bögen ihrer Augenbrauen.

Ich saß weiterhin an ihrem Bett und blickte sie unverwandt an und streichelte ihre Hände. Mochte sein, daß der junge Mensch recht hatte, aber wir mußten unser Spiel zu Ende spielen. Ich entschied es so. Hinfällig und anspruchsvoll. Schwach und jammervoll, ich sah keine Möglichkeit für Strenge und Zurechtweisung, ja nicht einmal für Zurückhaltung.

In den vielen Stunden, da ich sie wirklich sah, gewöhnte ich mich daran zu glauben, daß wir sterben werden. Nicht nur sie. Auch ich. Und sogar, wenn ich nicht den Lauf der Welt verändern kann, werden auch meine Kinder sterben.

Ich sah sie. Ich lernte. Wir verlieren unser Leben. Wir verspielen unser Leben. Wir klammern uns an unsere Schönheit, an unsere Kraft, wir klammern uns an unsere Gesundheit. Aber nicht wirkungsvoll, nicht so, daß der Erfolg garantiert würde. Nein, wir verlieren einfach, jeden Tag, jedes Jahr, verlieren wir, was wir doch selbstverständlich zu besitzen meinen, uns selbst.

Ich sah sie und ich sah den Verlust, den sie erlitten hatte, unaufholbar. Selbst, wenn sie sich von der Krankheit erholte, würde sie wahrscheinlich nicht mehr die alte sein, kraftvoll, energiegeladen, nicht unterzukriegen. Der Verlust betraf nicht allein sie. Er betraf mich mit.

Mit zitternder Hand hob sie ein Wasserglas auf. Nur mühsam tat sie die Schritte an meinem Arm. Es wird wieder. Sagte ich. Es wird wieder besser. Sie litt Angst, weil plötzlich das rechte Auge seine Sehkraft einbüßte. Und doch wünschte sie eines Tags ihr Abendbrot mit mir zusammen an einem Tisch im Krankenzimmer einzunehmen. Und doch wünschte sie, es möchte sie jemand besuchen. Und die Ärzte sagten: Wir können daran denken, Ihre Mutter zu entlassen. Vielleicht in vierzehn Tagen. Sie muß noch kräftiger werden. Die akuten Krankheiten sind überstanden.

Wenn du entlassen wirst, kommst du ein paar Wochen zu uns, damit du dich erholst. Denn du kannst ja nicht allein leben! sagte ich.

Zu euch komme ich nicht! sagte sie böse. Ich starrte sie an.

Es ist mir zu laut, zu unruhig bei euch, ich muß mich über alles ärgern.

Es wird dir nichts anderes übrigbleiben, ich sorge für dich, und wir nehmen auch Rücksicht auf dich . . .

Bei dir halte ich es nicht aus.

Sie schlug zu. Und ich wußte, daß ich ein Puffer zwischen ihr und der Familie sein müßte, sie abschirmen müßte gegen die Wirklichkeit unseres täglichen Lebens, das ihr nie und nimmer gefallen konnte, und daß ich die Familie gegen ihre Kritik, gegen ihre Finsterkeit, ihren Ärger schützen müßte. Ich würde zwei Leben leben müssen, wie ich es ja auch jetzt schon und eigentlich immer tat − ich lebte ein Fassadenleben für meine Mutter, in dem sie die wahre Herrscherin war, und ich lebte mein Leben in der Familie, die mich brauchte und verbrauchte.

Ich war nicht ungeteilt. Ich war immer zwei gewesen, aber wenigstens an räumlich verschiedenen Orten. Nur sonntags, wenn sie uns besuchte, einige Stunden lang, hielt ich eine makellose Harmonie der Familie aufrecht. Ansonsten kam ich zu ihr und ließ sie die große Mutter sein, weil ich es am besten hatte, wenn ich Kind war. Immer Kind bei ihr. Und zu Hause die Mutter. Verantwortlich, oft allein.

Bei ihr das Kind. Das war schön. Das genoß ich, ich ließ

mich verwöhnen, sie fragte nach meinen Wünschen oder kochte, was ich gern aß. Porreegemüse, unübertrefflich, wie sie das machte, oder Bratheringe, Heringsstip. Zum Kaffee Käsesahnetorte, wie ich sie nicht zustande brachte. Oder Grünkohl durcheinander. Und immer kam es mehr auf meine Wünsche an als auf die meines Vaters. Ich war der Besuch. Und sie brachte mir so kleine Sachen mit, ein paar Strumpfhosen, schenkte zu Weihnachten Briefpapier, weil ich Briefpapier so gern habe.

Ich war so gerne Kind bei ihr. Wegen dieser Sorglosigkeit, Verantwortungslosigkeit, Mühelosigkeit war ich gerne Kind bei ihr. Sie übernahm alles, regelte alles, mir konnte nichts passieren, ich war sicher, ließ sie nur machen, es konnte nicht besser gemacht werden, sie wußte, wie es geht und wie es gehen soll. Sie war verläßlich, ich verließ mich auf sie.

Ich wurde geliebt, verwöhnt und eingelullt in das einfache, körperliche Wohlbehagen, satt zu sein, keine Aufgaben zu haben, schlafen zu können, Feierabend. Die kleinen Arbeiten, das bißchen Geschirrspülen, das taten wir gemeinsam.

So stimmte alles. Alles war in Ordnung.

Aus der weichen, wundervollen Umarmung löse ich mich nicht, hier bleibe ich, hier bin ich geborgen, hier bin ich für immerdar zu Hause. Wenn ich artig bin, werde ich niemals aus dem Paradies vertrieben. Meine Mutter ist mein Paradies, ich verlasse es niemals. Ich bin doch noch klein, ich werde nicht erwachsen, es ist nicht nötig, sie sorgt für alles. Und doch habe ich einen anderen Platz in der Welt.

Vielleicht wird er mir niemals selbstverständlich. Der Platz, auf dem ich stehe und tue, was gerade sein soll, ist er nicht zufällig, während der bei meiner Mutter angeboren ist? Ist nicht jeder Platz, wohin ich auch gehen würde, zufällig und deshalb unsicher und deshalb wertlos? Und bin ich nicht immerfort heimatlos, wenn ich mich nicht an dich anklammere, nicht in deiner Umarmung bin?

Du hast mich nicht entlassen, ich wollte nicht entlassen sein, wenn ich auch die größten Anstrengungen unternahm und rein äußerlich mein Leben einem Erwachsenenleben aufs Haar gleicht, so fühle ich doch immer noch das eiserne Band, mit dem du mich hältst.

Du bist gestorben. Ich bin nicht mehr Kind, niemandes Kind mehr. Ich bin jetzt allein, allein und gezwungen, erwachsen zu sein. Das sehnsüchtige kleine Mädchen mußt du mitnehmen in deinen Tod. Endlich, endlich – wenn auch ohne deine Liebe – werde ich selbst leben, Wurzeln in mir selbst schlagen, vielleicht noch eben rechtzeitig, bevor ich so sterbe wie du.

Heute räume ich die Dachkammer leer. In alte Bettlaken gehüllt, finde ich die beiden Gartensessel mit geblümtem Polster, den passenden Klapptisch, den alten Tapeziertisch, den wir so oft gebraucht haben, wenn meine Mutter neue Tapeten sehen wollte. Vater und ich haben zusammen tapeziert, wir waren geübt und geschickt darin.

Ein ausgedientes, aber immer noch funktionierendes Elektroöfchen steht in der Ecke und ein kleiner Koffer, nicht einmal so groß wie eine Aktentasche. Es ist mein Koffer. Ich habe ihn zu einem Geburtstag lange vor dem Krieg geschenkt bekommen. Und während des Krieges schleppte ich ihn bei jedem Fliegeralarm in den Luftschutzkeller. Mit ihm rettete ich die Sachen, die mir die liebsten waren. Ich wische den Staub ab. Die Schlösser springen auf, als hätten sie darauf gewartet, daß einer kommt und sie wieder benutzt. Das helle Seidenfutter hat Flecken. Im Deckel ist eine Tasche aus gekräuseltem Futter. Mein Koffer ist leer.

Was machst du mit dem Koffer? fragt Onkel Albert, der mich immer necken will. Gehst du auf Reisen?

Mama und ich fahren zur Oma. Wir sind zur Oma gefahren, weil Onkel Albert und Tante Lisa Hochzeit machten. Mein Koffer fuhr mit.

Wie war das damals? Tante Lisa hat mir auch davon erzählt bei meinem Besuch im Altenheim.

Die Hochzeit von Albert Ellrath und Lisa Schulte fand 1935 statt. Ohne Widerstand, ohne Schwierigkeiten. Sie machten sogar eine Hochzeitsreise nach Wien. So ein Glück!

Was war das für eine wunderbare Zeit! sagte Tante Lisa.

Wann hat das angefangen, daß du Ferdinand mit anderen Männern verglichen hast, Mutter? Damals, als Lisa ins Glück reiste mit einem Ehemann, der als Beamter mit sicherem Arbeitsplatz und festem monatlichem Gehalt von

150 Reichsmark seine Arbeitssuche beenden konnte? Damals, als euch der Brotladen gekündigt wurde und eure Sorgen wieder begannen?

Ihr machtet einen neuen Brotladen auf, nur hundert Meter entfernt, aber in einer Nebenstraße. Leider ging das Geschäft nicht gut. Abgeschnitten vom Verkehrsstrom, blieben Brot und Gebäck in den Regalen liegen. Begann es damals?

Hanna ging dazu über, verschiedenen Leuten ihre kleinen Schulden anzuschreiben, am Monatsersten mußte sie hinter dem Geld herlaufen. Ferdinand war gezwungen, sich nach einem Nebenverdienst umzuschauen, fand ihn auch schnell, er wurde Brotfahrer für die Schwarzbrotfabrik Bönkhoff. »Bönkhoffs Pumpernickel« stand auf dem Lieferwagen. Es dauerte kaum ein Jahr, bis sie das Brotgeschäft aufgeben mußten. Es ging nicht mehr, sie waren in rote Zahlen geraten.

Hanna klagte, weinte, schimpfte, sie machte Ferdinand Vorwürfe. Hätte er nicht ein besseres Geschäft in einer guten Lage finden können? Warum machte er es nicht wie Rudi Kattbeke, der auf eine andere Branche umgestiegen war? Leder. Taschen, Koffer, Portemonnaies? Und dann zusätzlich dieses neue Ding: Fotomaton? In einer Ecke seines Geschäfts stand dieser Kasten, und Friedel Kattbeke, die Schwägerin, hatte alle Hände voll zu tun, um die Leute hinter einen schwarzen Vorhang zu bugsieren, ihnen zu zeigen, auf welchen Punkt sie zu gucken und zu lächeln hatten. Und jedesmal klingelte das Geld in der Kasse.

Du bist kein Geschäftsmann! warf sie Ferdinand vor.

Hanna! sagte Ferdinand. Ich suche eine neue Stelle!

Als Brotfahrer verdiente er zwar, aber nicht genug. Nicht genug. Er begann, lange, in schönster Schönschrift abgefaßte Bewerbungsschreiben und Lebensläufe abzuschicken. Aber der Erfolg blieb aus. Während sich Hannas

Vorwürfe mehrten. Was alles spülte ihre Bitterkeit ans Tageslicht! Wie verletzend waren ihre Vergleiche mit dem eigenen Vater, der ja so außerordentlich tüchtig war und es zu Reichtum gebracht hatte. Und Rudi! Der scheffelte Geld! Und Albert Ellrath, eine solide Existenz, keine Pfennigfuchserei, keine Sorgen! Hätte sie doch auf ihren Vater gehört, der von Anfang an nichts von Ferdinand wissen wollte. Und jetzt die Pleite!

Was hatte Ferdinand dem entgegenzusetzen? Er schwieg. Er litt, das Lächeln verging ihm. Wenn er hinter dem Steuer seines Lieferwagens saß, mögen sich seine Gedanken endlos wiederholt haben: Er war ein Versager. Er konnte seine Familie nicht ernähren. Er brachte es zu nichts. Und an einem Tag, als es regnete und noch die Dunkelheit der Frühe herrschte, verursachte er einen Verkehrsunfall. Er wußte nicht, wie es dazu gekommen war. Er hatte das andere Auto nicht gesehen, oder er hatte zu spät reagiert. Es krachte, die Schuld wurde ihm zugeschoben. Er war nicht verletzt, auch der andere Fahrer nicht. Ferdinand hätte nach der Feststellung der Umstände weiterfahren können. Aber der Schock löste eine Nervenkrise aus, zitternd am ganzen Körper brach er auf der Straße zusammen. Ein Krankenwagen brachte ihn in die Lindenburg, das Universitätskrankenhaus. Sie legten ihn auf die Nervenheilstation.

Sein Gemüt war verdunkelt, er versank in eine schwere Depression. Hanna besuchte ihn, mit Entsetzen nahm sie wahr, daß er in einem Haus mit offensichtlich geistesgestörten Patienten zusammenlag. Sie fand ihn teilnahmslos in der klinischen Sauberkeit des Krankenbetts. Er hatte die Augen geschlossen, den Mund geschlossen. Die Hände irrten auf dem weißen Bettzeug hin und her. Sie nahm seine Hände und hielt sie fest.

Ferdi, mein Liebster, Ferdi, sieh mich an, hier ist Hanna, deine Hanna!

Ferdinand schaute durch sie hindurch, ihr Gesicht weckte kein Lächeln, ihre Worte riefen keine Antwort hervor. Ferdinand war allein und Hanna war allein. Mit Eiseskälte packte der Schrecken sie. War sie schuld an diesem starren Blick? Hatten ihre Vorwürfe, ihre Klagen diese Leere bewirkt, die Ferdinand umgab, auch sie umgab? Das hab' ich nicht gewollt, stammelte sie. Ich liebe dich. Ich liebe dich immer. Du weißt das. Du mußt das wissen.

Eine Schwester kam und führte sie aus dem Zimmer. Der eiskalte Schrecken wich nicht von Hanna, wochenlang nicht, bis Ferdinand sie eines Tages erkannte, mit einem Lächeln begrüßte, sie wieder annahm. Er fand zu sich selbst und baute eine Brücke des Verstehens zwischen sich und Hanna. Er kehrte zurück aus Erstarrung und Gleichgültigkeit, langsam, ganz langsam, und an Hannas Hand.

Wie steht es zu Hause? Hab' ich meine Stelle verloren?

Nein! sagte Hanna. Sie nehmen dich wieder, wenn du gesund bist. Werde erst mal gesund. Wir kommen zurecht. Wir sind von Köln weggezogen nach Essen. Deine Firma will dich in Essen einsetzen. Wir haben eine Wohnung, eigentlich eine halbe Wohnung, drei Zimmer, Ferdi. Wir kommen zurecht. Ich hab' einen Untermieter genommen, einen möblierten Herrn, dadurch wird die Miete erträglich. Er hat das Wohnzimmer. Mach dir keine Sorgen. Inge ist bei Lisa, und ich schlafe bei Rudi und Friedel, damit ich dich besuchen kann, heute und morgen.

Wann ist das alles passiert?

Ferdi, mein Liebster, du bist schon so lange krank. So lange. Weißt du nicht mehr, daß wir den Umzug geplant hatten?

Ja, ich weiß, wir wollten nach Essen ziehen. Du bist nach Essen gezogen?

Es ist alles in Ordnung. Du wirst es sehen, wenn du wieder ganz gesund bist.

Sie streichelte seine Hände mit so viel Zärtlichkeit, Freude zitterte in ihrer Stimme, und Tränen der Erleichterung. Es wird alles wieder gut, du sollst sehen, es wird alles wieder gut!

Ferdi nahm sie in die Arme, fühlte das Gewicht ihres Kopfes an seiner Brust, atmete den Duft des dichten, braunen Haars, und zögernd glaubte er ihren Worten: Es wird alles wieder gut.

Es gibt Situationen im Leben, wo man ganz rasch den Zipfel des Glücks erhaschen muß, wenn er sich zeigt. Hanna hatte eines Tages diese Gelegenheit, einen solchen Glückszipfel zu sehen, ihn direkt zu erkennen und zu packen.

Die Wohnung der Familie Kattbeke in Essen bestand aus drei Zimmern, die die Hälfte einer großen, schönen Wohnung ausmachten. Die andre Hälfte bewohnte die Familie Gruß. Eines Tages schellte eine fremde Dame bei Hanna an der Korridortüre. Sie bat darum, sich die von Kattbekes bewohnten Zimmer ansehen zu dürfen. Sie erklärte, daß sie die Wohnung der Familie Gruß schon gesehen hätte. Sie sei daran interessiert, die ganze Etage zu mieten. Sie würde für neue Wohnungen für beide Familien sorgen.

Hanna verhielt sich freundlich, aber reserviert. Und als sie hörte, daß die Fremde sie aus ihrer Wohnung heraushaben wollte, ablehnend. Sie erkannte schnell, daß die Dame Geld genug, Selbstbewußtsein und Durchsetzungsvermögen besaß. Sie stellte sich dar wie jemand, der seine Wünsche in Realitäten umzuwandeln verstand, denn sie ließ verlauten, daß ihr Mann Direktor bei Krupp sei und sie sehr wohl imstande sei, für die Familie Kattbeke eine entsprechende Wohnung bereitzustellen. Direktor bei Krupp, ein Mann mit Einfluß! Bei Hanna zündete der Funken.

152

Hören Sie, Sie können die Wohnung bekommen, wenn Sie meinem Mann eine Stellung bei Krupp verschaffen. Er ist Lohnbuchhalter, er kann alles, was mit Büroarbeit zusammenhängt. Wir waren eine Zeitlang selbständig, jetzt hat er keine befriedigende Arbeit. Hanna spannte ihren Körper an, sie versuchte wortlos, die Frau zu beeinflussen. Ihr Wunsch und ihre Gedanken waren auf einen Punkt konzentriert. Die Fremde mußte Ferdi eine Stellung bei Krupp verschaffen. Sie konnte es, also mußte sie es tun.

Ihr Mann soll sich bewerben und die Unterlagen an Herrn Direktor Häusermann schicken. Ich glaube, daß in der Buchhaltung ein Mann gebraucht wird! sagte Frau Häusermann.

Und ich werde mich sofort nach einer anderen Wohnung umsehen. Ich danke Ihnen! sagte Hanna so leichthin, als ob sie nicht gerade die schlimmste Sorge ihres Lebens offenbart hätte.

Das Eisen war heiß, sie hatte es sich passend geschmiedet. Charmant, wie Hanna sein konnte, komplimentierte sie die Dame hinaus. Als sie allein war, wußte sie nicht, ob sie ihrem Glück glauben konnte. Sie mußte darüber sprechen, das Gespräch wiederholen, sich die Chance ausmalen, die möglichen Gefahren für die Erfüllung des Wunsches betrachten und versuchen, sie auszuschalten. Wäre nur Ferdi da, damit sie die Freude und sein Lächeln auf seinem Gesicht lesen könnte, vielleicht Bewunderung und Staunen.

Wie bist du nur so schnell auf die Idee gekommen? fragte Lisa staunend. Ich hätte es nicht fertiggebracht, eine Fremde um eine Stellung für meinen Mann zu bitten. Ich glaub', ich hätte das nicht gekonnt!

Ach, sagte Hanna, du hast auch noch nie so tief im Loch gesessen wie ich.

Ferdinand Kattbeke trat seine neue Stellung als Lohnbuchhalter bei Krupp im Herbst 1937 an. Gleichzeitig zog die Familie in eine größere, schönere und auch etwas teurere Wohnung um. Sie lag auf der »Schützenbahn«, fast im Zentrum der Stadt, die Straßenbahn fuhr unter dem Fenster vorbei, auf der anderen Seite stand das Apollo-Kino, die bunte Filmreklame mit den Bildern der Stars hatten für Hanna und Inge einen stets neuen Reiz. Die Wohnung kostete 68 Mark, das war viel Geld, aber sie konnten es sich leisten. Und die Wohnung war mindestens so schön wie Lisas. Jedenfalls war es keine Armeleuteunterkunft. Endlich, endlich konnte Hanna in ihrem Lebensstil an das heranreichen, was Lisa wie selbstverständlich besaß. Gewiß, Lisa war ihr immer noch ein wenig voraus, sie, die vom Leben so verwöhnt worden war, bekam ein paar Monate früher einen Pelzmantel aus glänzendem braunen Fohlenfell. Aber Hanna verstand es zu sparen und hauszuhalten, auch sie erstand einen Pelzmantel aus glänzendem, braunem Fohlenfell, so elegant, so chic. Sie brauchte nicht mehr zurückzustehen.

Zum Weihnachtsfest lud Hanna die Eltern und Lisas Familie zu sich ein, ein schönes Fest, ein richtiges Fest der Liebe und Freude. An diesem Heiligen Abend nach der Bescherung sagte Johannes Schulte: Und jetzt möchte ich wohl ein Schnäpschen trinken. Wer trinkt mit mir? Aber die Frauen wollten keinen Schnaps und Albert Ellrath auch nicht, er trank nie Schnaps.

Ich trinke einen mit dir, Vater! erklärte Ferdinand und schenkte ein. Ja, das ist gut. Du bist auch mein liebster Schwiegersohn! sagte Johannes Schulte. Hanna sah ihren Vater an. Sie lachte, bis ihr die Tränen kamen, und fiel ihm um den Hals.

Im Frühjahr 1939 wurde Ferdinand Kattbeke nach Witten zum Edelstahlwerk versetzt. Eine Versetzung, die mit einer Gehaltserhöhung, aber mit ständigem Hin- und Herfahren verbunden war, denn Hanna wollte sich nicht von Essen, von Lisa, von ihrer Wohnung trennen.

Im Mai 1939 starb Mariechen Schulte, wie es immer heißt: plötzlich und unerwartet, nach einer kurzen, schweren Krankheit. Die Töchter standen am Totenbett und begriffen nicht, daß das Furchtbare wahr sein sollte. Es durfte nicht wahr sein. Sie beerdigten die Mutter und warfen Blumen auf den Sarg. Der Tod ist endgültig. Johannes Schulte alterte in kurzer Zeit um Jahre.

Früher hatte Lisa geargwöhnt, Mutter habe Hanna mehr lieb als sie. Hanna hatte dieses Mehr immer beansprucht und für eigen gehalten. Niemand liebte sie so, wie Mutter es getan hatte. Mutter war ihre Sicherheit und ihr Zuhause gewesen, sie hatte sich immer für sie eingesetzt, hatte sie heimgeholt in den schlimmen Jahren, in jeder Not hatte sie geholfen, in ihren Briefen hatte immer ein Geldschein gelegen, damit Hanna ein bißchen besser zurechtkommen konnte. Hanna war es gewöhnt zu kämpfen, nur war sie gehindert worden, um ihre Mutter zu kämpfen, weil der Tod so schnell, so unerbittlich kam. Das war das schlimmste, gar nichts konnte helfen, nachdem sie die Blumen auf den Sarg geworfen hatte. Nichts, nichts. Hanna fuhr nach Hause zurück, zu Mann und Kind. Sie legte sich ins Bett und wollte nicht mehr aufstehen, sie konnte nicht mehr aufstehen. Ihre Beine trugen sie nicht mehr. Eine Nervenlähmung, sagte der Arzt.

Im September befahl Hitler den Krieg. Hanna konnte immer noch nicht laufen. Dann kam der Sonntagmorgen, an dem ihr Kind in die Kirche gegangen war und plötzlich, am hellen Vormittag, zum ersten Mal die Luftschutzsirenen heulten. Hanna sprang aus dem Bett, ließ sich die Pantoffeln und einen Mantel geben und lief die Treppen hinunter, zur Haustür hinaus auf die Straße: Mein Kind! schrie sie. Mein Kind!

155

Inge war acht Jahre alt und begriff nicht, was geschehen war. Du kannst ja wieder laufen, Mutti! sagte sie erstaunt.

Es war Krieg.

1942 wurde Ferdinand Kattbeke gemustert, eingezogen und zum Sanitäter ausgebildet. Der Mann, der kein Blut sehen konnte, sollte Sanitäter werden! Schon bald zeigte sich, daß Ferdinand zu sensibel war, um der Aufgabe, die auf ihn wartete, die er sich in schlaflosen Nächten vorstellte, gewachsen zu sein. Was er lernte und übte, erfüllte ihn mit Entsetzen. Er wurde krank, er bekam Genesungsurlaub. Hanna bestand darauf, daß sie alle zum Fotografen gehen und sich porträtieren lassen sollten. Es wurde ein schönes Bild. Ferdinand in Uniform, mit dem leisen, ganz feinen Lächeln um die Mundwinkel, als mache er sich selber Mut, Hanna mit einem eleganten Kleid, lächelnd, damit man für immer wußte, daß sie die stolze Frau eines Helden war, und Inge in der Uniform der Jungmädel, mit Schlips und Knoten. Auch Inge lächelte. So eine glückliche Familie! Aber Ferdinand war nicht glücklich. Als er in die Kaserne zurückkehrte, erkrankte er aufs neue, er mußte erbrechen bis zur Erschöpfung. Es war die Galle. Er wurde entlassen, kriegsuntauglich. Was für ein Glück!

Albert und Lisa mußten sich trennen, Albert Ellrath wurde Soldat in Rußland, aber nicht an der Front, man setzte ihn für die Organisation von Eisenbahntransporten in Kiew ein.

Es ist Abendessenszeit, als ich von Mutters Wohnung nach Hause komme. Ich bin müde, es ist ein langer Tag gewesen. Das Aufräumen, Wegräumen und Abräumen in der Wohnung ist schon sehr fortgeschritten, es ermüdet so. Es ist nicht die Arbeit allein, es ist das Gefühl, gegen einen zähen Widerstand zu kämpfen bei jedem Handgriff.

Sie hat ja nichts weggeschmissen. So entdeckte ich alte Sachen, mit denen klare Erinnerungsaugenblicke wach werden. Eine alte Schmuckschatulle, ehemals Verpackung für ein Pfund Kaffee, innen mit rotem Samt ausgeschlagen, erweist sich als Schatzkästchen alten Mode- und Talmischmucks, den sie nie mehr trug; seit sie entschieden hatte, nunmehr zu alt zu sein für Talmi, jetzt dürfe sie nur noch echte Perlen, Steine und Metalle an sich dulden. Aber sie hatte so wunderbar ausgesehen mit den Ohrringen, die lang herunterhingen, an einem straßbesetzten Steg baumelte eine große Perle. Sie feierten Silberne Hochzeit, und sie trug zu diesen Perlohrringen ein dunkelblaues Tuchkleid mit riesigem weißem Kragen. Es war das erste wirklich teure Kleid nach dem Krieg, und sie war eine ganz wunderbare Silberbraut. Mein Vater, im dunklen Anzug, strahlte ihr Strahlen zurück. Jetzt war in dem Schatzkästchen nur noch einer von diesen Ohrringen da.

Ich komme in meine Küche und sehe mit einem Blick, daß meine Familie zu Mittag gegessen, aber alles schmutzige Geschirr stehengelassen hat. Für mich, denke ich bitter. Ich werde schon kommen und es in die Spülmaschine räumen, die Töpfe auskratzen und spülen. Der Ärger springt mich an wie eine Katze, die ihre spitzen Krallen in die Haut bohrt. Das Abendbrot ist nicht zurechtgemacht. Ich werde es nach dem Geschirrabräumen auf den Tisch stellen müssen.

Sie wollen ja etwas zu essen haben. Was geht sie alle meine Trauer an? Und die Arbeit, zu der ich jeden Tag fahre? Schon die vielen Wochen, in denen ich mehr im Krankenhaus als zu Hause war, haben mich meiner Familie entfremdet. Ich fühle mich isoliert. Manchmal habe ich am Abendbrottisch gesessen und plötzlich geweint. Sie haben mich weinen lassen, haben mich von Ferne betrachtet, wie jemand, den man nicht stören darf. Dem man mit seinem Alltagskram nicht kommen darf. Eine sterbende Großmutter, wie eine tote Großmutter, hat nicht viel Platz in so jungen Leben zu beanspruchen. Aber vielleicht tue ich ihnen Unrecht, meiner Tochter gewiß, die ein mitfühlendes und aufmerksames Kind ist. Das neue Schuljahr hat angefangen, und die Kinder konzentrieren sich wieder auf ihre Aufgaben.

Auch mein Mann verhält sich zurückhaltend. Vielleicht denkt er, die kommt wieder zu sich. Wie kann er um seine Schwiegermutter trauern, wenn er sie nicht geliebt hat? Er hat sie nicht geliebt. Er wollte sie nicht lieben, sie sollte keine Möglichkeit bekommen, Einfluß auf ihn zu nehmen. Mißtrauisch betrachtete er die Wirkung, die jedes Zusammentreffen zwischen mir und meiner Mutter auf mich hatte. Es konnte nichts Gutes herauskommen, wenn sie sich einmischte. So wie sie Ferdinand Kattbeke unterdrückt hatte, sollte ich ihn niemals unterdrücken können. Und durch mich sollte sie keine Gewalt über ihn haben. Ich habe mich oft zwischen beiden aufgeteilt oder Schwierigkeiten ignoriert. Sie waren nicht zu lösen.

Jetzt werde ich es leichter haben. Ich bin jetzt ganz auf seiner Seite. Niemand zerrt mich mehr in ein anderes Lager. Jetzt bin ich nicht mehr geteilt, nicht mehr halb. Aber bin ich deshalb schon ganz? Ich muß die Stücke noch zusammenfügen, die ich hervorgeholt habe aus der Vergangenheit, hervorgeholt aus Verschweigen und Vergessen. All diese Stücke ergeben, wer meine Mutter war und wer ich werden mußte, da sie ihre Lebensangst und ihre Lebensstärke in mich hineinerzog. Plötzlich, hier in der Küche, zwischen den leergegessenen Tellern des Mittagessens, überfällt mich der Schmerz, jahrelang so zerrissen gewesen zu sein, so halb, so falsch, so verlogen.

Der Schmerz macht mir die Knie weich. Ich lasse einen Teller fallen, der mit lautem Knall auf dem Steinfußboden zerbricht. Der Knall lockt meinen Mann aus dem Wohnzimmer, gerade ist die Tagesschau zu Ende. Er fragt, was los sei. Ich kann nicht antworten.

Auch du, denke ich plötzlich, möchtest mich vereinnahmen, auch du hast Vorstellungen davon, wie ich sein sollte, um dir wirklich gefallen zu können. Auch du hättest mich gern anders als ich bin. Aber wer, zum Teufel, bin ich denn in diesem Liebesspiel, in welchem lauter Masken miteinander spielen.

Habe ich dich nicht von den möglichen Ehemännern gewählt, weil du mir auf eine merkwürdig eindringliche Weise glaubhaft machtest, daß du mich lieben würdest, wie kein andrer auf der Welt mich lieben werde. Die Sprache solcher unbedingten Liebe war mir vertraut. So konnte ich geborgen sein, wenn ich meine Mutter verließ, wenn du auf diese Weise liebtest: unbedingt.

Wie meine Mutter mich liebte − unbedingt.

Und ich? Was mußte ich dir geben für diese Liebe?

Mehr als ich geben konnte, nie genug, nie genug.

Wie bei meiner Mutter, nie genug, nie genug.

Und jetzt?

Ich halte die Scherben in der Hand. Ich sehe den so lange vertrauten Ehemann an, dem ich drei Kinder geboren habe, grad so, wie er es sich gewünscht hat, mit dem ich ein Haus gebaut habe, grad so, wie er es sich gewünscht hat, mit dem ich ein fast glückliches Familienleben erarbeitet habe, grad so, wie er es sich gewünscht hat, denn er ist in der tiefsten Wurzel seines Wesens ein Familien-, ein Nestmensch. Er hat ja alles von mir bekommen.

Es war nie genug, denn er weiß, daß ich gegeben habe, was immer man geben kann, aber ich konnte nicht mich geben, ich besaß mich nicht, nicht als ein Ganzes, nicht als einer, der aus sich selbst heraus schöpft. Wie kann so einer lieben? Er kann Rollen spielen − aber Liebender ist keine Rolle, da ist man man selbst, ganz und unteilbar. Ich habe dich nicht wirklich geliebt, du.

Er nimmt mich in den Arm und fragt: Was ist denn, um Himmels willen, so schrecklich, daß du mich anstarrst, als sei die ganze Welt in Scherben. Es ist doch bloß ein Teller!

Ich gebe mich in deinen Arm. Es ist doch gut, daß du mich liebst. Wenn ich auch oft gewünscht habe, du liebtest mich nicht, weil ein Liebender so anspruchsvoll ist. Ich werde dich vielleicht verlassen müssen, oder ich finde zu dir, wenn ich erst mal zu mir selbst gefunden habe.

Es ist noch nicht so weit. Aber jetzt in deinen Armen, in der Küche, zwischen den Scherben lasse ich meine Schultern sinken, fällt die Spannung von mir ab. Merkwürdig, wie gut mir das tut, wie gut.

Ja, sage ich. Es ist nur ein Teller!

Heute sind Männer beschäftigt, die Kleiderschränke auseinanderzunehmen. Morgen früh werden wir mit einem Lieferwagen die Möbel in unser Haus bringen. Ich habe in meinem Kopf schon für alle Schränke, Polstermöbel, Kommoden, Stühle und Tische Plätze ausgedacht. Nachbarn und Freunde sind bereit zu helfen. Helfen tatkräftig. Einer aus dem Haus hat die Türschilder abgeschraubt. Er gibt sie mir. Ich wiege die kleinen schwarzen Rechtecke aus Plastik in meiner Hand. Mutters Name gilt nicht mehr.

Ich sage Danke. Ich gehe mit meiner Daumenkuppe über die Vertiefungen, die den Namen ausmachen. Ich lese ihn wie Blindenschrift. An die Stimmen der Dinge, die mir tausendfach zugemurmelt haben: sie ist tot, sie ist tot, habe ich mich fast gewöhnt. Ich überhöre sie. Mache weiter, trotz aller Schrecken, aber jetzt, da ich den Namen taste, fährt er in meinen Körper. SIE IST TOT.

Ich wickle die drei kleinen Schilder in ein Papier, stecke das Päckchen in meine Handtasche. Ja, bald sind wir hier ausgezogen. Nichts wird mehr an die Frau erinnern, die hier gewohnt hat, fast dreißig Jahre lang.

Die Männer schleppen die großen Schranktüren vorsichtig an mir vorbei. Stück für Stück, Stück für Stück ziehst du aus, in Teile zerlegt alles und aus dem Zusammenhang gerissen alles. Nie wieder zusammenfügbar, so wie ich es dir im Traum versichere.

Wenn du willst, bringe ich alles wieder in Ordnung. Jetzt, wo du wieder da bist, werde ich alles ganz schnell wieder in Ordnung bringen. Es ist noch alles da, ich suche es wieder zusammen, auch Sachen, die verschenkt und weggegeben sind . . .

Zu Hause bauen wir den Kleiderschrank im leergeräumten Gästezimmer wieder zusammen, hier wird dein Schlafzimmer stehen, hübsch im Morgensonnenlicht, mit der altrosa Tagesdecke geschmückt, der geblümten Bettumrandung umlegt, ja, so ein schönes Gästezimmer hatten wir noch nie. Möglich, daß es dir gefallen würde zu sehen, wie wir alles noch verwerten und gebrauchen können.

Berge ungeordneter Sachen, die Inhalte von Schränken, häufen sich auf dem Fußboden in unserem Haus. Was alles schleppe ich hierher? Was alles will ich hier bergen? Warum, warum?

Ich habe plötzlich Angst, ein Museum entstehen zu lassen. Ich will mich nicht der Diktatur der Dinge unterwerfen, nicht dem Spuk verfallen. Ich bin doch hartherzig genug, dies alles wegzuschenken. Ja, das bin ich. Tatsache ist, daß die Sachen hier stehen, für meine Augen wirkliche Gegenstände, in denen eingeschlossen Gedanken und Geschichten hausen.

Am Abend ist Mutters Wohnung fast leer geräumt. Übrig ist nur der Besenschrank, den die Nachmieter gebrauchen können, und der Gasherd, den ich verkaufen möchte. Leer, leer ist die Wohnung, Umzugsdreck überall. Morgen ist der Tag vor der Sperrmüllabholung, und alle Reste, alle Spuren werden ausgeräumt werden.

Als der Krieg 1945 zu Ende war, lebte die Familie Kattbeke getrennt. Vater in Witten in einem möblierten Zimmer, Mutter und Kind in einem Dorf in Thüringen in einem möblierten Zimmer. Auch als Mutter und Tochter nach Witten zurückkehrten, mußten sie noch getrennt wohnen, denn in Vaters Zimmer, mehr eine Schlafstelle, konnten sie nicht unterkommen.

Aber jetzt hatten sie eine Wohnung. Die Möblierte-Zimmer-Zeit war vorbei. So primitiv, so arm auch diese Wohnung war, es waren die eigenen vier Wände. Zusammen mit einem Maurer hatte Ferdinand zwei nur leicht beschädigte Zimmer einer ehemals hochherrschaftlichen Sechs-Zimmer-Wohnung in einer Belletage bewohnbar gemacht. Toilette und Wasserstelle eine halbe Treppe tiefer. Die beiden Zimmer gehörten zu den ehemaligen Wohnräumen, Salons mit hohen, stuckverzierten Decken, Erker und einer großen weißen Schiebetür. Sie besaßen einen Tisch, Strohsäcke zum Schlafen, einen Kanonenofen, eine elektrische Kochplatte, einen alten Mahagoniwohnzimmerschrank mit zerbrochener Spiegelscheibe (zur Miete überlassen), ein Holzgestell, das als Kleiderschrank diente und noch ein paar Kleinigkeiten. Hauseigentümer und Wohnungsinhaber waren zwei alte Menschen, Geschwister, die langsam vor sich hinhungerten und später einer nach dem anderen starben.

Die Wohnung war nicht komfortabel, eher bloß eine Unterkunft. Aber Hanna geriet in die Lage, sie verteidigen zu müssen als ihren Lebensraum. Eines Tages kam ein amtliches Schreiben ins Haus geflattert, daß die Personen Hanna K. und Inge K. keine Aufenthaltsgenehmigung hätten und sich deshalb am soundsovielten am Bahnhof einzufinden hätten, von wo sie in ein Auffanglager transportiert werden sollten.

Es konnte sich nur um einen Irrtum handeln. Mutter

machte sich auf zum Einwohnermeldeamt, um sich eine Aufenthaltsgenehmigung ausstellen zu lassen.

Sie wurde ihr verweigert, weil — wie sich leicht feststellen ließ — die genannten Personen zu einem bestimmten Stichtag nicht in der Stadt gemeldet waren. Hanna erklärte dem Beamten, wie der Krieg die Familie auseinandergerissen hatte, daß ihr Mann hier ein möbliertes Zimmer bewohnt hatte, während sie und die Tochter im Thüringer Wald evakuiert gewesen waren. Jetzt endlich, da der Krieg vorbei war, kamen sie wieder zusammen. Jetzt hatten sie eine Art Wohnung gefunden, jetzt lebten sie nach Jahren als Familie zusammen. Jetzt wollte man sie auseinanderreißen? Das konnte doch wohl nicht ernst gemeint sein. Es war ernst gemeint.

Der Beamte weigerte sich, trotz der anschaulich dargestellten Kriegswirren, eine Aufenthaltsgenehmigung auszustellen. Er hatte seine Anordnungen. Nur wer an dem Stichtag in Witten polizeilich gemeldet gewesen war, durfte auch in Witten leben. Punkt.

Hanna besprach die Sache mit Ferdinand. Sie wendeten die Geschichte um und um. Es mußte etwas geschehen. Nur eines würde nicht geschehen, daß sie und Inge am Bahnhof stünden und in ein Lager transportiert werden könnten.

Hanna wußte, daß sie kämpfen mußte und machte ihren Plan. Sie rüstete sich mit einem Butterbrotpäckchen, ein paar selbstgedrehten Zigarettten, sie machte sich so hübsch es ging, benutzte Lippenstift.

Sie trat im Amt auf. Sie wurde zu dem ihr schon bekannten Beamten vorgelassen, der ihr die gleiche abschlägige Antwort wie am Vortag erteilte. Sie verlangte, mit dem Beamten übergeordneter Kompetenz zu sprechen. Sie trat auch bei ihm auf. Sie sagte ihm gleich, sie ginge nicht, bevor sie nicht von ihm eine Aufenthaltsgenehmigung erhalten hätte. Sie sei gerüstet. Sie erklärte ihm alle Argumente und widerlegte alle

Einwände von seiner Seite. Sie hatte alle Vernunftsgründe auf ihrer Seite, der Beamte sah das wohl ein, aber er zog sich letztlich auf seine Anordnungen zurück.

Gut, sagte Hanna. Wenn Sie jetzt noch nicht wollen, dann gewiß etwas später. Ich bleibe hier, bis ich die Aufenthaltsgenehmigung bekomme.

Gute Frau, sagte der Beamte. Das hat keinen Zweck.

Ich werde unter gar keinen Umständen in ein Lager gehen, also brauche ich eine Aufenthaltsgenehmigung. Sie können sie ausstellen, also warte ich hier, bis Sie eine ausgestellt haben.

Ich habe meine Vorschriften, sagte der Beamte.

Hanna setzte sich auf den Besucherstuhl. Machte es sich bequem. Der Beamte versuchte, sie zu ignorieren. Er forderte sie auf, das Zimmer zu verlassen. Es nützte nichts. Irgendwann, wird der Beamte sich wohl gedacht haben, wird sie verschwinden, wenn sie merkt, daß es keinen Zweck hat zu warten.

Es wurde zehn Uhr, er machte eine Frühstückspause. Hanna packte ihr Butterbrot aus und aß mit ihm zur Gesellschaft. Der Beamte grinste, vielleicht tat sie ihm leid. Es gab so viel Elend. Man mußte sich hart machen, um all das Elend irgendwie verkraften zu können.

Ich habe jetzt eine Wohnung, sagte Hanna. Zusammen mit meinem Mann. Sie können uns dort wohnen lassen, ohne daß es irgendwem schadet. Ich brauche nur ein Stück Papier.

Der Beamte zündete sich eine Zigarette an, auch selbstgedreht. Sie können mir auch Feuer geben! sagte Hanna. Er reichte ihr sein brennendes Streichholz.

Sie müssen gehen, ich habe Arbeit.

Ich habe meine Aufenthaltsgenehmigung noch nicht. Sie können mich nicht loswerden.

Wie Sie wollen. Er arbeitete vor sich hin. Hanna wartete. Sie schaute aus dem Fenster. Sie war nervös. Sie hatte Angst, er würde sie vor die Tür setzen. Das tat er nicht. Aber er nahm auch keine Notiz von ihr.

Zur Mittagspause wiederholte sich das Spielchen mit den Butterbroten und den selbstgedrehten Zigaretten. Schade, dachte Hanna, daß ich gar nichts besitze, mit dem ich ihn geneigt machen könnte. Sie besaß nichts. Bloß ihre Stärke.

Der Nachmittag verlief sehr schleppend. Der Beamte verließ gelegentlich sein Zimmer, er forderte die lästige Bittstellerin mehrmals auf, den Raum zu verlassen. Sie ging nicht.

Wenn Sie nach Hause gehen, gehe ich mit Ihnen! sagte Hanna. Und morgen früh bin ich wieder hier.

Das ist Unsinn und hat keinen Zweck.

Aber es dämmerte dem Mann schon, daß er die Frau nicht loswerden würde. Ohne daß sie es wußte, studierte er noch einmal seine Vorschriften. Gab es eine Lücke?

Der Amtstag verstrich. Es wurde vier Uhr. Bald hatte er Feierabend. Er stand auf, packte seine Sachen zusammen, sah aus dem Fenster. Gehen Sie jetzt! befahl er.

Gewiß, sagte Hanna. Mit Ihnen. Es ist mir egal, was Ihre Frau dazu sagt.

Sie zitterte. Der Tag war vorüber, und sie hatte nichts erreicht. Aber sie war entschlossen. Sie würde nicht aufgeben. Etwas in ihrem Gesichtsausdruck mußte den Beamten von ihrer Hartnäckigkeit überzeugen. Er war verunsichert. Einen solchen Fall hatte er noch nicht gehabt. Gab es nicht in allen Vorschriften Ausnahmen für Härtefälle? Wie weit ging seine Kompetenz? Er wußte es nicht.

Ich gehe jetzt. Ich habe Feierabend, sagte der Beamte. Er versuchte es noch einmal.

Ich habe Zeit! sagte Hanna. Sie erhob sich, strich ihre Kleider glatt, nahm ihre Handtasche unter den Arm. Wo wohnen Sie denn? fragte sie.

166

Ich glaube, Sie würden tatsächlich mit mir gehen! antwortete der Beamte. So etwas ist mir noch nicht vorgekommen. Was denken Sie sich eigentlich!

Ich will mit meinem Kind nicht in ein Lager gehen. Wir haben hier eine Wohnung. Wir sind eine Familie, sagte Hanna. Sie unterdrückte ihre Erregung, wirkte kühl und überzeugend.

Der Beamte ging ins Nebenzimmer, wo seine Schreibkraft gerade die Haube über die Schreibmaschine legte. Bitte, stellen Sie Frau K. und ihrer Tochter eine Aufenthaltsgenehmigung aus! Hier sind die Unterlagen! sagte er.

Es dauerte keine fünf Minuten, er händigte Hanna das Papier aus. Sie sagte nur einfach: Dankeschön!, als hätte es keinen Nervenkampf um diese Bescheinigung gegeben. Sie ging hinaus. Sie ging bis auf die Straße. Und dann verließen ihre Nerven sie. Sie kam mit tränenfeuchtem Gesicht nach Hause, aber glücklich.

Einer sagt: Du wirst Trauerarbeit leisten müssen!

Ich denke darüber nach. Ist Trauern eine Arbeit? Was ist da zu tun? Oder ist Trauern ein Zustand. Dies ist eine Zeit des Trauerns. Ich halte still. Ich wehre mich nicht, ich lasse es über mich hinweggehen, ich leiste nicht Widerstand, begehre nicht auf: Warum? Warum?

Ich nehme es hin und an. Es ist, was ist. Was sein muß, muß sein. Das kenne ich schon lange. Ich bin ein äußerer und ein innerer Mensch, das fühle ich genau. Der äußere gibt der Außenwelt, was sie fordert, sogar Lachen, Interesse, Zärtlichkeit. Der innere wartet, er lauscht. Er spricht nicht, er ist still, macht keine Geräusche. Er ist klein.

Oft habe ich Angst vor den Leuten, die Gefühle von mir erwarten, die ich nicht habe. Sie lauern auf meine Reaktionen. Ich will sie ja nicht enttäuschen, ich will mich nicht selbst in ein schlechtes Licht rücken dadurch, daß ich keine oder nicht die richtigen Gefühle hervorbringe.

Ich werde dann stumm, horche, ob etwas in mir spricht. Aber es gibt keine Explosion, manchmal erschrecke ich: es geschieht eine schleichende Veränderung. Abtötung.

Ab neunzehn Uhr darf man Sperrmüll an die Straße stellen. Ich fahre in ihre Wohnung, die keine Wohnung mehr ist, nicht einmal mehr eine Adresse. Kein Namensschild mehr am Briefkasten. Es ist soweit. Nur noch Müll in kahlen Räumen. In der Küche hebe ich den Fußbodenbelag hoch, rolle ihn mühsam zusammen. Ich fülle Müllsäcke mit kleinen Abfällen. Alte Gardinenleisten trage ich nach draußen.

Ich helfe Ihnen! sagt ein Nachbar. Auch seine Frau kommt in Mutters Wohnung. Trostlos sieht es aus. Die Frau von nebenan redet, sie redet genug, so daß nicht auffällt, daß ich keine Worte habe.

Im Keller steht ein alter Küchenschrank, der nach draußen muß. Ein anderer Nachbar, der gern bastelt, findet sich ein. Ihm habe ich die Kellerregale angeboten. Er packt beim Ausräumen an. Der alte Küchenschrank muß auseinandergenommen werden. Er läßt sich nicht durch die Tür schieben. Die Männer rackern sich ab. Endlich brechen sie die Türen des Schranks ab, schlagen die Hinterwand heraus. Er ist ganz zerstört, jetzt läßt er sich endlich, seitwärts gekippt, in den Kellerflur zwängen. Alles weitere geht leicht.

Als alle großen Teile und Pappkartons an die Straße gestellt sind, finde ich eine verstaubte Plastiktüte: ein Kopf aus Styropor, zum Aufbewahren einer Perücke. Auch sie hatte die Mode mitgemacht: eine Zweitfrisur ersetzt den Gang zum Friseur. Aber nicht lange, die Perücke war ihr schnell lästig und unangenehm geworden. Mach' ich es richtig, wenn ich den Kopf zum Sperrmüll gebe? Ich gebe ihn weg.

Der alte Balatumteppich im Keller zerbricht in viele Stücke, als ich ihn aufhebe. Ich mache zwei unförmige Pakete daraus, trage sie auf die Straße. Eine Drecksarbeit. Es sind noch immer Leute um mich herum, wollen helfen. Den Kasten mit Handwerkszeug nehme ich mit nach Hause. Zum Schluß fege ich aus allen Ecken den letzten Schmutz. Fertig. Leer. Keine Flasche Wein mehr: Nimm die rechts unten aus dem Regal! Keine eingemachten Früchte mehr: Hol ein Glas rauf. Such dir das beste aus! Nichts mehr, ich kann gehen. Ich brauche noch nicht einmal das Vorhängeschloß zu verschließen. Ich stecke es ein. Draußen ist es dunkel geworden. Fremde betrachten die Reste von Mutters Haushalt, schätzen die alte Lampe ab, nehmen den Perückenkopf mit, wühlen.

Den alten Küchenschrank würde ich gerne streicheln, er war das erste Möbelstück, das wir nach dem Krieg gekauft hatten. Mit einer Glasvitrine in der Mitte. Darin stand ein blaues Blümchenkaffeeservice, das ich ihr zum Geburtstag geschenkt hatte. Damals freuten wir uns über jedes einzelne Stück der Einrichtung. Und behutsam haben wir alles behandelt. Was mein ist, liebe ich.

Ich bedanke mich bei meinen Helfern. Ich kehre in die Wohnung zurück. Noch nicht einmal Licht kann ich machen, alle Lampen sind fort. Was will ich hier? Alle Zimmer sind leer. Ich muß noch putzen. Morgen werde ich putzen, und dann kann dieser Wohnungsinspekteur kommen.

Für heute ist es genug.

Es war der 13. März 1943. Tante Lisa war bei uns, sie mußte ihren Arm schonen, weil sie sich eine Entzündung zugezogen hatte. Meine Mutter hatte Pfannkuchen gebacken. Der Abendbrottisch war gedeckt. Es gab Fliegeralarm, bevor wir am Tisch saßen. Wir rannten in den Luftschutzkeller. Es ging alles sehr schnell. Die Hölle war los, bevor wir begriffen hatten, was geschah, stand unser Stadtviertel in Brand. Es brannte überall. Von der Straße drangen Schreie und lautes Rufen in den Keller. Es brennt! Es brennt überall!

Wir rannten aufgescheucht durch die Kellerflure. Dichter Qualm drang vom Hausflur her über die Kellertreppe herab. Vom Nachbarhaus hörten wir die Schläge einer Spitzhacke gegen die Mauer unseres Kellers. Vorsorglich hatte man einen Durchbruch von Haus zu Haus angelegt, nur noch mit einem Stein war er wieder zugemauert worden. Jetzt prasselten die Stücke der Mauer in unseren Keller. Menschen krabbelten durch das Loch. Kann man hier raus? Wir müssen raus!

Die Leute rannten die Kellertreppe hinauf, öffneten die Tür, wurden von undurchdringlichen Qualmwolken zurückgetrieben. Schreiend kehrten sie in den Luftschutzraum zurück. Wir sitzen in der Falle. Wir kommen nicht mehr raus!

Jemand hatte mir ein nasses Handtuch gegeben. Ich hielt es mir vor den Mund, um atmen zu können. Der Rauch trieb mir Tränen in die Augen. Alle husteten.

Plötzlich hörte das Hin- und Hergerenne auf. Wir waren etwa zwanzig Menschen, erstarrt von plötzlicher Hoffnungslosigkeit. Einige begannen zu beten, laut zu beten. Meine Mutter hielt mich im Arm.

Die Minuten verrannen in merkwürdiger Stille, die nur von dem Gebet unterbrochen wurde. Die Stimmen der Betenden hallten vom Schweigen der anderen zurück. Herr, hilf! rief eine Frau laut.

Die machen mich verrückt! sagte meine Mutter. Hört auf.

Überlegt lieber, wie wir hier herauskommen! Sie hörten nicht auf zu beten.

Nein, sagte meine Mutter. Wir werden noch nicht sterben. Ich weiß, was wir machen müssen. Sie lief aus dem Raum. Unser Kohlenkeller hat ein kleines Fenster zur Straße! rief sie.

Mit zitternden Händen suchte sie nach dem Kellerschlüssel. Sie fand ihn, sie stieg mit Händen und Füßen auf den Kohlenberg unter dem kleinen Fenster. Es hatte einen eisernen Griff. Sie packte den Griff, schrie. Sie hatte sich die Finger verbrannt, der Griff war heiß. Sie trommelte mit den Fäusten gegen die Scheibe. Ein Mann reichte ihr ein nasses Handtuch über die Kohlen.

Sie brachte tatsächlich das Fenster auf. Holt uns raus! schrie sie über die Straße. Die Füße rutschten ihr weg, all die Leute aus dem Luftschutzkeller drängten sich in den Kohlenkeller. Jemand packte meine Mutter und zog sie durch das Fensterloch. Einer nach dem anderen krabbelte über die Kohlen, wurde durch das Fenster gezogen.

Hustend und keuchend standen wir auf der Straße. Meiner Mutter liefen die Freudentränen übers Gesicht. Wir hielten uns umarmt. Feuerwehrleute gaben uns irgend etwas zu trinken. Sie führten uns in den Vorführraum eines riesigen Kinos, das auf der anderen Straßenseite lag.

Die Sirenen tönten Entwarnung. Wir alle waren von einer tiefen Erregung erfaßt, liefen wieder nach draußen. Ganze Häuserzeilen brannten. Die Feuerwehr versuchte zu löschen. Vor allem unser Haus stand unter dem wuchtigen, zischenden Wasserstrahl.

Die Kirche brannte. Ich starrte gebannt auf den hohen, spitzen Turm, der vor dem Nachthimmel als glühende Fackel loderte. Und plötzlich neigte sich die Spitze. Mit schrecklichem Krachen, Splittern und Funkenwolken brach der Turm ab und stürzte in die Tiefe. Es war ungeheuerlich. Ein Brausen erfüllte die Luft. Die Menschen schrien und weinten. Auch ich weinte. Es war meine Kirche, ich liebte sie, ich kannte sie von innen und außen. Es war mein Kirche, die da vor meinen Augen in Flammen unterging. Ich konnte keinen Blick von ihr wenden.

Im Laufe der Nacht wurden die Brände gelöscht, es wurde immer dunkler und schwärzer. Meine Mutter zerrte mich hierhin und dahin, ließ keinen Augenblick meine Hand los. Vom Roten Kreuz wurden die obdachlosen Leute mit einer warmen Suppe versorgt. Im Kinosaal kriegten wir eine Decke. Wir Kinder legten uns auf die Erde. Irgendwann schlief ich ein.

Wir waren davongekommen. Wir waren nicht erstickt, nicht verbrannt. Meine Mutter hatte uns gerettet, in diesem Schreckenstraum war sie der Festpunkt, die Mutige, die sich nicht unterkriegen ließ. Noch immer kann ich die Gefühle hervorrufen, die diese Nacht beherrschten, meine Hand fest und ununterbrochen in der größeren Hand meiner Mutter, der gewaltige Sturz des Kirchturms mit dem Gefühl eines großen Verlusts und den Geruch des nassen Handtuchs, durch das ich atmete, während der beißende Qualm in meinen Augen brannte, und die eintönigen Gebete in einer Stille, die mich mit Angst erfüllte.

Was hast du eigentlich für ein Kleid an? fragte meine Mutter.

Das blaue. Heute ist ein schöner Tag draußen!

Ach so, sagte sie. Erkennen kann ich nichts. Es ist alles verschwommen. Auf meinem linken Auge sehe ich fast gar nichts. Ich habe schon Kopfschmerzen davon, daß ich mich beim Sehen so anstrengen muß!

Ich schaute sie an, glanzlos die Augen und das linke gerötet.

Kann man etwas an den Augen sehen? fragte sie.

Ja, das linke ist rot.

Der Arzt verordnete Tropfen. Morgens, mittags, abends. Keine Besserung. Der Arzt zitierte mich in sein Zimmer. Wir denken daran, Ihre Mutter bald zu entlassen. Natürlich muß zuerst die Augenentzündung abgeheilt sein.

Verstand ich das richtig?

Sie müssen jetzt überlegen, was mit Ihrer Mutter werden soll. Ich hielte es für das beste, wenn Sie ein Pflegeheim ausfindig machten. Es ist nicht anzunehmen, daß Ihre Mutter wieder in ihre Wohnung zurückkehren kann.

Nein? fragte ich. Wir werden sehen, ich nehme sie mit zu mir, sie wird sich erholen.

Mag sein, daß eine Umstellung auf andere Verhältnisse Ihre Mutter wieder aktiviert. Jetzt sieht es nicht so aus . . .

Was wollen Sie mir sagen? fragte ich.

Ich glaube, daß sie ein Pflegefall ist.

Nein, nein, das kann nicht sein, sagte ich heftig. Sie kennen meine Mutter nicht. Wenn sie erst einmal wieder kräftiger ist, ihre Schwäche überwunden hat, wird sie wieder die alte, aktiv, unternehmungslustig, rüstig wie sie immer war.

Rüstig. Ich begriff plötzlich das Wort: rüstig. Eine rüstige alte Frau. Meine Mutter war nicht mehr rüstig. Sie ließ sich gehen, verharrte in ihrer Schwäche.

Es gibt alte Leute, denen es zuviel Mühe macht, sich zu pflegen, ihre Bedürfnisse zu regeln, sie verkommen, sie lassen alles geschehen und verkommen. Sie können nicht mehr allein leben. Ein anderer muß ihre Pflege übernehmen.

Aber nicht meine Mutter, sagte ich. Meine Mutter nicht. Ich nehme sie mit nach Hause. Sie wird wieder gesund.

Ja, sagte er freundlich, aber skeptisch. Am Dienstag kommender Woche können Sie Ihre Mutter nach Hause holen. Lassen Sie sich Pflegeratschläge geben. Sie müssen ihr auch Insulin spritzen können.

Als ich von dieser Unterredung nach Hause ging, stieg die Angst in mir hoch. Ich habe schon oft festgestellt, daß ich bei schlimmen Nachrichten, üblen Situationen, zunächst ruhig und gelassen bleibe, die Schrecken als Ganzes hinunterschlucke, und erst wenn ich zu Besinnung komme, später, hat sich der Schrecken in meinem Leib ausgedehnt wie ein Gewächs, das mich jetzt von innen zu sprengen droht. Es wuchert über meine Kehle, die keine Luft mehr durchläßt, liegt auf meiner Stimme, die nur noch krächzt. Ich hatte Angst.

Ich dachte mir, was ich jetzt im Krankenhaus mitgepflegt habe, das war schon viel, aber es würde ein Kinderspiel gewesen sein gegen das, was mich zu Hause erwartete, wenn ich sie allein pflegen sollte. Das würde eine Aufgabe sein, der ich vielleicht nicht gewachsen war. Wie sollte das gehen? Wie sollte ich sie richtig pflegen? Was sollte geschehen, wenn sie Verstopfung hatte, wie machte man einen Einlauf? Wie sollte ich ihr die Spritzen geben? Ich würde doch mit all den vielen Möglichkeiten ihres Unwohlseins allein stehen? Wenn sie würgte, wenn sie der Juckreiz überfiel, wenn das Herz raste? Und ihre Schlaflosigkeit! Ihre Unruhe, ihre Appetitlosigkeit? Und all ihre Klagen, all ihre Klagen. Es war schon immer schwer, alles richtig zu machen. Und ich mußte doch gerade jetzt alles richtig machen. Ich würde schuldig sein, wenn sie litt. Und kam sie überhaupt wieder auf die Beine? Wie würde sie das schaffen? Ich bekam große Angst. Angst vor meiner Mutter.

Zu Hause sah ich mir die Wohnung an – was mußte verändert, umgestellt werden, angepaßt an eine Kranke? Ich würde ihr mein Zimmer zur Verfügung stellen, aber was alles brauchte sie sonst noch?

Ich mußte versuchen, für Ruhe im Haus zu sorgen. Es mußte immer ganz ruhig sein. Keine Schallplatten, keine Rockmusik mit Verstärkern. Aber wie sollte ich erreichen, daß nie ein lautes Wort fiel? Die Kinder nicht stritten, ich nicht rufen oder schimpfen mußte? Schon morgens beim Wecken mußte ich oft energisch werden. Sie würde mitkriegen, wenn Uwe spätnachts nach Hause kam, wenn er Freunde mitbrachte oder Schlagzeug spielte. Es durfte keine Auseinandersetzungen geben. Aber wie das?

Ich muß es an mich herankommen lassen, dachte ich. Wichtig ist, daß sie versorgt und gepflegt wird, und alles andere . . . Ich machte mir Mut, auch wenn ich wußte, daß Geduld und Dulden nicht ihre Stärken waren.

An diesem Tag fand ich mich manchmal mitten im Zimmer stehend. Ich hatte den Anschluß an meinen letzten Gedanken verloren. Warum stand ich da? Wie war ich dahin gekommen? Was wollte ich denn?

Wenn das mein Sohn wäre, den würde ich schon zurecht-
stutzen, das kannst du mir glauben. Wie du nur zulassen
kannst, daß er so herumläuft!

Er trägt die Haare zu lang, der Junge. Und er trägt
Kleidung, die ein Lehrer einmal »exotisch« nannte. Das
Hemd hängt über der Hose, verbeulte Jeans mit Flicken.
Seine eigenen Pullover verschenkt er und nimmt dafür
weite, schlampige Dinger. Er sieht nicht besonders gepflegt
aus, das kann man nicht sagen. Aber seine Augen sind gut.
Ich wünsche mir, daß jeder seine Augen sehen möchte,
nicht seine. Fingernägel. Er spielt Gitarre, behauptet, dazu
brauche er lange Fingernägel. Er trägt Armbänder aus
Kordeln oder Lederstreifen, Ketten um den Hals. Er ist ein
erfreulicher Mensch, sagt sein Deutschlehrer. Ich habe nur
das gehört, nicht die Klage über seine Leistungen. Er
braucht nicht mehr hierher zu kommen, so wie der aussieht! sagte meine Mutter. Und auf der Straße gehe ich an
ihm vorbei!

Ich habe meinen Mut zusammengenommen und ihr
gesagt: Du sprichst von meinem Sohn!

Sie hat mich angesehen, aber sie hat nicht gemerkt, daß
er doch mein Kind ist, meine wilde, verzweifelte, phanta-
stische und unordentliche Seele geerbt hat. Ich hätte ihr ins
Gesicht fauchen müssen: Du tust ihm Unrecht. Wenn du
ihn ablehnst, lehnst du mich ab! Ich wußte: sie würde mich
ablehnen, wenn ich nicht ihren Wünschen, ihren Vorstellungen entsprach. So sagte ich nichts, legte Zorn und
Schmerz so lange auf Eis, bis ich allein war.

Ihr Nachbar verstand etwas von Gitarren. Er reparierte
die Gitarre meines Sohnes. Er sagte zu Hanna Kattbeke:
So eine schmutzige und zerkratzte Gitarre habe ich noch
nie gesehen!

Meine Mutter fühlte sich tief beschämt durch mich,
durch meinen Sohn. Wenn etwas wirklich schlimm ist,

dann ist es schmutzig, zerkratzt, ungepflegt, nicht in Ordnung. Und so etwas kam aus meiner Familie. Damit wollte sie nichts zu tun haben. Niemals mehr, sagte sie, kannst du mit deinen Sachen zu meinen Nachbarn gehen. Leute, die ich kenne, brauchen nicht dahinterzukommen, wie es bei euch zugeht!

So fallen auch meine Kinder noch unter ihren Besitz.

Ihre Augenkrankheit besserte sich nicht. Sie starrte mit trüben Augen in die Helle des Fenstervierecks. Wenn sie den Mund auftat, fragte sie: Ich kann doch nicht blind werden? Das geht doch wieder weg?

Ich machte den Fehler zu behaupten, es sei doch eine Besserung eingetreten. Sie wußte natürlich besser als ich, wie sehr ihre Sehkraft beeinträchtigt war. Ich kann nichts mehr deutlich sehen, gar nichts mehr. Es wird nicht besser.

Der Pfleger hatte erklärt, daß die Tropfen eine Erweiterung der Pupillen bewirke, auch das beeinträchtige das Sehen. Sie ließ sich von keiner noch so logischen Erklärung davon abbringen, daß die Augenkrankheit schlimmer würde. Ihre Angst wuchs. Wie sollte ich sie trösten?

Die Ärzte stellten eine neue Diagnose: Es handelt sich um einen Pilzbefall des inneren Auges.

Was bedeutete der Satz? War das Augenlicht dadurch in Gefahr? Die Ärzte wollten das nicht ausschließen, hatten vor, die Krankheit mit einem Antipilzmittel zu bekämpfen, wenn auch ungern, da es in ihrem Zustand Schwierigkeiten auslösen konnte.

Obwohl nun nicht mehr davon die Rede war, daß meine Mutter schon am nächsten Dienstag entlassen werden konnte, schenkte mir die Schwester ein gebrauchte Spritze, damit ich zu Hause damit üben konnte. Sie sagte, ich sollte in eine Apfelsine oder in ein Sofakissen hineinstechen. So hätte auch sie geübt, wie man Spritzen subkutan setzt.

Ich blieb bis zum Abend. Die Schwester brachte die Insulinspritze, zeigte mir, wo und wie ich spritzen sollte. Und tatsächlich gab sie mir das Ding in die Hand.

Was man können muß, das kann man auch. So schwer wird es nicht sein, dachte ich. Und vorsichtig stach ich die Nadel in ihre schlaffe Haut. Hat es wehgetan? fragte ich.

Sie lächelte ein bißchen. Nicht mehr als bei den anderen auch. Es war das erste und auch daß einzige Mal, daß ich ihr eine Spritze gab.

Wie hat sie ausgesehen, als ich sie das letzte Mal sah? Ich weiß es nicht. Ich bin von ihr weggegangen und habe nicht gewußt, daß ich sie nicht mehr lebend wiedersehen würde. Ich hab' zu ihr gesagt, morgen früh komme ich nicht, ich muß einkaufen, ich komme erst nach dem Essen . . .

Morgen früh komme ich nicht. Neun Wochen lang bin ich jeden Morgen bei ihr gewesen, an diesem Morgen nicht. Ich hatte zu ihr gesagt: Morgen früh komme ich nicht, ich muß einkaufen. Warte nicht auf mich . . . Hat sie mich angesehen, als ich aus dem Zimmer ging? All diese täglichen Verabschiedungen, ein letzter Blick, ein Streicheln über die Wange, ich bei ihr, sie bei mir.

Noch einmal in der Tür zurückblicken, winkt sie? Sieht sie mich noch? Lächelt sie? Geht es ihr gut? Wird sie gleich schlafen? – Ich konnte es nicht erkennen. Ihre Augen waren ja trüb. Sie hat sie vielleicht geschlossen gehalten, weil ich mich entfernt hatte. Ich sagte wie immer: Bis morgen . . . Mach dir keine Sorgen wegen der Augen! Und wenn du gesund bist, kommst du zu mir.

Der Arzt sagte draußen zu mir: Daß ihre Mutter am Dienstag entlassen wird, damit ist nun nicht mehr zu rechnen, wir müssen zuerst die Augenkrankheit in den Griff kriegen . . . Das kann noch vierzehn Tage dauern.

Ich war froh über den Aufschub, tatsächlich empfand ich Erleichterung. Ich hatte noch ein wenig Zeit, bevor sie zu uns kam, das machte mir bewußt, wie groß meine Angst war. Ich hätte alles für sie getan, aber ich wußte, es hätte zum Preis gehabt, daß ich selbst nicht mehr hätte existieren können.

Ich ging an diesem Freitag nach Hause, habe an nichts Schlimmes gedacht. Ich habe nicht gewußt, daß ich mir

Sorgen machen mußte. Und auch sie hat sich nicht vor dem Tod, sondern vor dem Erblinden gefürchtet.

Dies schien ein Tag zu sein wie jeder andere. Aber für mich wurde es der Tag, an dem ich sie zum letzten Mal lebend gesehen habe, ihre warme Hand gefühlt habe, ihre Liebe trotz aller Irritation. Und ich bin einfach weggegangen – hinter meinem Rücken bereitete sich vor, was unwiderruflich ist und womit ich nicht zu rechnen imstande gewesen war.

Ihre Augen, wenn sie auch ganz trüb waren, waren doch auf mich gerichtet gewesen.

Als das Telefon klingelt, um zwölf Uhr, bin ich ganz ahnungslos. Sogar als Dr. K. sich meldet, denke ich mir nichts Böses. Ich freue mich über seine Stimme, er ist mir sympathisch, dieser Arzt, also reagiere ich fröhlich. Er sagt: Ich muß Ihnen die traurige Mitteilung machen, daß Ihre Mutter soeben gestorben ist.

Ich bin neun Wochen lang jeden Morgen und jeden Nachmittag zu ihr ins Krankenhaus gegangen, aber heute morgen nicht. Ich hatte gesagt: Susanne kommt aus dem Reiterurlaub zurück, ich muß noch etwas einkaufen, ich komme erst nachmittags . . . Ja, ja, hatte sie gesagt. Ich bin zu Hause um zwölf Uhr, als das Telefon klingelt. Ich bin nicht bei ihr, als sie stirbt. Bloß allein zu Hause.

Ein paar Minuten lang bin ich hysterisch, renne herum und sage: Nein, nein. Warum? Das ist nicht wahr.

Ich muß Schuhe anziehen. Ein Kleid, jedenfalls ziehe ich ein Kleid an, ich renne den Weg, den ich täglich gegangen bin, renne an den Katzen vorbei. Du mußt schnell machen, sage ich mir, mach schnell, vielleicht ist sie noch nicht tot, sie haben mich erst mal erschreckt, damit ich auch ganz schnell bin.

Und so stehe ich schließlich mitten in ihrem Krankenzimmer. Das ist nicht gut. Sie liegt nackt da, sie wird gerade gewaschen, das Blut waschen sie ab, ihre Zunge hängt ein wenig aus dem Mund, ein Auge steht offen.

Krankenpfleger und Schwester starren mich erschrokken an. Ich gehe an ihr Bett. Ich habe so oft an diesem Bett gesessen. So oft. Und jetzt drücke ich ihr offenes Auge zu. Sie ist ganz tot. Das sehe ich jetzt. Sie ist ganz tot.

Der Pfleger faßt mich an den Schultern und führt mich hinaus. Er führt mich in das Arztzimmer, ich werde dort erwartet. Außer Dr. K. ist da noch ein neuer, ein junger Arzt, den ich nicht kenne. Er ist sehr aufgeregt. Sie reden abwechselnd beide zu mir. Was soll ich begreifen? Es ist während einer Injektion geschehen. Dieser junge Arzt hat ihr eine Spritze mit einem Antipilzmittel gegeben, aber dann hat plötzlich ihr Herz ausgesetzt. Ganz plötzlich. Sie haben sofort alle möglichen Apparate angeschlossen und Maßnahmen getroffen, aber was sind schon Maßnahmen, wenn es wirklich soweit ist. Sie war sofort tot. Der junge Arzt ist unglücklich und verwirrt, denn er wollte ihr mit der Spritze ein Heilmittel für ihre schlimmen Augen verabreichen, aber doch nicht den Tod. Aber tatsächlich stirbt sie, während er ihr eine Spritze gibt. Es ist ihm unbegreiflich.

Kann es sein, daß diese Spritze ihren Tod verursacht hat? War es ein Schock, der tötete? Der Tod eine allergische Reaktion? Beide Ärzte sprechen vernünftig mit mir, sie erklären. Aber warum reden sie? Sie ist tot. Erklären? Was? Soll ich sie trösten? Tut es ihnen gut, wenn ich verstehe, was sie sagen?

Ich stehe auf, und die Ärzte stehen auch auf. Ich sage: Ich weiß nicht, was ich tun muß. Sie lassen mich aus dem Zimmer gehen. Ich überquere den Korridor. Da sitzt die neue Zimmernachbarin meiner Mutter. Sie sitzt mit großen traurigen Augen auf einem Stuhl im Flur. Sie sagt etwas zu mir, faßt meine Hände, und dies ist der Augenblick, wo ich es begreife, daß meine Mutter tot ist.

Ich kann nicht bei der Frau bleiben, ich fühle, sie muß auch getröstet werden, und ich weiß nichts, was tröstet. Sie sagt, sie stände unter dem Schock, auch ihr Herz werde sie eines Tages so im Stich lassen.

Ich gehe in Mutters Zimmer, Zimmer 236, wie all die Wochen. Der Türgriff ist vertraut, der Blick auf ihr Bett. Die kleine, zarte Krankenschwester umarmt mich, sie drückt meine Schultern, streichelt mich.

Das Fenster steht offen, eine Kerze brennt auf dem Nachttisch, gleich neben dem Obstkörbchen, in dem das Messer mit dem roten Griff steckt. Damit habe ich ihre Pfirsiche geschält. Sie liegt da in unangreifbarer Ruhe. Sie sieht streng aus. Für immer und unwandelbar streng, die Lippen sind dünn und ernst, die Haut glatt, die Nase spitz und ihre gefalteten Hände kalt und weiß.

Ich sitze hier, sehe sie an, wärme ihre Hände mit meinen Händen. Aber das tut ihr nicht mehr gut, nur mir weh. Es gibt nichts mehr zu sagen, zu hören. Vor dem hellen Tageslicht flackert die Kerze.

Der Tod sperrt Vertraulichkeit aus. Aber ich kenne sie so gut. Sie will nichts mehr von mir. Es gibt nichts mehr zu wünschen, recht oder unrecht zu machen. Ich bin jetzt allein. Sie spricht mich nicht an. Ich antworte nicht.

Sie lassen mir ein paar Stunden Zeit an ihrem Bett. Aber nachmittags wird sie weggebracht. Die Toten kommen in den Keller, in einen Kühlraum. Das Sterbezimmer wird wieder ein Krankenzimmer, ich hole einen Koffer, um all die Sachen zu packen, die sie noch gebraucht hat, all die Dosen Diätobst und Diätsprudel, die meine Freundin angeschleppt hat.

Ich packe die kleinen roten Pantoffeln, die ich ihr jeden

Tag übergestreift habe, ihre Wäsche und Nachthemden ein. Die Schwester drückt mir einen Plastikbeutel in die Hand. Ein blutiges, zerrissenes Nachthemd, ein blutiges rosa Bettjäckchen. In einem Päckchen ist ihre Geburtstagspost.

Der Morgenrock, Kamm, Bürste, Zahnbürste, Seife, Handtücher. Meine Freundin Anne kommt. Sie trifft mich allein in dem leeren Zimmer beim Kofferpacken. Schon hat seinen Anfang genommen, was undenkbar schien, nämlich ohne sie zu leben, ja sogar die Spuren ihres Hierseins zu zerstreuen, zu vernichten, auszulöschen. Immer nur das Nächstliegende tun, nicht nachdenken.

Anne hatte in meiner Mutter eine Freundin, eine Ersatzmutter nach dem Tod ihrer eigenen Mutter gefunden. Und jetzt verloren. Es ist gut, daß sie da ist. Sie hat sich sehr beeilt zu kommen. Immer ist sie da, wenn ich sie brauche. Sie weint vor sich hin. Sie hilft beim Packen. Wir sind schnell fertig. Jetzt ist das Zimmer leer, aufgeräumt. Nichts vergessen. Vor dem Fenster wie immer der Rand des Himmels. Ein Vogel schwingt sich auf. Mein Blick verläßt ihn unter den Wolken segelnd vor der Landung.

Weggehen. Schnell. Nie mehr hierher zurückkommen.

Wir besuchen die Tote in ihrem Kühlraum, lange Gänge müssen wir passieren, den Aufzug nach unten benutzen, wiederum durch leere Korridore, um mehrere Ecken. Die Krankenschwester, die uns begleitet, steckt einen Schlüssel in eine schwere Tür. Kälte weht uns an. Dahinter, mit römischen Ziffern bezeichnet, die Kammern. Eine wird für uns aufgeschlossen.

Die Luft, die Atmosphäre legt sich erdrückend um meine Brust. Hier liegt sie. Feierlich aufgebahrt. Eine dicke Kerze brennt, Kälte.

Man hat ihr ein paar Rosen zwischen die Finger gesteckt. Die hatte ich ihr mitgebracht, noch gestern. Sie wirkt immer fremder. Sie entfernt sich von uns. Immer weiter, wo es noch kälter, noch stiller ist.

Ich will gerne noch mit dir gehen. Aber hier fühl' ich mich schon nicht mehr am Platz, sehne mich zurück nach Wärme. Nur so weit gehe ich mit dir ins Unbehauste, Ungemütliche, Unfreundliche. Die an meiner Haut hochsteigende Kälte ist die Kälte des Todes.

Die Trennung beginnt, das Trennende dehnt sich zwischen uns aus. Die Krankenschwester im Hintergrund wartet mit dem Schlüsselbund. Sie wartet hinter meinem Rükken, da sie lebendig ist, hat sie wenig Zeit, du, da du tot bist, hast alle Zeit der Welt.

Wie geht man mit einem Toten um? Wir wahren den Abstand, vergrößern den Abstand, jetzt und hier rühre ich deine Hände nicht mehr an. Sie sind für immer gefaltet, mit den kleinen Rosen darin. Du bist still. Wir alle hier sind still. Im Rücken fühle ich, wie die Krankenschwester mit ihrem Schlüssel wartet. Nein, ich selbst bin es, die ungeduldig wird. Ich will fort.

Wir gehen. Die Türe wird verschlossen, die Schlüssel klirren. Wie ich dich verlasse. Ich verlasse dich, jetzt, wo du allein im Kühlzimmer der Toten liegst, gehe ich weg, steige die Treppen hoch, laufe die langen Flure entlang, fort von dem Keller, der Unterwelt, der Kältezone. Und oben ist es warm, die Luft bewegt sich, tief atmen, du kannst noch atmen, atme tief, es ist Sommer. Das Leben geht weiter, ist schon weitergegangen.

Du bleibst allein. Alle Toten bleiben allein. Während wir uns zusammenschließen, in die Arme nehmen, uns streicheln, trösten, einer den anderen. Und weinen und die Tränen trocknen, wieder und wieder.

Und jetzt? Ich muß die Organisation in die Hand nehmen. Irgend etwas muß jetzt in Gang gesetzt werden. Du sagst mir nicht mehr, was erledigt werden muß.

Ich muß deine Schwester benachrichtigen. Lisa muß Bescheid wissen. Ich rufe Cousine Vera an. Durchs Telefon fühle ich die Bestürzung, den Schrecken. Und dann: Wie kann ich das meiner Mutter sagen?

Ich hatte Tante Lisa versprochen, daß meine Mutter nicht sterben würde. Ich hatte es versprochen. Sie hat mir auch geglaubt. Ich hatte ja sie und mich überzeugt. Wie kann die Schwester die Nachricht aufnehmen?

Ich wähle Telefonnummern. Ein Beerdigungsinstitut meldet sich. Eine angenehme, getragene Stimme, freundlich und sachlich. Wir erledigen alles. Ja, sie kennen sich aus. Sie wissen Bescheid. Das war die richtige Telefonnummer. Ich muß sie treffen, die so gut Bescheid wissen. Wir verabreden uns für den frühen Abend in Mutters Wohnung.

So geht das: Ein Katalog in Spiralbindung auf Hochglanzkarton, die schönsten Särge mit den matten und den messingglänzenden Beschlägen, Eiche und Buche. Aber natürlich kommt nur eisenstarke Eiche in Frage, und was sonst an Ausstattung. Ja, sie wird ausgestattet mit allem, was sie noch braucht.

Man sagt mir, was sie noch braucht. Und die Wahl der Trauerkarten, Format und Papier. Für alles gibt es schon Muster vom Tod anderer Leute. Ein Text für Anzeige und Totenbrief soll entworfen werden. Nein, ich kann keine Sätze bilden. Das geht nun wirklich nicht. Die anderen sehen mich an, machen Vorschläge. Nein, ich weiß keine Formulierung. Es gibt gar keine von mir durchdachten Satzaussagen, deren Satzgegenstand meine tote Mutter ist. Und doch muß ich die Formeln, die gängigen Formeln durch meinen Kopf gehen lassen. Wie gut, daß es Formeln gibt, Fertiges für bestimmte Lebenssituationen, in denen man nichts Neues erfinden kann. Ich fälle eine Entscheidung, weil irgendeine getroffen werden muß, und zwar von mir. Wie richtig sie ist, ist gleichgültig. Sie muß nur in ihrem Sinne sein.

Mir wird Mutters liebes Wohnzimmer bewußt, in dem wir hier sitzen und reden, gemütlich, von außen gesehen. Ganz gemütlich. Wie viele Urkunden werden gebraucht für wie viele Gelegenheiten? Ämter, Versicherungen, Kassen, Friedhofsverwaltung. Wenn mir was passiert, nimmst du aus dem Kleiderschrank ganz oben die schwarze Tasche. Darin ist alles, was du brauchst . . . Schon lange hatte sie für den Fall, in dem wir jetzt stecken, vorgesorgt. Ich habe ihre Worte im Ohr: Wenn mir etwas passiert, nimmst du aus dem Kleiderschrank ganz oben . . .

Ich öffne den Kleiderschrank. Oben auf dem Fach über der Kleiderstange steht die besagte schwarze Tasche. Ich finde alles wohlgeordnet, Rentenbescheide, Versicherungspolicen, Sparbücher und einen Umschlag, so einen von der Sorte, die sie lebenslang für ausreichend hielt für ihre Korrespondenz: einen billigen, alltäglichen, graugefütterten Briefumschlag.

Mein letzter Wille. Sie hat nie ein teures Briefpapier besessen, wohl mir hat sie immer schöne Mappen geschenkt, zuletzt einen großen Kasten, feines cremefarbenes Papier mit Namensaufdruck, ich habe mich so sehr darüber gefreut. Aber sie hat immer Briefblocks aus dem Kaufhaus genommen. Und auch diesen so wichtigen, für uns jetzt letzten Brief hat sie auf ein Blockblatt geschrieben. Und ich stelle mir vor, wie sie beim Schreiben geweint hat, wie sie sich vorgestellt hat, daß ich hier sitzen werde und das Papier in der Hand halte, von dem ihre Stimme mich anspricht, ganz, ganz deutlich. Sie wird gedacht haben, ich bin nicht mehr dabei, wenn meine Tochter dieses Briefpapier in der Hand hält und mit ihren Blicken die Zeilen entlangrückt, und vielleicht liest sie es mit leiser und krächzender Stimme. So ist es.

Sie ist fühlbar bei mir, ganz dicht. Ich möchte sagen: Mach keine Geschichten, Mutter. Keine solchen Geschichten, die glaub' ich/dir nicht. Ich glaube dir nicht. Aber ich lese immer weiter, ich brauche nicht viel zu weinen, nur ein bißchen, weil sie so nahe ist. Und so erfahre ich, was ihr von ihrem Besitz am wichtigsten war, nämlich das, was sie selbst von ihrem Vater geerbt hat: einen kupfernen Krug, ein Armband aus seiner schweren rotgoldenen Uhrkette. Schon als Kind hatte sie mit der Uhrkette die Springdeckeluhr aus seiner Westentasche gezogen. Diese Uhrkette ist wichtig und der Krug, den ihr Vater selbst gearbeitet hatte. Auf das soll ich, bitteschön, achtgeben und es in Ehren halten. Und sie beschreibt, wo sie ihr Bargeld aufhebt, nämlich im Kleiderschrank unter den Schürzen. Unter den Schürzen! So ein kleines Detail macht meine Beherrschung zunichte.

Jetzt, wie den ganzen Tag, seit um zwölf Uhr das Telefon klingelte, sehe ich einen Teil von mir zusammengeduckt und klein wie einen harten Ball irgendwo still im Inneren meines Körpers liegen; das bin ich selbst dort, und mein Kopf, meine Hände, meine Beine bewegen sich fast ruhig, jedenfalls erwartungsgemäß.

Die Bestattungsspezialistin versichert mir, nunmehr würde alles ganz automatisch erledigt. Ich brauchte mich um nichts zu kümmern. Nur noch für Kranz und Sarggesteck müsse ich sorgen, und natürlich müßten die Adressen auf die Todesanzeigen geschrieben werden. Immerhin fünfzig und mehr Adressen. Briefmarken und Umschläge kann sie mir gleich hierlassen, nun, da ich mich für Format und Papiersorte entschieden hätte.

Sie händigt mir Umschläge aus, fünfzig Briefmarken, vorerst. Fragt, ob es eine Bewirtung nach der Beerdigung geben soll, dann müsse sie in das friedhofsnahe Restaurant gehen und die Bestellung aufgeben.

Ja, ja, sage ich. Gut, daß andere an alles denken. Gut, daß andere schon in Trauerfällen geübt sind. Ihre Erfahrungen sind mir nützlich. Das macht man so und so und so. Ja, so macht man das, es ist recht. Und dann endlich ist dieser Tag zu Ende.

Ich habe unter ihren wohlgeordneten, bei ihrem Tod wichtigen Papieren eine Liste gefunden. Sie enthält alle Namen von Verwandten und Bekannten, von Freunden und Geschäftsleuten. All diese Leute sollen benachrichtigt werden. Es sind Menschen, die sie gekannt und gemocht hat, auf die sie Wert legte. Ich folge dieser Liste. Jeder Name bekommt seinen Haken.

Ich habe nicht daran gedacht, Leute zu informieren, die an mir Anteil nehmen. Nur meine Freundinnen, die sie auch gekannt hat, kriegen eine Karte. Erst viel später merke ich, daß ich einige Freunde völlig vergessen habe, erst viel später merke ich, daß man mit Bestürzung auf meine Trauer reagiert, erst später merke ich, daß man mir gern Trost gegeben hätte, hätte man nur gewußt, daß ich ihren Verlust zu ertragen hatte.

Vor der Beerdigung hatte ich gedacht: ich stehe das durch. Ich nehme keine Beruhigungsmittel, ich lege meine Gefühle auf Eis, ich verstecke sie. Ich kann das gut, Gefühle nicht hervorbrechen lassen, geübt, geübt. Ich habe diesen schlimmen Sommer durchgestanden, die lange Krankheit, die mich so schrecklich von meiner Familie isolierte. Ich habe durchgestanden, daß mein Sohn gegen unseren Willen und fast ohne Geld ausrückte, um seine Freiheit auszuprobieren. Er reiste nach Portugal, nach Lagos. Mit dem Finger auf der Landkarte suchte ich Lagos. Das ist so weit weg. Die Sorgen erzählte ich nicht, wie farblose Würmer bohrten sie sich durch mein Gehirn, jeden Tag. Aber ich habe es durchgestanden.

Mach dir keine Sorgen, dachte ich. Er ist fort, du mußt ihn gehen lassen, ich muß ihn ganz einfach gehen lassen, ihn sein Leben leben lassen. Hoffen, daß er heil zurückkommt. Er schrieb nicht, es kam keine Post, keine kleine Karte. Ich mußte durch meine Tage kommen. Ich kam hindurch. Es gibt Zeiten, da darf man nicht fühlen. Jedes Gefühl kann einen ins Bodenlose stürzen. So eine Zeit muß man mit abgestumpften Sinnen aushalten. Trost, auch wenn es lange dauert, es kommt ein Nachher, dann kann man wieder leben.

Geübt, geübt: ich tue alle Dinge, die erledigt sein wollen, aber ich bin nicht da, bin nur äußerlich verfügbar. Im Innern regt sich nichts, spielt sich nichts ab. Und dann kam ein Brief von meinem Sohn aus Portugal, kam am Tag der Beerdigung. Es war ein sehr schöner Brief. Es kam das Wort »Mutterliebe« darin vor. Er sagte mir, ich solle mich freuen, wie selbständig er schon sei. Und auf das Wiedersehen sollte ich mich freuen. Mutterliebe ist keine funkenweise Liebe. Das sagte er mir. Dies ist meine Reise, und ich mache sie, wie ich sie haben will, mit oder ohne Geld. Ich bitte Euch, das zu verstehen. Ich möchte Euch nicht in irgendwelche Sorgen stürzen oder Leid antun, ich möchte nur meine Freiheit ausprobieren, genießen, haben . . . Ich brauche diese Erlebniswelt, weil sie mir Kraft für Träume gibt.

Es war dieser Brief, der die Erlösung bewirkte, langsam, aber sicher lockerte sich die Starre.

Ich hatte nicht mit mir gerechnet. Tante Lisa kam zur Beerdigung, trotz ihrer Lähmung. Sie war es, die die Tränenflut auslöste. Ich sah Tante Lisa plötzlich, sie saß auf einer Bank vor der Leichenhalle. Ich wußte, die beiden Leidtragenden dieser Beerdigungsgesellschaft, das waren sie und ich. Wir beide hatten in Liebe und Haß und Verzweiflung die engsten Beziehungen zu ihr, die jetzt tot war. Ihr und mir riß der Tod ein Stück vom eigenen Dasein ab. Durch ihre Krankheit schien Tante Lisa mir so verletzlich, verletzlich und einsam. Ich fühlte mich ihr eng verwandt, sie schien mir der andere Teil meiner Mutter zu sein. Die Schwestern gehörten zusammen wie die zwei Seiten einer Münze, ich liebte sie. Und jetzt, da ich sie da sitzen sah auf der Bank, die Krücken neben sich, jetzt, da ich sie umarmte, verließ mich die lange geübte Starre. Es passierte etwas Schreckliches mit mir, ich wurde überschwemmt, aufgelöst. Eine unbeherrschbare Flut von Tränen brach aus mir hervor, nicht mehr einzudämmen, unaufhaltsam, uferlos, lange, unaufhörlich.

Ich war hilflos, es weinte aus mir heraus. Ich stand da vor der offenen Grube. Ich warf Blumen auf den Sarg. Bis hierhin bin ich mit dir gegangen, nur bis hierhin. Es ist Schluß mit allem, was du mir geben konntest. Endgültig, nichts ist mehr gültig. Ich bin ungültig geworden.

Die Tröstungen der Mitmenschen trösten mich nicht. Sie sagen auswendig gelernte Beileidsgedichte auf: Sie hat es geschafft. Sie fühlt nun nichts mehr, keine Angst. Keine Angst mehr vor dem Sterben. Was alles ist ihr erspart geblieben! Denk nur, sie wäre blind geworden. Das hätte sie nicht ertragen. Vielleicht – sie war doch so schwach – wäre sie ein Pflegefall geworden. So eine arme Kreatur, die nicht sterben kann und nur noch hilflos, abhängig, unselbständig dahinvegetiert. Tausendmal bitten und zweitausendmal danken, anderen eine Last, das ist ihr erspart geblieben. Nichts kränkt sie mehr, sie braucht sich nicht zu ärgern. Wenn es kalt ist, braucht sie nicht mehr zu frieren. Und hat doch ein schönes Alter erreicht. Einmal sind wir alle dran. Sie hat ihre Ruhe. Du kannst nichts dafür. Du hast alles für sie getan. Sie hatte noch ein paar sehr schöne Jahre, nicht wahr? Ja, ja. Sie wird dir fehlen. Aber die Zeit gleicht alle Verluste aus.

Ich gehe durch ihre Stadt. Dies ist ihre Stadt. Hier hat sie sich eingelebt in den Jahrzehnten nach dem Krieg. Hier kannte sie alle Straßen, alle Geschäfte. Sie kannte viele Leute. Sie wurde gegrüßt von allen Seiten. Beim Einkauf blieb sie mit Bekannten an der Ecke stehen, sprach über dies und das, vom Wetter über die Weltlage bis zu ihren persönlichen Problemen, kurz, freundlich, herzlich. Sie wußte die richtigen Fragen. Wenn einer beliebt ist, und sie war beliebt, so liegt es oft daran, daß er die richtigen Fragen zu stellen weiß. Daß er im Kopf behält, daß die Tochter von Frau Meier einen billigen Gebrauchtwagen kaufen will, daß Herr Schulz gerade in Rente gegangen ist. Und sind die Masern der Enkelin gut überstanden? Ist es schön in der neuen Wohnung? So ein Umzug ist ja schrecklich, das weiß ich zu gut. Ihr Mann fühlt sich nicht wohl? Was hat er denn?

Sie hatte ein mitfühlendes Herz. Nun sprechen mich manche Leute an. Sie erkennen mich. Ich bin die Tochter.

Tut mir so leid. Ihre Mutter hat mich manchmal aufgerichtet und getröstet.

Ich konnte zu ihr kommen, wenn ich deprimiert war, sie erzählte mir etwas, sie korrigierte meine Sorgen und beschnitt sie auf das richtige Maß.

Sie war erfrischend. Nahm kein Blatt vor den Mund, sagte, was sie dachte.

Junge, die konnte einem den Groschen wechseln, wenn sie sich geärgert hatte. Aber sie hatte meistens recht.

Als ich das erste Mal zu euch kam, mit den Krücken, da hat sie mich durchs Fenster kommen gesehen und ist mir bis auf die Straße entgegengelaufen. Das vergesse ich nie.

Es waren ihr Humor und ihr Lebensmut und ihr gesunder Menschenverstand, die werden mir fehlen.

Mittwochs trafen wir uns zum Kaffeeklatsch und gingen zusammen spazieren. Sie hatte Unternehmungsgeist.

Samstags abends gingen wir zusammen zur Kirche. Was hat sie alles von Ihnen erzählt. Wie hing sie an Ihnen! Sie kaufte immer ihr Fleisch hier. Ach, das tut mir leid. Ich habe sie oft bedient.

Die Leute denken, ich würde sie alle vom Erzählen meiner Mutter erkennen. Das tue ich nicht. Es waren ihre Bekannten, nur bei besonderen Ereignissen erklärte sie mir, wer mit welchen Schicksalen daherkam. Ich staune, wie viele Menschen mich ansprechen, die von ihrem Tod in der Zeitung gelesen haben, meine Trauer kennen.

Wer war meine Mutter? Die kleine weißhaarige Person, die mit schnellen Schritten ging. Und das Haar war erst seit ein paar Jahren weiß, vorher hatte sie es gefärbt, dunkel zu den dunklen Augen. Weiß stand ihr besser, es hellte ihr Gesicht auf, das leicht düster und streng wirken konnte. Mit ihrer Einkaufstasche schlenderte sie durch die Stadt, sorgfältig die Preise vergleichend − davon erzählte sie oft, daß sie die Stadt herauf und hinunter ging, und dann kosteten die Erdbeeren zwischen 1,98 und 2,68 DM. So sparte sie siebzig Pfennig durch klugen Einkauf. Frische Blutwurst − so etwas gab es bei ihr zuweilen, frische Blutwurst mit Senf zum Brot −, die konnte man nur bei einem bestimmten Metzger kaufen.

Was alles sie im Kopf hatte! So viele Preise, so viele Sachen, so viele Menschen, so viele Plätze, Orte, Sekunden, Geschichten, Empfindungen, Gedanken, Wünsche, Sorgen, so vieles gelebt, geliebt, gelitten, geträumt und nie bekommen, und am Ende doch fast zufrieden, optimistisch, mutig gewesen und stark. Als die letzten Jahre kamen, gab es nicht mehr viel zu versäumen. Alles war getan.

Lisas Klage: Nein, sie durfte nicht sterben. Das durfte sie mir nicht antun. Sie hat mich im Stich gelassen, das durfte sie doch nicht machen. Ich bin überzeugt, wenn sie lebte und gesund geworden wäre, dann würde es auch mir besser gehen, ich würde wieder laufen lernen, ich brauchte nicht in ein Altenheim zu gehen. Sie hat mir Mut gemacht. Zwischen mir und einer verzweifelten Zukunft hat sie gestanden, sie hat die Ungeheuer der Angst lächerlich gemacht. Ich hörte ihre Schritte auf dem Krankenhausflur. Sie ging schnell, energisch, unverkennbar. Das ist meine Schwester! habe ich gesagt. Wenn sie die Türe öffnete, brachte sie eine Welle von Mut und Zuversicht ins Zimmer. Soviel Lebenskraft und Optimismus gingen von ihr aus. Nein, sie durfte nicht sterben. Am Sonntag habe ich zu Vera gesagt: Dienstag wird Hanna aus dem Krankenhaus entlassen. Und Vera sagte zu mir: Jetzt mußt du ganz tapfer sein, Mutter, Tante Hanna wird nicht aus dem Krankenhaus entlassen. Sie ist tot.

Lisas Stimme nimmt einen unpathetischen Klang an, das Eigengewicht der Worte ist zu schwer für die Stimme. Sie ist tot. Ich komme nicht darüber hinweg. Ich habe sie nicht mehr gesehen. Hatte sie sich verändert?

Nein, nur sehr dünn ist sie geworden.

Hat sie noch etwas gesagt?

Sie hat immer nach dir gefragt, sich Sorgen um dich gemacht. Sie hat an dich gedacht.

Da sie nicht mehr da ist, ist alles aus in meinem Leben. Jetzt, jetzt möchte ich sie fragen: Möchtest du mit mir tauschen? Ist es nicht besser, tot zu sein als so zu leben? Ich weiß die Antwort. Sie würde lieber leben, wenn auch gelähmt. Sie würde lieber leben.

So sehen die abgeschnittenen Fäden aus: Eintragungen, die ungültig werden, Pläne, die nicht mehr gelten, Fragen, die nicht mehr beantwortet werden. Fragen, die niemand mehr an dich zu richten vermag und deine Fragen, die du nicht mehr an mich richtest.

Bist du auch glücklich, mein Schätzchen?

Nein, nein, nein. Aber laß mich doch unglücklich sein. Es muß doch erlaubt sein, einmal unglücklich zu sein, ohne einen anderen damit unglücklich zu machen, dich. Jetzt kann ich unglücklich sein.

Fäden, Fäden, abgerissen.

Ich höre die sich entfernenden Schritte, Bewegungen, Atem, Stimme. Ich höre Weitentferntes aus der Erinnerung kommen. Was ist zu tun?

Es ist die Zeit der Befreiung. Das habe ich früher gedacht: Verschiebe die Befreiung auf die Zeit nach ihrem Tod. Jetzt ist die Zeit der Befreiung. Ich kann erst gerecht sein, wenn ich mich befreit habe. Mich zu befreien heißt, ihr weh tun. Deshalb konnte ich es nicht tun, als sie noch lebte, ich hätte ihr weh getan, und sie hätte es nicht verstanden. Schon, daß ich es offenbare, unter ihrem Zwang gestanden zu haben, hätte sie gekränkt.

Aber ich habe unter ihrem Urteil dahingelebt. Und sie teilte mir Berechtigung und Ablehnung zu. Oft habe ich mich bemüht, ihr Urteil zu ignorieren, ich fühlte es doch ständig und immer über mich verhängt.

Ich genügte nicht. Niemals konnte ich aufatmend sicher sein, alles sei gut, richtig, gelungen, zufriedenstellend. Nie gab es Beruhigung. Sie konnte doch noch mit flinkem Blick entdecken, was zu rügen, zu kritisieren, zu vernichten war. Es gab immer Makel auf der angestrebten Vollkommenheit meines Lebens oder meiner Lebensumstände. Rosenbett, Rosenbett mit Disteln bestickt. Nichtgeschnittener Rasen, Unkraut im Plattenweg, zu viele Gäste, was das kostet, unnütze Einkäufe. Müssen die Kinder haben, was sie sich wünschen? Keine Kartoffeln eingekellert, faul gewesen, nicht organisiert, etwas einfach laufengelassen, die Dinge nicht im Griff! Zu wenig Geld, zu wenig Zeit, gehetzt, zu viel Arbeit, Fehler gemacht.

Ja, sie hat eine geliebt, die nicht so war, wie sie sie gerne gehabt hätte.

Ich wehre ab. Nicht die Ansprüche so hoch schrauben. Ich komme doch nicht an das Idealbild heran. Immer aufmerksam, immer zur Hand, ständig auf dem Sprung, glücklich nur bei ihr, aufs engste vertraut.

Ich muß mich befreien. Dein Tod ist meine Entlassung. Ich schäme mich: Ich fühle Erleichterung. Ein Druck ist von mir genommen. Eine Not ist zu Ende.

Zuerst einmal diese schlimme Zeit im Krankenhaus, die Anspannung und Angst um ihr Leben − alle Sorgen sind plötzlich gegenstandslos, es ist alles entschieden, wenn auch zum Tode, so doch entschieden, es ist alles vorbei. Ich finde mich in einem langanhaltenden Schweigen, in einer Stille, in der ich den Atem anhalte, bevor ich wieder leben kann, bevor ich die Teile meines Selbst, das Innen und Außen wieder zusammenfügen kann, da muß ich ehrlich sein. Den Verlust ausloten, zugeben: Schlimmes, Schweres, Bedrückendes verliere ich zugleich mit der einen sicheren Zuflucht und der einen unlöschbaren Liebe. Ich gewinne durch deinen Tod.

Ich werde zu mir kommen. Werde mich selber finden, werde Stücke von mir, die du eisern festgehalten hast, an mich nehmen, ich werde Fälschungen durchschauen. Und dann werde ich dich besser lieben, endlich so, wie du es dir gewünscht hättest, zu spät werde ich dich lieben. Ich werde dich gewinnen, da ich nicht mehr leiden muß durch dich, nicht mehr fürchten muß, daß du es auf meine Zerstörung, meine Vernichtung abgesehen hast, zu spät werde ich dich gewinnen. Ich werde dich gewinnen, weil du keine Macht mehr über mich ausübst, ich werde dich anerkennen, weil der Zwang zu Ende ist, spätestens jetzt muß deine Macht zu Ende sein, damit ich dich gewinnen kann.

Längst früher hätte ich kämpfen müssen. Ich schäme

mich, daß ich es erst mit meiner toten Mutter aufnehmen kann, nicht mit dir, als du noch lebtest. Ich bin nicht mehr dein Kind. Dein Geschöpf, abhängig von dir. Ich bin ich.

Das wolltest du nie zulassen. Du hast Angst gehabt, mich zu verlieren. Obwohl diese Gefahr niemals bestand. Wirklich vertraut waren wir einander nicht.

Vielleicht hast du deshalb jedesmal ein paar Tränen geweint, wenn ich von dir wegging. Jedesmal bist du mit auf die Straße, mit bis ans Auto gegangen. Du hast mich geküßt, mir mit Kosenamen Auf Wiedersehn gesagt, mir gewinkt, du hast gewinkt, als ginge ich für immer von dir fort. Als sei das ein großer Abschied. Manchmal hast du sogar gesagt: Ich weiß nicht, was mit mir los ist, aber ich habe Angst.

Ich fuhr ab, und schon einige Meter Entfernung machten dich so klein, zerbrechlich und einsam, wie du dastandest, winktest, Tränen in den Augen. Du brauchst keine Angst zu haben. Ich vergesse dich nicht. Ich werde dich nicht vergessen.

Das Gefühl der Erleichterung war da, noch bevor ich es erkannte und wahrhaben wollte. Aber dann dachte ich: Ich fühle mich erleichtert.

Sofort begann ich, mich zu rechtfertigen. Ich konnte es nicht gleich akzeptieren, ich war doch nicht etwa herzlos, undankbar, treulos.

Dachte ich: Es war eine schlimme Zeit, sie ist vorbei. Ich bin nicht allem Schrecklichen gewachsen. Ich bin sehr allein.

Ich dachte, jetzt rechtfertige ich mich, obgleich du nicht mehr gekränkt sein kannst. Du weißt nichts davon, ich brauche nicht Rücksicht zu nehmen. Ich mache mich nicht besser als ich bin, damit noch meine tote Mutter mit mir zufrieden sein kann. Damit meine tote Mutter mit mir prahlt, mit meiner Untröstlichkeit und Trauer prahlt. Die gute Tochter ist untröstlich.

Ach, diese Scheinwelt von Gefühlen. Ich habe dir zuliebe

mitgespielt. Werde nicht mehr spielen, ich brauche dich nicht mehr zu schonen. Jetzt ist die Wahrheit an der Reihe, nicht die lügnerische Rücksicht. Du hättest die Wahrheit nicht ertragen.

Aber woher will ich das eigentlich wissen, und was ist die Wahrheit?

Die Wahrheit ist, daß wir nie wirklich miteinander vertraut waren. Meine größte Not, meine Verzweiflung habe ich vor dir geheimgehalten, mit dir konnte ich nicht darüber reden, die hast du nie gewußt, und wenn ich ganz tief unten steckte, habe ich doch den Kopf hoch gehalten, damit es nicht auffiel. Ich habe gefürchtet, daß du mir Entscheidungen abnehmen würdest, die ich doch selber treffen mußte, deine Einmischung war mir unerträglich, deine Reaktionen schmerzhaft.

Ich denke daran, daß ich jede meiner Schwangerschaften vor dir so lange verheimlichte, wie eben möglich, denn sie machten mich zu einem verantwortungslosen Menschen, einer Dummen, die ihr Leben verdarb, es gab tatsächlich nichts Schlimmeres, als schwanger zu sein. Wenn ich selbst niedergeschlagen und depressiv auf die Schwangerschaft reagierte, so durfte ich es doch nicht zeigen, du hättest mich noch tiefer in meine Schwierigkeiten gestoßen.

Während der Schwangerschaften wuchs aber das Gefühl der Freude, ich freute mich wider Erwarten und entgegen deiner Prognosen auf das Kind, das in mir heranwuchs, geriet in eine unberechenbare Euphorie, aber meine Freude, meine Übereinstimmung mit mir selbst, selten so mühelos erreicht wie gerade zu diesen Zeiten, hast du gescholten, das war bloß dummes Zeug für dich.

Das arme Kind. Das arme Kind.

Die Wahrheit ist, daß ich alle Ereignisse meines Lebens in zwei Gruppen einteilte: in eine Gruppe der erzählbaren, weil erfreulichen Geschichten, und eine Gruppe der zu verheimlichenden Geschichten.

Jetzt fällt mir bei manchen Sachen ein, das würde ich ihr erzählt haben, das hätte ihr gefallen, und dann begreife ich, was da noch immer in mir vorgeht: ich brauche Stoff, der sich zum Erzählen, zur Berichterstattung eignet, damit ich ja nicht in die Not gerate, etwas zu sagen, das ich nicht sagen will oder kann. Ich mußte doch etwas erzählen, ich durfte nicht stumm sein bei ihr.

Ich bin schon viel zu oft viel zu stumm.

Also kleine Erzählchen horten: was unsere Nachbarin erlebt hat, daß ihr Hund unser Meerschweinchen geschnappt hat, eine schöne Post ist angekommen, eine Reise nach Berlin wird geplant, Betriebsausflug, Geld ist angekommen, jemand ist gestorben, Waltraud hat angerufen, ich brauche ein Abendkleid für die Geburtstagsfeier. – Ja? Wann denn? Das gibt Gesprächsstoff – laß keine Sprechlücken entstehen. Es gibt zuviel zu beanstanden, laß sie nicht Gelegenheit haben, mit forschenden Augen in deinem Haus umzugehen. Meine Tasche mit den Strümpfen, die alle gestopft werden müssen, quillt förmlich über. Lieber: Ich hab' einen feinen Likör, sollen wir uns einen gönnen? Ja, das machen wir. Was ist das denn Feines? Apfelkorn oder Amaretto. Gut. Fällt mir nicht etwas zum Lachen ein? Nichts, was ich zeigen könnte? Nein, nichts über Schule und die Kinder. Schule ist ein rotes Tuch. Hätten wir nicht dafür sorgen können, daß der Älteste längst im Beruf wäre? Warum geht er noch zur Schule? Das nützt doch alles nichts.

Es ist gut, ein paar gezielte Fragen vorzubereiten: Was hat Tante Lisa geschrieben? Wie gefallen dir denn die neuen Mieter im Haus? Hast du Anne getroffen? Nächste Woche komme ich mal vorbei zum Einkaufen. Wenn du ein wirklich günstiges Sonderangebot an der Fleischtheke bei Müllers siehst, dann bring mir ruhig zwei Pfund mit.

Manchmal verwickeln wir uns ja in Gespräche. Ich wundere mich dann, wieviel es hergibt, über den neuen und den alten, kaputten Staubsauger zu reden, Fabrikate zu vergleichen, die Nützlichkeit von Ritzendüsen zu erörtern. Mir wird ganz schlecht davon.

Meine Kinder schauen mich an; sie merken sich den Unsinn über Vorsatzgeräte bei Staubsaugern. Tatsächlich höre ich Wochen später meine Tochter über mich herziehen: Diese Erwachsenen können eine halbe Stunde über Staubsauger reden. Was für eine Verzweiflung steckt dahinter.

Niemals ein Loch in der Verteidigungsmauer lassen. Fernsehen. Fernsehen am Sonntagnachmittag: Der Doktor mit seinem Viehzeug und all die Familiengeschichten, in denen wunderbare Ehepaare wunderbare Eltern spielen, alle lieben sich gegenseitig und finden die volle Zustimmung meiner Mutter. Ja, so ist es richtig. So muß es sein. Eigentlich ist es unbegreiflich, daß es bei mir, bei ihrer einzigartigen guten Tochter, nicht ebenfalls so wunderbar läuft. Wo doch die Schwierigkeiten lösbar sind − das sieht man doch im Fernsehen, mit etwas gutem Willen kann man Harmonie und Glück und irdische Seligkeit herstellen.

Wenn sie Regie führen könnte, dann liefe alles ganz anders bei uns. Die Kinder sähen ordentlich aus, in der Schule kämen sie glänzend voran, unsere Sparkonten wären gefüllt, hier im Hause würde sich alle Unordnung von selbst in Ordnung verwandeln. Während der Fernsehfilm läuft, scheint alles möglich.

Hast du deine Schularbeiten gemacht? fragt sie ihr Enkelkind.

Mach' ich nachher.

Jetzt ist die richtige Zeit dafür. Geh jetzt an deine Arbeit. Gleich machen wir das Abendbrot, dann müssen die Schularbeiten fertig sein.

Ich glaub', ich hab' nichts auf. Ich fahr' noch ein bißchen Fahrrad.

Und nun ist es Zeit, daß ich mich einmische. Jetzt erwartet sie, daß ich ein Machtwort spreche. Ich spreche ein Machtwort. Das Kind geht maulend an die Schularbeiten. Wie spielt sich das denn sonst ab? Ich muß immer Druck dahintersetzen.

Die Kinder werden nicht richtig erzogen. So ist das. Was soll aus denen werden? Die Kinder danken es dir nicht, daß du sie hast gehen lassen, anstatt sie hart an die Kandare zu nehmen. Denkst du, ich hätte mich bei dir nicht durchsetzen können?

Du hast dich durchsetzen können. Ich bin immer noch klein.

Du kannst dich nicht durchsetzen.

Ich hätte es von dir lernen können, wenn du nicht an mir geübt hättest, wie man sich durchsetzt. Ein Machtwort sprechen. Hinter dem Wort steht Macht. An meine Macht habe ich nie geglaubt. Also sind meine Machtwörter hohl. Meine Kinder müssen das gemerkt haben. Waren auch deine Machtwörter hohl? Vielleicht, vielleicht hätte ich bloß Widerstand leisten müssen, um zu sehen, wie die aufgeblasene Machtfülle langsam in sich zusammensinken würde.

Und hinter den Machtwörtern hätte ich eine Freundin gefunden, die du ja eigentlich immer gewesen bist. Wie schrecklich, daß ich nie entlassen war aus deiner Machtfülle. Wir hätten uns begegnen können. Du mit deinem Hunger nach Leben, nach Wirklichkeit wärest mir mit meinen Schwierigkeiten, meinen Gefühlen begegnet.

Wenn du mich geliebt hast, wie ich die Kinder liebe, so bist du der einzige Mensch auf der Welt, der mich je wirklich geliebt hat. Vielleicht werden wir alle auf dieser Welt nur einmal in dieser Tiefe geliebt. Wer weiß das

schon? Und dann ist das Glück verstellt durch Machtwörter.

Willst du wohl sofort!

Laß das sein!

Ich bestehe darauf, daß . . .

Und die Antwort: Na schön.

Ja, ich mach' ja schon.

Gut, wenn du meinst . . .

Und die Verhaltensweisen: Wichtiges nicht erzählen, sie
könnte ein Machtwort sprechen. Entscheidungen treffen,
bevor sie zunichte gemacht werden können, Fassadenver-
halten − wenn ich allein bin, tue ich, was ich will. Diploma-
tie. Lüge. Nicht eindringen lassen in verletzliche Bereiche.
Der Herrschaft ausweichen.

Wo kann ich ich sein? Wo? Wann? Es gab eine Zeit, in
der ich kapierte, daß wir beide uns zerstörten; du durch
deine Ansprüche, ich durch meine Lügen: die Innigkeit
unserer Liebe ist zerstört worden. Unsere Liebe machte
alle Gesten der Liebe, aber du konntest mich nicht erreichen, und ich, ich dachte, jetzt ist es zu spät, kränke sie
nicht mehr, erfülle alle ihre Wünsche, mehr Liebe kannst
du ihr nicht mehr antun.

Ich hätte immer, immer in meinem Leben mehr Mut
haben müssen. Mehr Mut. Mehr Mut ist mehr Liebe,
Innigkeit, Verständnis. Mehr Mut ist Chance für Glück.
Soweit Glück überhaupt möglich ist.

Sie ist gestorben. In diesem schlimmen Sommer ist sie
gestorben. Jetzt ist es wirklich zu spät. Im Poesiealbum
meiner Tochter steckt ein Zettelchen auf der Seite, die für
die Oma vorgesehen war. Mit einem schnellen Blick auf
mich entfernt das zärtliche Mädchen den Zettel mit der
Aufschrift »Oma«. Sie wird keinen Spruch mehr ins Album
schreiben.

Du hast einen schlimmen Vorwurf gegen mich erhoben,

gegen mich als Mutter meiner Kinder. Manchmal denke ich, hast du gesagt, daß deine Kinder dir gleichgültig sind!

Auch jetzt noch, wo du schweigst, hängt er in meinem Ohr, und ich prüfe ihn, ob er wohl stimmt. Stimmt es, daß ich mich meinen Kindern und ihrer Entwicklung gegenüber gleichgültig verhalte? Es stimmt nicht. Der Eindruck entsteht, weil ich hilflos bin. Ich bin hilflos, wenn sie sich weigern, sich die Haare abschneiden zu lassen, normale Kleidung zu tragen, in der Schule ein Minimum an Arbeit zu leisten. Ich bin hilflos, wenn sie sich um eine Hausarbeit drücken oder nur maulend mit anpacken. Lasse ich ihnen zu viel Freiheit, ihre Freunde zu wählen, ihre Freizeit zu bestimmen? Nicht immer gehen sie klug mit ihrer Freiheit um.

Ich halte sie nicht fest genug an der Kandare, wie du das nennst. Ich dulde ihre äußere Erscheinung, ich kontrolliere zuwenig. Meine Gleichgültigkeit ist Hilflosigkeit. So betrachtet hast du also recht. Sie sollen ordentlich, fleißig, tüchtig, erfolgreich sein, einer wie der andere. Ich kann das nicht erreichen. Ich genüge diesen Ansprüchen nicht, obgleich – ich bin doch zu allen Impfungen, zu allen Schulbesprechungen, zu anderen Eltern gelaufen, ich habe geredet und gepredigt und geschimpft. Ich laufe hinter den Vorstellungen der richtigen Liebe her, erreiche sie nie. Ich winde mich durch, versuche, was ich machen kann, mache, was ich machen kann. Sieh da, es ist nicht viel, es ist überhaupt nichts. Ich bin gleichgültig. Aber das kann nicht heißen, daß ich sie nicht liebe.

Und was, zum Teufel, heißt lieben? Du mein Ein-und-alles, ihr mein Ein-und-alles. Auf ihre Bedürfnisse achten. Welches sind ihre Bedürfnisse? Sie bewegen sich von mir weg, ich kann nicht hinter ihnen herlaufen mit all den tonlosen, wirkungslosen Zeichen der Verzweiflung, der Beschwörung. Ich habe nicht die Herrschaft über sie, die du über mich besaßest. Ich zwinge sie nicht. Ich strafe sie nicht mit Vernichtung.

Ein paar Regeln gibt es, ein paar, die halten sie ein. Und wir sprechen miteinander, ich lasse das nicht abreißen trotz vieler Enttäuschungen. Wir bleiben im Gespräch, ich höre auf sie. Ich verstehe sie sogar dann, wenn sie es gar nicht für möglich halten. Ich verstehe sie. Das ist natürlich auch ein Hindernis für Strenge. Bin ich gleichgültig?

Ich muß sie gehen lassen, sie werden mich verlassen. Sie gehören sich selbst. Sie wohnen nur kurze Zeit in mir und bei mir. Und zerren schon ihre Wurzeln aus dem Mutterkuchen. Ich weiß durch alle Schwierigkeiten und Wände hindurch, daß sie gut und wohlgeraten sind. Sie kehren zurück, eines Tages.

Ich sehe sie an ohne Kritik, ich schaue in sie hinein, nehme sie an. Was auch immer, was auch immer, ich liebe sie, sie sind daheim bei mir. Was auch immer.

Sie gehen weg. Sie lachen über meine Sorgen. Mach dir keine Sorgen! sagen sie. Mach dir keine Sorgen! Sie bestehen auf ihrer Selbständigkeit.

Ich mache mir keine Sorgen. Ich bin nicht gleichgültig, wenn ich mir keine Sorgen mache. Es sind nicht deine Kinder. Ich habe deinen Erziehungsstil nicht übernommen, das konnte ich gar nicht. Wohl hast du mir den bohrenden Zweifel eingeimpft, aber jetzt, erst jetzt sage ich dir: Es ist falsch, ein Kind zu besitzen, es abhängig zu machen. Gut. Ich habe dir keine Sorgen gemacht. Ich hab' immer pariert. Gut dressiert, das war ich. So gut dressiert, daß ich deine Vorwürfe meinen Kindern gemacht habe. Nun werde ich nicht mehr im Zwiespalt sein: keine Ansprüche mehr erheben, die deine Ansprüche waren und denen sie genügen sollten, damit ich dir genügen konnte.

Ich werde einfacher lieben können. Ganz einfach lieben. Und einfacher leben können. Auf mich selbst hören, mich auf mich verlassen. Jetzt, wo du nicht mehr schaust, was alles falsch sein könnte, jetzt, wo du nicht mehr alles Unpassende in das schwarze Buch deines Gedächtnisses einträgst, jetzt kann ich mit meinen Schwächen und mit meinen Fehlern leben.

Ich bin nicht gleichgültig. Ich sag' bloß: Mein Mann und die Kinder und ich, wir haben Fehler, was soll's?

Ich will mit meinen Fehlern alt werden.

Wir haben die Wohnung geputzt, meine Freundin Anne hat mir geholfen. Sie ist in Sorge wegen des Inspekteurs, dem die Wohnung übergeben werden muß.

Ich mache mir keine Sorgen. Es ist alles so, wie es ist, wenn jemand achtundzwanzig Jahre eine Wohnung bewohnt hat. So ist es eben. Man kann den Fußboden im Schlafzimmer beanstanden. Wir haben die aufgeklebten Teppichfliesen abgerissen, aber die festsitzende Klebemasse nicht ganz entfernen können. Beim Auftreten haften die Schuhsohlen an. Jeder Schritt macht ein ratschendes Geräusch. Ich bin bereit, einen neuen Fußbodenbelag zu bezahlen. Mehr kann ich nicht tun.

Wir sind für heute verabredet, Herr Schmidt, der Inspekteur von der Wohnungsverwaltung, und das Nachmieterehepaar, dessen Namen ich mir nicht merken kann. Ich lasse die Leute in die nackte Wohnung meiner Mutter eintreten. Herr Schmidt kommt sofort zur Sache. Er breitet Formulare auf der Fensterbank in der Küche aus. In vorgezeichnete Kästchen kann er eintragen, zu wieviel Prozent die vorhandenen Einrichtungen zu renovieren sind: Fußleisten – hundert Prozent, Decke – null Prozent, Sockelanstrich – null Prozent, Tapeten – null Prozent, Fenster – hundert Prozent.

Die Frau setzt mehrmals an, um ihre Kritik zu üben. Jetzt bei dem Wort »Fenster« redet sie laut und deutlich dazwischen: Also, die Fenster können ja wohl nicht drin bleiben. Die müssen ausgewechselt werden. So etwas kann ich nicht ertragen. Sehen Sie nicht, wie furchtbar die aussehen?

Im ganzen Haus werden bald neue Fenster eingesetzt! sagt Herr Schmidt.

Die sind ganz verdreckt! sagt die Frau.

Die Scheiben sind klar und sauber. Wir haben sie geputzt.

Mit den Fenstern haben Sie nichts zu tun, sagt Herr Schmidt zu mir.

Und die Fußböden! Die müssen alle raus. Man kann keine echten Teppiche auf solche Fußböden legen, das klebt, in einem Zimmer klebt es, wenn man drauftritt. Also, wie das heruntergekommen und verwohnt ist!

Ich starre auf den Fußboden. Es stimmt, er ist häßlich geworden. Im Bad hat der Spiegelschrank eine dunkle Stelle hinterlassen, die Stellen, wo die Gardinenleisten unter der Decke befestigt waren, zeigen Schmutzstreifen, und rechts und links sind Löcher.

Diele –, sagt der Inspekteur und trägt in sein Formular ein: Decke, Fußleisten, Tapeten, je hundert Prozent.

Alles, aber auch alles ist verwohnt! lamentiert die Frau.

Ich mache Sie darauf aufmerksam, sagt der Inspekteur, daß der ausziehende Mieter in alle Räume eine billige Tapete kleben kann. Er kann es selbst machen, wenn es fachmännisch gemacht wird. Sollten Sie andere Tapeten wünschen, können Sie sich über eine Abstandssumme einigen . . .

Das machen wir! sagt der Mann. Ich kann selbst tapezieren, Tapeten haben wir schon gekauft.

Wir haben für fünfhundert Mark Tapeten gekauft, hier, hier ist die Rechnung! ruft die Frau aufgeregt. Sie kommt auf mich zu und schwenkt ein Stück Papier hin und her. Ihr Parfüm steigt mir in die Nase.

Aber was wird mit den Fußböden? Die müssen raus.

Ich weiß nicht, sagt Herr Schmidt plötzlich, ob die Tochter auch das Erbe der abgenutzten Fußböden übernehmen muß. Wann ist der Belag gelegt worden? fragt er mich.

Ich hatte mich erkundigt. Es müssen fünfzehn Jahre her sein, etwa . . .

Ich werde klären, ob die Wohnungsgesellschaft nicht die Erneuerung der Fußböden übernimmt.

Sie können telefonieren! ruft die Frau. Das wird überhaupt das beste sein. Neue Fußböden!

Kann ich das Telefon benutzen? fragt Herr Schmidt.

Das Telefon steht im Wohnzimmer auf der Erde. Er geht hin und macht die Tür hinter sich zu. Wir stehen herum. Ich kann mich nicht rühren, in dieser Wohnung fühle ich mich gelähmt.

Brüsseler Spitze, eine Bogengardine. So wird das, schwärmt die Frau und fegt mit wehenden Haaren durch das ehemalige Schlafzimmer, wobei ihre Füße schmatzende Geräusche von sich geben. Wirklich, der Fußboden ist in diesem Zustand unmöglich.

Herr Schmidt hat sein Telefongespräch beendet. Sie können sich beruhigen, die Fußböden werden erneuert, sagt er zu dem Ehepaar.

Ich hab' es doch gesagt. Gut, Schatz, nicht wahr? Es ist ihre Leistung, neue Fußböden erwirkt zu haben. Sie lacht.

Weiter in der Schadensliste des Inspekteurs. Im Wohn- und Schlafraum stellt er fünfzigprozentige Abnutzung fest.

Die Frau schaut auf den Balkon. Na ja, es war eben eine alte Frau, die hier gewohnt hat, die konnte ja nicht mehr alles im Griff haben . . .

Ich habe mich an dieser Stelle einer Unterlassung schuldig gemacht. Ich habe die Frau nicht angefaucht. Ich habe plötzlich alles mit ihren Augen gesehen. Da ich alles aus dieser Wohnung herausgenommen habe, ist meine Mutter so vollständig ausgezogen, daß man die Schäden sieht, die sie mit Eifer und Geschick verborgen hatte: Es ist alles leer, keine Kunde mehr von ihrer Sorge, alles schön, ordentlich, ja tipptopp zu halten. Nichts von der Wärme, nichts von ihrer Atmosphäre. Und die Frau lamentiert, wie verwohnt, wie alt, wie häßlich alles aussähe.

Ich stimme mit ihr überein. Ich habe schrecklich gründlich gearbeitet. Ich habe hier nichts mehr verloren. Ich muß hier weg. Diese Leute vertreiben mit ihrer Veränderungswut, ihrer unanständigen Kritik mein Heimweh. Ich muß etwas sagen, etwas, das meine Mutter rechtfertigt, aber ich kann diesen Augen, diesen Ohren keine Worte anbieten.

Jetzt reden sie über den Preis für die Schönheitsreparaturen, die auf mich fallen. Fünfhundert Mark? fragt der Mann.

Gut. Fünfhundert Mark. Ich habe das Geld bei mir. Ich händige es ihnen aus.

Herr Schmidt sagt: Soweit ist alles in Ordnung. Sie müssen mir noch die Schlüssel geben.

Ich gebe die Schlüssel her. Drei Haustürschlüssel, drei Wohnungsschlüssel, zwei Briefkastenschlüssel.

Die Frau ergeht sich noch immer in Redensarten: Das wird eine Arbeit, ehe ich hier saubergemacht habe . . . Sie huscht um mich herum.

Wir sind fertig. Ich sage denen nichts von meiner fleißigen, tüchtigen Mutter. Sie haben sie nicht gekannt. Die nicht.

Da ist der Blick aus dem Fenster, so vertraut.

Der Türgriff mit der Kerbe, die alten Tapeten.

Nur weg von hier. Denen das Feld überlassen.

Mit niemandem sprechen.

Die Tür hinter mir ins Schloß fallen lassen.

Was die Frauen für Namen wissen: Austrauern. Wenn du austrauerst, dann kannst du gut diese Bluse tragen. Überhaupt etwas Schwarzweißes.

Halbtrauer. Die Trauer halb schon abgelegt, nur noch zur Hälfte traurig. Nein, die Zeit muß erfüllt sein. Früher trug man ein ganzes Jahr lang Trauer, aber heute? Warum trägst du Schwarz?

Sie hätte es von mir erwartet. Sie würde es nicht verstehen, wenn ich nicht im schwarzen Schwarz einherginge. Ich tue es für sie.

Für meine Trauer ist die Kleidung unerheblich, wenngleich ich damit auffalle. Mein Schwarz sagt: ich bin noch nicht wieder zum Alltag zurückgekehrt, noch nicht ganz zur Tagesordnung übergegangen.

Dies ist die Tagesordnung: meine Tränen sind gebändigt, meine Gefühle sind schüchtern. Ich bin eingebaut in meine Familie, alles geht weiter, weiter. Ich fühle Glück, in meiner Haut voll Wohlbefinden und ohne Schmerz zu sein. Der Schlaf befriedet meine Augen, läßt mich aufwachen ohne Lähmung. Mein Herz geht ruhig. Meine Gedanken umkreisen den allgegenwärtigen Verlust. Aber ich gehe im Garten die Beete ab, ernte und lege die Früchte zusammen.

Wie ich sie ansehe, sind sie schön. Ich hätte mit dir geteilt.

Es ist das Angebrochene, worin sich das Abgebrochene eines Lebens erkennbar macht. Angebrochenes Paket Sternchennudeln, angebrochene Rolle Tesafilm, angebrochene Tube Zahnpasta, ein Rest Abfall im Dreckeimer, Reststückchen Seife. Halbvolles Fläschchen Parfüm, Reiniger für blanke Metalle, Wäschesteife, ein angeschmutztes Paar Topflappen, noch im Gebrauch und nicht mehr gebraucht. Der lose Knopf am Mantel spricht vom Lebendigsein, mehr als die Steine des Schmucks. Eben noch, eben noch, nun nicht mehr, nie mehr.

So ganz wichtig bin ich nicht mehr in dieser Welt. Es gibt keine Katastrophe, wenn ich sterbe. Ich brauche auch keine Erfolge mehr. Ehrgeizig war sie. Ich habe zu ihrem Lob gelebt und damit sie mich lobt. Was wird jetzt, wo es nicht mehr wichtig ist?

Ich bin müde. Ausgebraucht. Keine Härte in mir. Sie war meine Härte. Sie hat durch mich gelebt, ich habe ihr Leben gelebt. Sie hatte Macht über mich. Niemand hat nunmehr Macht über mich. Ich habe nicht die Macht über mich. Ich bin leer.

Sie hat mich in dem Glauben gewiegt, ich würde geliebt. Ich brauchte nur stillzuhalten, klein zu sein, ich wurde geliebt. Ich war passiv. Wie konnte ich lernen zu lieben? Das hat sie mir abgenommen.

Ich muß aufstehen.

Ich muß anfangen, lernen.

Immer denke ich: Sie hat es geschafft wie eine Prüfung, die man bestehen muß. Der Tod ein Zertifikat, ein Diplom, geschafft. Bestanden, überstanden. Letzte Leistung, die zu erbringen ist. Wichtig: Tun, du mußt es tun, sterben. Aufgabe, Lösung des letzten Rätsels. Sie hat es geschafft.

Geträumt: Wir sind in einem Freibad, meine Mutter und ich. Wir sind beide nackt. Die Stimmung ist traurig. Sie sagt: So, und jetzt gehe ich los, kaufe mir ein neues Kleid, und dann fange ich ein neues Leben an.

Sie fängt ein neues Leben an! Die Traumbotschaft gärt in mir, immer wieder stößt sie mir auf, während ich Rosenkohl von welken Blättern befreie, Zwiebeln für Frikadellenteig schneide. Unsere Kleider sind uns abhanden gekommen, dir und mir, gut, wir sind nackt, aber von Scham war nicht die Rede, nur von Traurigsein, also sind wir vielleicht arm, aber auch ehrlich. Wer nackt ist, kann nichts mehr irgendwo verbergen, verstecken, verhüllen, kaschieren. So bist du. So bin ich. Ja, wenn wir so sind, haben wir Grund zum Traurigsein.

Und dann: du hältst dich nicht bei der Trauer auf. Von irgendwoher holst du deinen Mut: So, und jetzt geh' ich los, kaufe mir ein neues Kleid, und dann fange ich ein neues Leben an! Ein neues Kleid, ein neues Leben, das richtige, passende, zu mir gehörige Kleid und das richtige, passende, zu mir gehörige Leben.

Das können wir noch schaffen. Es ist noch alles drin. Nur Mut, nur Mut.